尋龍記
卷6
蠱毒
第一輯(終)
無極 著

目錄

第一章　久別重逢

思龍笑著點了點頭道：「我相信你們的能力！兄弟們，現在就分手吧！」
說完走到舒寒身前道：「岳父，我們走了！」
舒寒伸出雙手緊握住思龍肩頭道：「思龍，一路珍重！英兒就交給你了！」
思龍沉聲道：「放心吧，我會照顧好她的！」
舒蘭英這時也跑上前來，一頭撲進舒寒懷中，雙目紅紅的哭聲道：「爹，女兒不在你身邊，你可得好好的保重自己的身體啊！」
舒寒輕拍著她的酥肩，擠出一絲笑容道：「都已經成為人家的小妻子了，還像個小孩子似的動不動就哭，也不怕思龍笑話你啊！」
舒蘭英臉上浮起兩片紅潮道：「笑就笑唄！反正我不怕他的啦！」

思龍失笑道：「我笑話你和你不怕我有什麼關係啊？」

舒蘭英白了他一眼道：「這關你什麼事啊？」

思龍忙道：「不關我的事！不關我的事！我的姑奶奶，算我怕了你行吧！」

舒蘭英破涕為笑道：「誰要你怕我了啦？我只要你多疼愛人家一些就是了！」

舒寒笑道：「英兒你可害不害羞呀？當著老爹的面就與思龍調情！」

思龍聽了哈哈大笑，舒蘭英則是在舒寒懷裡連連撒嬌道：「爹！你說個什麼嗎？誰與他調情了嘛？」

天絕這時走到思龍身側道：「少主，一切都準備好了！」

思龍聞言掃視了一遍整裝待發的眾人，點頭道：「好！馬上準備出發！」

天絕望了舒寒一眼，領命而去。舒蘭英卻又是伏在舒寒懷裡哭哭啼啼起來。使得舒寒花了好一番口舌哄她才讓她平靜下來。

項思龍輕輕的拉過舒蘭英的手對舒寒道：「岳父大人，保重了！」說著摟起舒蘭英的嬌軀向不遠處的馬背上飛去，高喊了一聲道：「出發！」

話音剛落，馬蹄聲頓即響起，在舒寒等土居族人的目送下，思龍等的身影終於消失不見，與天的顏色融為一體。

一路上平平靜靜沒有遇得什麼麻煩，回到了排市鎮。剛到得鎮頭，傅寬就已領了一眾人馬高喊著迎來道：「是少主回來了嗎？」

思龍哈哈大笑道：「正是！傅都尉，我姥姥她老人家還好嗎？」

傅寬苦聲道：「唉，整個屋子都是她老人家的嘮叨聲！我被夫人命令在這裡候少主回來已是有四天了！吃不好睡不好的，不知道可有多慘呢！不過夫人她卻也是有兩天為你擔心得吃不下飯睡不著覺了！她身邊的人個個都被……嘿，不提了！少主回來就好！今晚大家可有得安寧了！」

思龍大叫道：「哇卡！沒那麼嚴重吧！哎呀，傅都尉卻果是顯得瘦了好多呢！嘿！諸位兄弟辛苦了，今晚就來個大聯歡宴會補償一下吧！」

傅寬已跳下馬來，向思龍躬身施禮後笑道：「這是自然的了！少主回來了，我們所有的人都精神許多了呢！」

頓了頓又道：「少主回來了，最高興的我想是夫人了！」

說到這裡時，見著思龍身後的舒蘭英、朱玲玲諸女，目中閃過一絲訝異之色，卻是沒有出言發問。

思龍笑了笑道：「她們是……」

天絕接口打斷他的話道：「她們是我們少主新娶的幾位少夫人了，還不快上前拜見！」

傅寬聞言，望了思龍一眼，忙走到剛躍下馬來的諸女身前躬身道：「屬下傅寬，拜見幾位少夫人！」

舒蘭英俏臉一紅，橫了天絕一眼，低聲道：「傅都尉不必多禮！」

思龍也一心惦掛著姥姥上官蓮，雖是知道見了面，免不得要被她訓斥一番，但心下卻還是有著一股暖意，當下催促道：「哎，我們現在還是不要那麼多廢話了吧！有什麼話什麼禮節，都待回府再說可行吧！」

傅寬聽了連連應「是」，邊上馬邊笑道：「少主原來卻也是如此掛念著夫人的呀！」

思龍叫了眾人上馬後，衝傅寬道：「哎呀，傅大爺怎麼這麼喜歡囉嗦呢？是不是這幾天來受了我姥姥的影響啊？快走吧！」

傅寬嘿嘿一笑，忙吆喝一聲策騎快速向鎮中馳去。過得片刻就到了距離「萬家樓」百十多米遠處，傅寬邊策騎飛馳著邊高喊道：「夫人，少主回來了！少主回來了也！」

話音剛落不久，上官蓮領著四大護法已是奔出店外。見著思龍，上官蓮縱身飛起幾個起落飛至思龍所騎馬背上，伸手一把揪住他的左耳責聲道：「小子，怎麼去了這麼多天，也不回來通通氣兒？是不是想把姥姥給氣死啊！」

思龍咧嘴道：「哎喲，姥姥你擰輕點嘛！待我把事情的緣由告訴你後，你再來擰我耳朵也不遲啊！」

上官蓮悻悻然的鬆了手，又輕撫了一下思龍被自己擰紅的耳朵，心痛而又埋怨的道：「痛不痛啊？你這小子待會要是不給我一個滿意的答覆，看我怎麼懲罰你！」

項思龍勒馬放慢速度，笑道：「姥姥最是疼愛我的了！我知道你捨不得懲罰思龍的對不對？」

上官蓮聽得思龍這賴皮話，又好笑又好氣的舉手正待又去擰思龍耳朵時，思龍側頭閃過忙道：「姥姥，我只是開個玩笑罷了嘛！你看看後面，我又幫你收了兩個孫媳婦呢！」

上官蓮聞言頓住了手，轉頭往舒蘭英、朱玲玲諸女望去，目光神光閃閃的打量了她們一陣後，又轉過頭來對思龍道：「好小子，原來這些天來你是去泡妞去了！這一下子就泡上了六個！那我那些乖孫女怎麼辦？她們豈不是要被你冷落了？」

思龍惶聲道：「這個……我怎麼會那樣呢？蘭蘭她們我會一樣疼愛她們

的！」

上官蓮道：「不行！你得對我幾個乖孫女多疼愛一些！」

思龍失笑道：「好好好！就依姥姥的話！對了，姥姥，你看她們怎麼樣？做你的孫媳婦你還滿意吧？」

上官蓮漫聲道：「嗯！幾個丫頭都還長得不錯，做我孫媳婦還馬馬虎虎算是合格吧！但不知她們可知書達禮，遵守婦道？」

二人正邊說邊行，不知不覺已是到了「萬家樓」門口，傅寬這時對那迎出來的店主道：「家叔，少主回來了，可否去準備晚宴？」

那店主忙躬身道：「傅爺，早就去準備了！」

傅寬點了點頭道：「今晚要讓所有的兄弟都吃個痛快，喝個痛快！為少主的勝利凱旋歸來接風洗塵！」

店主連連打哈進店而去。

傅寬跳下馬來，對思龍等施禮道：「少主，我們先進去喝杯熱茶，休息一下再說吧！」

思龍說了聲「正是」，拉了上官蓮的手飛身躍下馬背，對著忐忑著走向自己的諸女道：「這位就是我姥姥了！你們現在是我老婆，從今以後她也就是你們的姥姥！還不快來見過她老人家！」

說著對舒蘭英和朱玲玲使了個眼色，示意她們二人可得恭敬些。舒蘭英和朱玲玲方才見過上官蓮擰思龍耳朵的「凶態」，忙恐惶的向上官蓮下拜恭聲道：「孫……孫媳婦舒蘭英、朱玲玲見過姥姥！」

說完低下頭去，卻是不敢正眼望上官蓮。

上官蓮見二女對自己如此恭敬，心中大樂，臉上卻還是板著臉冷冷道：「好了，你們起來吧！今後入了項家的門，就得聽思龍的話，好好服侍思龍，要是有得怠慢，我就叫他把你們給休了！」

說到這裡，冷冷的看了葉秀芬四女一眼冷聲道：「你們幾個丫頭不是思龍的媳婦嗎？傻愣愣的站在那裡幹嘛？」

四婢聽了嚇得忙也過來下拜道：「婢女葉秀芬、李湘華、周郁芬、陳慧珍見過姥姥！」

上官蓮訝異的望了思龍一眼道：「原來她們幾個不是你媳婦啊！唉，這麼幾個如花似玉的小美人做婢女真是太可惜了！龍兒，你就把她們四個納為小妾是了！」

四女一聽心下大喜，連連向上官蓮叩首致謝，思龍卻是頭大如斗，心下大喊道：「唉呀，糟了！又多了四個小老婆！這樣下去，我可是怎麼受得了嘛！」

心下正如此想，上官蓮已是扶起諸女，笑著道：「你們幹嘛如此怕我呢？是不是龍兒在你們面前說我的壞話了？玲兒，你說給我聽聽，龍兒在你們面前說了些什麼！」

朱玲玲怔怔的訥訥道：「他……他沒說姥姥什麼呀！他只是告訴我們說姥姥很慈祥很是疼愛他，叫我們要好好的孝順姥姥！」

思龍正擔心她洩了自己說上官蓮很凶的話來，聽得她如此說來，大大的鬆了一口氣。

上官蓮聽了則是呵呵笑道：「嘿！這小子嘴巴就是特甜！你們可不要學他啊！」

頓了頓又道：「好了，大家不要站在這外面了，快進得屋裡去坐吧！今晚我也要喝個幾杯，為慶祝慶祝我又得了如此六個乖巧的好媳婦！」

思龍見得上官蓮欣然接納了諸女，也算是了結了一樁心事，心情大悅的道：「那今晚我就來陪姥姥喝它個一醉方休！」

上官蓮連連擺手道：「不行！不行！你要是給喝醉了，那怎麼去陪我的幾個乖孫媳婦啊？今晚我只允許你喝六杯，喝多了我少不得要找你算帳！」

天絕忙湊過來道：「那今晚誰陪我兄弟倆喝個痛快呢？」

上官蓮瞪了他一眼道：「你們自個兒喝！大不了我陪你痛飲三百……不，是三杯！」

天絕睜大怪眼道：「什麼？才……三杯？」

傅寬笑著過來圓場道：「前輩若是不嫌棄，就由在下代少主敬你三百杯好了！」

天絕大樂道：「三百杯？這還差不多！」

眾人說笑著進得店內大廳，分主從坐定後，上官蓮就迫不急待的追問思龍這幾天的行蹤來，思龍當下把去剿滅趙灰一夥馬賊的經過娓娓道出，聽得未當事者人人都是心驚膽跳，瞠目結舌。其中關於與朱玲玲、舒蘭英歡好的事，他當然是瞞著不說。上官蓮被引發興趣，好奇道：「你倒是把那追魂二使者和那對金線蛇拿出來看看！」

思龍當下輕喚一聲：「大飛、二飛，出來！」

說著拍了拍腰間的革囊，只聽得「哩哩」兩聲破空聲響，接著兩條金光騰空而起，兩隻金線蛇在空中一陣歡叫盤旋後，飛到思龍手中，兩雙小眼睛滑溜溜的轉個不停，環視著眾人。

上官蓮見了喜道：「思龍有這對寶貝，那就沒有人敢偷襲你了！快，把那追魂二使者也喚出來瞧瞧！」

思龍無可奈何的又發出兩聲清嘯，過得片刻，只聽得「嗚嗚」怪叫聲中，兩鬼殭屍已是飛身降至思龍身前，綠瑩瑩的雙目虎視眈眈的瞪著眾人，嚇得上官蓮忙道：「哎呀，好臭！好可怕！龍兒，快把他們喚開了！」

思龍笑著喚退兩鬼殭屍後，對上官蓮道：「姥姥，他們的武功可是天下罕有敵手呢！我用了十二層功力的道魔神功外加移魂傳意大法，才險險把他們收服的！」

上官蓮咋舌道：「嗯，你這一趟果然收穫不少！有了這怪裡怪氣的兩個鬼殭屍和兩隻金線蛇相助啊！當今天下你真是可唯我獨尊了！」

思龍被她這話觸起心思，轉過話題道：「對了，傅都尉，這幾天你們探聽的消息中，有沒有關於劉邦的消息？」

傅寬搖了搖頭道：「只聽得項梁被陳勝的一名部將拿了陳勝遺令，拜了項梁為上柱國，且項梁大軍已發展至十萬之眾。再有就是章邯大敗陳勝義軍後，已轉攻齊、魏兩國的復興兵力去了。至於劉邦將軍，卻是沒得他的消息。」

思龍沉默了一陣後道：「姥姥，我看劉邦現在情況也很是不妙，不若……」

上官蓮打斷他的話道：「無論如何，你也先得去西域辦完了事再去找劉邦。要是你實在放心不下，可以儘量的抽調人手去助他啊！你不是早就說過叫傅寬去接應劉邦的嗎？現在正是時候了嘛！加上新降服的匪徒和傅寬的手下也有二千五百人左右，你再可以從我們的教徒中抽一部分人手出擊。總之你是不可以走的！」

思龍苦臉道：「這……姥姥！唉，你聽我說嘛！我……」

上官蓮火了的道：「說什麼說啊！你還有沒有把我放在眼裡？是不是連姥姥的話也不聽了？」

思龍哭笑不得的道：「我自是聽姥姥的話了！好吧，就依你之言，由傅寬任將軍，雍齒和劉仲任副將，還有張蒼就任軍師，四大護法任先鋒，讓他們這批人率領人馬前去接應援助劉邦。

「再從我們地冥鬼府的武士中抽出三百人手由四大護法直屬，見到劉邦，你們就在他座下任護衛，要絕對保護劉邦的安全。我會修書兩封，交由傅將軍和四護法，你們到時候持信去見劉邦，一切由他調配，若是有違他的命令者，四護法就充任我委派的執法人，一律格殺勿論！」

說到這裡目光威嚴的掃視了一番眾人，傅寬、雍齒、張蒼、劉仲、鬼王四護法等全都跪地謝恩，同聲道：「屬下等一定謹遵少主令諭，誓死效忠少主和劉邦！」

思龍點了點頭，緩和了一下語氣道：「只要你們盡職盡責，大家自都是我的好兄弟！好了，今天我們不談這些，今晚大家都儘量的喝個痛快！明天早上我們再各自起程！」

眾人齊聲歡呼，氣氛一時又漸漸活躍起來。上官蓮微笑著看了一眼身邊正襟危坐的諸女對思龍道：「算你這小子還聽姥姥的話！呔，我這幾個孫媳婦似乎不大適應這種場面，你們小夫妻幾人還是到房裡去細說親熱話兒去吧！這裡啊，就交給姥姥來應付好了！」

思龍看了一眼諸女，見著她們的那副緊張模樣，嘿嘿笑道：「那……我們走了，姥姥，義父交給你打發了！」

上官蓮訝道：「小子，你幾時認了個義父了?他是誰啊？」

思龍朝不遠處正與鬼青王、四大護法、四大執法眾說得手舞足蹈的天絕地滅指了指，低聲道：「蘭英和玲玲認了他們作義父，我自是也叫他們義父了！姥姥，這下你占了個大便宜了呢！」

上官蓮不解道：「什麼大便宜啊？」

思龍附到她耳邊道：「你是我姥姥，他們是我義父，你想想這其中的奧妙關係就知道了嘛！」

上官蓮忍俊不住噴出了口裡的茶，捧腹笑道：「這……這果是個大便宜！待會我得……好好的捉弄他們一番！」

思龍「噓」了聲道：「可不能太過分，惹火了他們噢！」

上官蓮笑道：「惹火了他們又怎麼樣？有你來幫我解圍嘛！不過也是，這兩個老魔頭凶性似是收斂了許多，且對你啊是越來越唯命是從了！龍兒，你可得好好的把握住噢！他們可確是兩個好幫手！」

思龍點了點頭道：「知道了，姥姥。」

說完又對舒蘭英和朱玲玲道：「姥姥對你們這麼好，你們也不知道與姥姥親熱些！她不會吃了你們的啦！」

上官蓮笑道：「你也不要責怪她們嘛！想我們通天島上的那五個丫頭還不是一見著我就不敢叭叭喳喳了！連你兩個爺爺都怕我，就只你這小子和阿毛被我給寵壞了！嘿，只要見著你們小夫妻幾個快快樂樂，我就開心了！」

思龍挽起舒蘭英和朱玲玲，一人親了一口後道：「這個姥姥放心，我這兩個老婆可不知道多乖呢！好了，我們走了，姥姥！」

上官蓮揮了揮手道：「去吧！免得開了宴席，你們或許就走不了啦！」

項思龍笑著應「是」，領了六女避過天絕地滅的耳目，「溜」進了後院的上等客房，至於傅寬等見著思龍「溜」走，自是不敢吭聲，只是肚子裡暗自笑著忖道：「哇！少主今晚要應付六女，可是應付得來麼？」

思龍領諸女到房裡時，舒蘭英捏了思龍一把嘟著小嘴道：「壞傢伙，你幹嘛先前說姥姥很凶呀？害得人家有了心理壓力，在姥姥面前丟醜！」

思龍「哇」的叫了一聲道：「你想謀殺親夫啊？姥姥可也說過的叫你們好好服侍為夫，否則就……叫我休了你們！」

舒蘭英秀目一紅的泣聲道：「你……你總是欺負人家！我……我……」

思龍見狀大慌道：「哎呀，好英兒，乖英兒，你不要哭了嘛！要是驚動了姥姥，讓她知道我欺負你，她不打斷我的一雙狗腿才怪！那時可就沒有人背你去遊山玩水了！」

舒蘭英「撲哧」一笑，又橫了他一眼道：「最好是割了你這張討厭的嘴巴，那樣我們可就清靜了！」

思龍「啊」的一聲捂嘴道：「這可不行！若是為夫沒得了嘴巴，還怎麼跟英兒口舌纏綿啊？」

朱玲玲聽了失笑道：「好了嘛！你們不要鬥嘴了！英兒，你永遠說不過這油嘴滑舌的傢伙的！還是省點力氣吧！」

思龍附到朱玲玲耳邊吐了一口氣道：「對啊！玲姐就最會養精蓄銳，不動氣少說話，留了力氣待會在床上大顯神通！」

舒蘭英咯咯笑道：「玲玲姐，看你還幫這傢伙說話不？」

朱玲玲粉臉通紅的道：「英兒，你也取笑我啊？」

舒蘭英躲到四婢女中間道：「小妹怎敢取笑玲玲姐呢！今晚我們就不要理這傢伙了，讓秀芬她們來侍候他吧！」

說著把嬌羞不堪的四婢往思龍懷中一推，嬌笑道：「我的好相公，今晚就讓你這四個侍妾陪你吧！」

說完奔到朱玲玲身邊，拉了她的手就欲奪門而出，思龍閃身攔至二人身前，再猛地往前一衝，一手摟住一女，低聲哀求道：「才剛剛享受過二位老婆的溫存，今晚就讓我再重溫一番吧！」

朱玲玲媚笑道：「我們六個人，你可是應付得來麼？」

思龍怪笑道：「曾與兩位夫人大戰過整整一個通宵，你說為夫是否應付得來？」

朱玲玲嬌羞的啐道：「你……亂說什麼呀？再胡說八道，我和英妹今晚就不留下來讓你使壞了！」

說完已是低下頭伏進思龍懷中。

項思龍大樂，望向眉目含春的舒蘭英柔聲道：「親親好老婆，你也留下來陪為夫共度良宵好嗎？」

舒蘭英突地潑辣之態全斂，音若蚊蚋的道：「我只是跟玲玲姐一起罷了！」

項思龍失笑道：「我們都已經有過肌膚之親了，還哪些害羞幹嘛呢？來，讓我好好的賞獎二位夫人一下，今晚就由你們來為為夫寬衣！」

四婢中的葉秀芬這時終於忍不住失聲笑出，舒蘭英和朱玲玲正是被項思龍的話說得又羞又氣之時，見了忙都脫開項思龍，奔向葉秀芬就扯她的衣裙。

舒蘭英笑語道：「看芬兒還敢笑我們不？」

誰知葉秀芬一點也不抵抗，反自動的寬衣解帶的嬌羞道：「兩位夫人要懲罰芬兒，那就讓芬兒替勞兩位夫人為公子寬衣是了！」

說著時，一個粉裝玉砌的可人兒，已是赤身站在眾人面前了，只讓得思龍看得是色心大動慾念頓起，而舒蘭英和朱玲玲卻是面面相覷，目瞪口呆。

思龍咽了一口口水道：「嘿，這個……兩位夫人，是否願意讓芬兒效勞呢？」

舒蘭英看著思龍對葉秀芬的色相，心下不禁吃醋的道：「可以是可以！但是先給我們二人寬衣！」

思龍在心下「哇哇」大叫的道：「哇卡！想不到我這小老婆表面看起來害羞得要命，但一要幹起好事來，卻是比老子還色急！」

正想著時，四婢已是走向舒蘭英和朱玲玲，在一片笑聲中相互寬衣解帶起來，不消片刻，六具散發著青春熱潮的晶瑩胴體展現在思龍面前，讓得思龍看得眼花繚亂，耳目皆混。

接著自是一室皆春。

思龍稀裡糊塗的與六女大戰了大半個通宵，才「掩旗息鼓」的躺在美女堆中沉沉睡去。

經過大半夜的「戰鬥」，思龍一大早被諸女的笑聲吵醒時，只覺著有些腰酸背痛的。心下不禁暗警，自己若如此縱欲下去，身體可是會給掏空的。以後倒是得對自己的慾念節制些，自己肩上的擔子還很重呢！

劉邦一日沒有打敗項羽，坐上漢高祖的寶座，自己就一日不能鬆懈焉。尤其是自己父親項少龍，他跟自己一樣具備有這古代人所沒有的兩千多年的歷史文化知識，且也知曉這古代的歷史，自己得時時刻刻的預防著他想改變這古代歷史的圖謀。

心下雖是如此想來，但當睜開眼來看到諸女晶瑩而又豐滿的無限美好的上身時，卻又禁不住食指大動。故意瞇上眼睛，裝作剛睡醒過來的樣子，伸了個懶腰，雙手卻是順著眼睛的餘光，向舒蘭英和朱玲玲堅挺的酥胸撞去。

二女驚叫一聲，舒蘭英似怨實喜的嗔道：「你這大色鬼，醒過來了還裝什麼睡啊？你要使壞是不是？那我們六姐妹又要向你開戰了！」

嚇得項思龍忙縮了手，坐了起來哭喪著臉道：「為夫昨晚都快被你們吸乾了，現在哪有什麼力氣了嘛？」

舒蘭英眉目如絲的嬌聲道：「這個沒關係，相公只要躺著，讓妾身等來侍候你就是了！」

思龍搖頭苦聲道：「哎呀娘子，你就饒了為夫吧！今天我們還要起程出西域呢！」

舒蘭英輕拍了一下思龍，媚笑道：「你這傢伙，假正經個什麼呀！其實對我們早就色心大動了是不是?那還不快準備上陣?」

說著就伸手去扯思龍的短褲。思龍看著眾女如狼似虎的目光,頭大如斗的邊從榻上跳了起來,邊抓過衣衫往身上穿道:「諸位娘子,今天我實在是沒有精力再戰了,過幾天等我養足了精神,為夫再來與你們大戰三百回合吧!」

舒蘭英還待追抓思龍,朱玲玲阻住她道:「不要為難相公了吧!我們應該讓他休養好身體的,否則他哪有精力去辦他的大事嘛!」

舒蘭英嗤笑道:「玲姐就是這麼護著他!」

思龍則是飛身到朱玲玲身邊熱烈的親了她一口高呼道:「還是玲姐娘子最最理解、體貼為夫!」

朱玲玲被思龍親著酥胸急劇起伏,春情大漲的橫了思龍一眼道:「你再這樣挑逗人家,說不定我也不放過你了!」

項思龍聽了這話嚇得忙退開身子,擺手道:「算我怕了你們了!跟你們親熱也不是,不親熱也不是,看來我還是出家去當和尚好了!」

舒蘭英嬌笑道:「相公出家做了和尚,作娘子的自是得去做尼姑了!」

項思龍大叫道:「哇卡,如此陰魂不散的跟著為夫,那我也只好不去當和尚了!」

頓了頓又放低聲音道：「何況去當了和尚，就得六根清淨去掉七情六欲，這豈不比要了我的命更難受麼？放著一大堆如花似玉的老婆不能親熱，那簡直是太可惜了！」

舒蘭英浪笑道：「現在你不是有機會與我們親熱嗎？誰知你卻臨陣推脫呢？」

思龍被她說得心頭火起的同時，又是慾念大起，索性豁出去了似的道：「嘿，誰怕誰啊？今天為夫不把你這騷娘子給轟炸得投降才怪！」

舒蘭英小嘴巴一翹道：「我還有玲姐和秀芬她們幫我呢！你能擺平我們六人嗎？」

項思龍邪笑道：「昨晚你們不是被為夫擺平了嗎？」

舒蘭英揚眉道：「哪裡嘛？是你像條死豬一般睡過去了，那才饒了你的！要想擺平我們，除非你拿出像昨天晚上一般的功夫出來！」

項思龍閃身到舒蘭英身旁，把她按倒榻上，氣呼呼的道：「好！那我現在就來證明給你看！」

正要劍及履及時，房外傳來天絕的聲音道：「少主，夫人在廳中等著你去用早膳呢！怎麼，昨晚瘋狂了一夜，還沒享受夠嗎？」

項思龍聞言心神一斂，清醒過來，停止了對舒蘭英的進犯，壓低聲音對諸女道：「快點著穿好衣服！否則讓姥姥等久了，她又要嘮叨了！」

舒蘭英諸女此時也再不敢纏著項思龍，各自找了衣物穿上，梳洗過後，隨了項思龍匆匆往大廳走去，卻見上官蓮和傅寬等都早已坐在廳中。

項思龍走到上官蓮身前，尷尬著笑道：「姥姥，早啊！嘿，睡迷糊了呢！」

上官蓮又好氣又好笑的道：「有了老婆就忘了正事！像你這樣的縱情色欲，哪還成得了什麼大事？我告訴你啊，從今晚以後只能一個夫人陪你！若是犯規，我就把你所有的夫人都給送到通天島去！」

項思龍忙紅著臉連連應「是」，眉目卻是朝舒蘭英揚了一下，意思在道：「嘿，這下我可以擺平你了吧！」

舒蘭英見著項思龍的怪異目光，知他心中所想，羞得低垂下頭去，不敢與他對視。

幸得上官蓮這時轉過話題道：「思龍，我看大家用過早膳以後就各自起程。傅寬、雍齒他們領了人馬去接應劉邦，我們則趕去西域辦完教中一些事情，你就可以重出中原去與你那劉邦兄弟會合了。噢，對了，還有北冥宮之行，你可也不要忘了。否則，孤獨驚鳴那老頭到我們地冥鬼府來要人，那教中可要被他給搞得鬧哄哄了！」

項思龍點頭道：「有了傅寬和四護法等人去助劉邦，我自是放心許多！我會辦完了這些事情後再去找劉邦的。」

說著從懷中掏出兩疊包紮好的黃帛，遞給傅寬和四大護法中一個，對他們道：「你們見到劉邦後，把這兩封信交給劉邦，他自會對你們有個安排的。至於你們去找劉邦的途中，要儘量的避免與各路勢力發生衝突，最好是避實就輕，一定要保持實力找到劉邦！」

傅寬和四護法沉聲應「是」，思龍接著又道：「你們要叫劉邦特別小心提防著項羽，同時你們自己也要暗中警戒著項羽，絕對不允許他有任何圖謀刺殺劉邦的奸計得逞。尤其是四護法，你們要配合十六鬼魅使者，負責保護劉邦的絕對安全。若是劉邦有什麼閃失，我唯你們是問！」

頓了頓又道：「還有，你們絕計不可去刺殺項羽，至於為什麼你們就不需要知道了，只要絕對服從我的命令就是。」

四大護法甚少見得思龍用如此嚴肅的語氣說話，連站了起來恭聲道：「屬下等謹遵少主令諭！誓死效忠少主！」

思龍知道自己也確實是顯得太過嚴肅，當下緩和過語氣，笑道：「好了，大家用膳吧！」

天絕這時卻是抱著一罈酒，走到思龍身邊道：「少主，昨晚你可是答應過義父說要陪我喝六杯酒的，你怎麼臨陣卻給溜了呢？今天我非要你補回來不可！」

思龍苦臉笑道：「義父，我們相處在一起的時間可多著，有的是喝酒的機會呢！我看這六杯酒還是暫且記在帳上好了。」

說到這裡，湊到天絕耳邊壓低聲音道：「昨晚房事過度，現在實不宜喝酒，我看義父還是饒過我吧！」

天絕聽了稍稍一愣，但旋即失笑道：「原來如此！好，那我暫且記在帳上是了！待得日後我的乖孫子孫女出生的時候，再向你討還！」

思龍哂道：「沒問題！那時義父不找我討帳，我卻也要大叫著還帳呢！」

眾人聞言齊都哈哈大笑，舒蘭英、朱玲玲諸女在眾人目光的注視下都羞得粉臉通紅的抬不起頭來。

上官蓮也是呵呵笑道：「那時啊，老身也要痛飲個痛快了呢！」

思龍嘿嘿笑道：「這酒要喝還為時尚早呢！我們現在還是先填飽了肚子再說吧！」

天絕抑笑道：「是不是昨晚勞累過度，現在要補充能量，以備今晚再戰啊？」

項思龍嘿然道：「就是的啦！幾隻母老虎昨晚都差點把我給吃了呢！」

眾女聞言狠狠的瞪了思龍一眼，卻是不敢出言與思龍相抗，那羞嗔惱怒的動人模樣兒看得思龍心中大樂。

終於離開了排市鎮集，項思龍回首看著身後漸漸遠去的山峰，心中也不覺有著幾份的留戀之感，想到自己一行在彭城被迫逃進這太行山脈後的種種際遇，真有點恍如夢幻般的感覺。

又想到師父孤獨行為救自己而死，心中禁不住一陣黯然神傷。長長的歎了一口氣，項思龍對自己身前的鬼青王道：「總護法，我們現在進入何地境內了呢？」

鬼青王勒住馬轉首答道：「已經進入了原趙國境內。這一帶秦兵駐軍並不多，因為周邊的匈奴國現在再也不向秦國俯首稱臣了，他們反也乘此際之亂，時常跑到秦境內大肆掠奪，後來竟愈來愈是瘋狂，帶兵衝進秦境內掠奪起土地來。匈奴人凶蠻非常，秦兵又怕死，所以多半被匈奴兵一擊即散。趙國北面臨近匈奴，秦將都不願領兵駐守，以致這一帶匈奴兵逐漸霸道起來。」

項思龍聽了點點頭又道：「我們地冥鬼府稱雄西域，與匈奴人的關係怎麼樣？」

鬼青王道：「匈奴人雖然在秦兵面前凶蠻，那還不是憑藉秦難以攻入他們國家險要的地勢之故。但我們地冥鬼府久居西域，而西域卻又是匈奴國險要地勢的屏障之一，所以我們根本就不懼匈奴人，反是他們得對我們地冥鬼府禮敬三分。否則，嘿，他們可嘗試過我們的厲害！」

項思龍大是放心的笑道：「那依你這麼一說，我們豈不到了安全地帶了？」

鬼青王沉聲道：「可以這麼說吧！不過，我們現在還沒有深入趙境，此地南臨齊國，而齊國臨淄則被秦將章邯攻下不久，那裡一定還有大批秦軍留駐，所以我們仍是不可掉以輕心。」

項思龍讚服道：「總護法辦事倒是愈來愈小心了！」

鬼青王老臉一紅道：「這都是少主領導有方，教會屬下的！」

上官蓮在旁插口道：「哎，你們不要嘰嘰喳喳了行不行？快點趕路也！天又快黑了，不到鎮集也得找個安全的地方安營紮寨吧！」

項思龍笑道：「我看我們還是在野外搭帳住宿算了，這樣可以減小我們的目標。現在啊，我們是愈少惹麻煩，早日趕到西域最好！」

上官蓮最關心的就是能夠快些趕到西域，道：「就依你之言好了！地滅和四大護法，你們幾個去勘察一下前面的境況，找個清靜的山谷預備紮營休息。」

地滅和四護法當下領命而去。思龍看著身邊不遠處村落的殘垣廢墟，心頭一種沉重之感湧了上來。

戰爭是在創造歷史，創造英雄，但是戰爭卻也帶給了人民最是慘重的災難，那麼從人道主義上講，戰爭卻是罪惡的了。但是要想推進社會制度的變革，促進生產力的發展，戰爭卻又最為切實可行的最好辦法。

縱觀歷史的發展，從奴隸社會到封建社會到資本主義社會，那一次變革不是通過新舊勢力思想的鬥爭而建立起社會體制來的呢？

從某一種角度某一種意義上說，戰爭促進了和平，只是這和平的得來所付出的代價未免太過慘重了吧！這或許是歷史無可奈何的悲哀吧！

想到這裡，思龍苦笑了一下，目光落到舒蘭英、朱玲玲諸女身上。即便不能阻止戰爭的發生，但是保護自己身邊這些深愛著自己和自己深愛著的女人和朋友，卻又是職責所在吧！

在這些朋友之中，劉邦自然又是自己所要保護的主要對象，因為他不但是歷史中的漢高祖，更是自己同父異母的親兄弟。

忽而又想起父親項少龍，心中不覺一陣陣的刺痛。自己從小就歷盡千辛萬苦尋找的父親，想不到到頭來卻是自己這古代裡最強硬的「敵人」，命運到底是在與自己開著一個怎樣的玩笑呢？

這玩笑的結局又到底是一齣喜劇還是悲劇呢？思龍正如此七七八八的怪怪想著時，卻突聽得一陣密集的馬蹄聲自耳際響起。

忙斂了心神舉目望去，卻見百十多騎正自前方向自己一行快速迎面馳來，馬上坐著的漢子都身著粗獷的奇裝異服，他們都戴著式樣奇特的帽子，但長長的頭髮卻是散披在肩上。領頭的一個身材高大魁梧的漢子遠遠的就衝著思龍等眾人高喊道：「嘿！你們是什麼人？給我站住！」

思龍訝異的望向鬼青王道：「他們是匈奴人嗎？怎麼也會說漢語？」

鬼青王沒有即刻回答思龍的問話，只是突地從革囊裡取出一面上面繪有骷髏標記的黃色錦旗，高舉在手中大喝道：「鬼王駕到，誰敢阻攔？你是屬匈奴王第幾旗座下的弟子？連我們地冥鬼府的人也敢挑釁？」

對方聽得鬼青王此語，口氣頓即恭敬起來道：「原來是鬼王前輩大駕，在下童千斤，乃是我王座下第六旗諸葛長風旗主座下弟子，不知鬼王前輩大駕光臨，多有冒犯，還請前輩恕過小輩！」

說著時，那大漢已是領著眾屬下到得思龍等身前，躍下馬背朝鬼青王深深施了一禮後又道：「原來是鬼青王和鬼王四護法等前輩！不是傳言你們去了中原辦什麼事了嗎？噢，對了，鬼王西門無敵前輩呢？怎麼不見他老人家？」

鬼青王冷冷的道：「你的話似乎太多了！我們地冥鬼府的行蹤還有得你這樣的小角色來過問的嗎？」

童千斤卻也突地冷笑道：「江湖傳言，西門無敵前輩在通天島一戰被鬼冥雙怪給殺了，我們原本還在遲疑之中，現在聽鬼青王你的語氣，這消息似乎是真的了？哈哈，若真這樣，那你們地冥鬼府就是我王達多真主的下屬了，因為閣下的三位師弟已經效忠了我們大王，你二師弟鬼靈王不但被我們達多真主封為國師，而且他已控制了地冥鬼府，自奉為鬼假王了。我們正是奉國師之命在此恭候諸位的了！」

鬼青王聞言臉色大變，望了思龍一眼後恨聲道：「少主，想不到鬼靈王這小子，竟然真的趁師父出征就公然作反了，且還勾結上了匈奴王，把我們地冥鬼府也給出賣了！」

上官蓮咬牙切齒的道：「思龍，抓到這小子，一定要把他生撕活剝，才方洩我心頭之恨！想不到他為了一己之私，竟然出賣我地冥鬼府幾百年的基業！」

項思龍虎目光芒一閃的點了點頭，正待說話時，那童千斤卻突地對上官蓮喝道：「你這老乞婆是誰？竟然敢咒詛我們國師？是不是活得不耐煩了？」

上官蓮聽了這話，鳳目殺機暴長，望了鬼青王一眼，後者不待吩咐即已會意，身形從馬背上倏地飛起，向童千斤疾射過去，口中暴喝道：「找死！竟敢辱罵我們夫人！」

話音剛落，只聽得「啪啪」兩記耳光之聲響起，童千斤左右臉頰已是被鬼青王迅雷不及掩耳的快捷之勢各搧了一記耳光，嘴角亦也溢出血絲來。

童千斤驟不及防之下驟然遭襲，微微一怔之後，頓即暴跳如雷的道：「死老鬼，你竟然敢打我？是不是活得不耐煩了？告訴你，你在地冥鬼府中的勢力已經全部被國師鬼靈王給打垮了或投降了！你現在沒有憑仗了！還凶什麼凶啊？還有，這裡雖然是秦國土地，但已被我王揮軍南下的十萬大軍給控制了！假以時日，秦王朝也要成為我匈奴王國的腳下之臣！嘿嘿，我看你們還是乖乖的也歸順我王吧！這樣方可保得住小命呢！西門無敵那老鬼死了，你們再也沒得什麼領先了！」

說到這裡，目光投向舒蘭英和朱玲玲諸女，色瞇瞇的打量了她們好一陣，根本沒當思龍等的存在，吞了一口唾涎後又道：「嗯，這幾個小姐不錯，若送給我們達多真主，說不定會賞你們個官當當！鬼青王，你考慮好沒有？是歸降我們真主，還是準備作誓死抵抗？」

這次項思龍終於忍不住心頭的怒火，率先冷聲道：「你這傢伙說話好是討厭！鬼青王，給我殺了他！」

鬼青王正也一肚子的火氣，得令後冷冷的瞪了童千斤一眼，「鏘」的一聲拔出佩劍，冷喝道：「小子，拔劍吧！我們少主說了要你死，你就絕對活不了了！」

童千斤聽得心頭寒氣大冒，強作鎮定的喝道：「你……你們敢殺我，就是與我們真主為敵，我們大王定不會饒過你們的！」

鬼青王冷笑道：「達多算個什麼東西？竟然妄圖去進犯中原？我看他是想被滅國了！哼，我不跟你囉嗦，還是拔劍準備受死吧！」

說完身形一晃，左手長劍一抖，幻化出點點劍芒，劍光已是隨著身表向童千斤直擊過去。

這童千斤想不到功夫卻也並不太差，竟能在鬼青王挺劍向他擊來之際，也「鏘」的一聲拔出佩劍向對方擊來的長劍阻擊過去。「噹」的一聲清脆劍碰之聲響起，鬼青王臉色微變的道：「怪不得這麼狂妄，原來也把我們地冥鬼府的鬼冥神功給練到了六成火候！看來鬼靈王這小子早就陰謀篡位了，竟然連教中的秘功也傳給了外人！不過，你終究差得太遠了！」

說完，鬼冥神功已是提至十層功力，長劍頓時釋發出一股股奪人心魂的強烈勁氣，舞動之下帶著「唬唬」的破空之聲，劍芒在勁氣的凝聚之下，如一根根飛針般往童千斤擊去。童千斤嚇得亡魂大冒，快捷的揮動長劍護身之時，亦也同時飛身退入眾人之中，大喝道：「大夥兒並肩兒上！把這些叛賊給宰了，大王定會重重有賞的！」

說完又衝身後的幾個大漢道：「快！快吹響號角，向旗主他們發出求救信號！」

話音剛落，慘叫聲和號角聲已是接連不斷的響起。鬼青王此時胸中各種怒火直燃，殺機大熾，逢阻便砍，劍鋒所到之處即是慘叫聲響起。

童千斤躲在眾武士身後，見著鬼青王的瘋狂殺人之態，嚇得更是屁滾尿流，連連催促眾武士上前阻擊鬼青王，同時語音顫抖的求和道：「鬼青王前輩，我……只是奉我大王之命行事罷了，跟你可是無怨無仇啊！你老可是不必跟我這樣的一個小角色計較吧！何況背叛你們地冥鬼府的只是國師鬼靈王！你要找也應找他算帳才對啊！至於在下剛才只是胡亂說來，得罪了你老人家，還望你倆老大人有大量，不要跟我這等小角色計較吧！」

鬼青王邊揮動長劍邊冷喝道：「你得罪的不是我，而是我們少主！要想活命，你去求我們少主是了！」

項思龍這時也實在看不下去鬼青王的殺戮了，何況見得那童千斤的小丑狼狽之態，心下的氣也頓消了許多，當下喝止鬼青王道：「好了，總護法，殺這樣的一個小人，可也確是沾汙了你手中的長劍！就饒過他的小命吧！」

上官蓮卻是餘氣未息的憤憤道：「思龍，怎麼可以這麼便宜這小子呢？他不但罵了老身，還對我的幾個孫媳婦出言不遜，不殺他至少也得在他身上留下點什麼記號吧！」

思龍點了點頭，目中寒芒一閃，身形突地從馬背上射出，只聽「啊」的一聲慘叫，童千斤還沒看清思龍的身影，左右兩隻耳朵已是被思龍用小飛刀割落，鮮血流滿面頰，如殺豬般的痛叫出聲。

項思龍這時已飛回馬背，手下提著兩隻剛割下的耳朵，拋給上官蓮，笑道：「姥姥這下氣可消了吧！」

上官蓮眉開眼笑道：「嗯，勉勉強強的了！」

眾敵見得項思龍一招之下竟然割下自己頭領的兩隻耳朵，都不禁心下駭然。這年青人是誰？武功竟然如此高絕，像是比鬼青王還高出許多！且鬼青王口中稱他為「少主」，似是這行人中的中心人物，但他若為地冥鬼府的少主人，卻怎麼從來沒有聽說道呢？因為西門無敵似是沒有兒子啊！

眾敵正如此忐忑的想著，項思龍已是衝著正漸漸忍住了慘叫，而怨毒的盯著他的童千斤冷冷的道：「回去告訴你們真主和國師，就說地冥鬼府的少主人項思龍回來收復他們的地冥鬼府了！」

童千斤聽得「項思龍」之言卻是失聲道：「什麼？你是項思龍？那你認不認識曾範、張方、曾盈和張碧瑩他們？」

思龍聽得心中掀起萬丈的浪濤，顫聲道：「你……你知道他們的下落？快……快說，他們現在到底在哪裡？」

童千斤見思龍如此激動，知道他果認識自己口中所說的那些人，像吃了顆定心丸似的又給恢復了生機，但卻又是有些什麼顧慮似的道：「嘿嘿，我當然知道你這些朋友的下落了！不過我告訴了你，對我卻不知有沒有什麼好處？」

思龍想不到這童千斤看來牛高馬大的，卻是可恥得在這種情況下，卻還向自己討價還價的勒索，不覺又是感到好氣又是感到好笑，但自己卻是實在太關心曾盈、曾範、張碧瑩、張方還有玉貞諸人了，雙方失散了一年多，一直沒有他們的任何消息，今日得知他們的下落，一時真是巴不得馬上就可與眾人見面，當下強壓心頭衝動和怒火道：「只要你帶我找到了我的這些朋友，我自是不會虧待了你。但你若是耍什麼花樣，哼，那就休怪我辣手無情！」

說完倏地拔出鬼王劍，運起十層的北冥神功和十二層的鬼冥神功貫注劍身，猛的劈空揮出一劍，卻見空中有若一陣電閃雷鳴，劍氣所出的空氣頓時發出一片片火花，有若電流般在空中閃耀出刺目的光電，同時「轟轟轟」的空氣炸裂之聲不絕於耳，劍氣所觸地面更是炸出一個足可埋下百十來人的大坑。

目睹項思龍此劍威力，不要說童千斤等敵人的驚駭了，就是連天絕地滅這樣的絕世大魔頭也是禁不住暗暗咋舌，心中暗忖道：「看來少主的功力比先前與自己二人打鬥時更是進深一層了！如此下去，可也真不知他的功力會進深至多高的境界！」

項思龍揮出一劍見震懾住了童千斤，又冷冷道：「現在你當知是沒有什麼人可以阻止我想辦到的事了吧！好，你現在就給我帶路，領我去見我的朋友！」

上官蓮禁不住插口道：「到底是什麼樣的朋友啊？竟然如此急著要去找他們？我們還有正事要辦呢！」

項思龍似沉浸在回憶中喃喃的道：「他們是我來到這古代以後所遇到的第一批朋友，若是沒有他們對我的關愛，我或許早就不在人世了！」

上官蓮聽得愣了愣，看著思龍的神態，讓步道：「那好吧！我們就先去找你的那些朋友。找到他們後，我們卻要儘快去收拾了鬼靈王這叛賊，恢復我們的地冥鬼府！」

項思龍點了點頭，對童千斤喝道：「還不快領我們去見我的朋友？」

童千斤此時已是被思龍方才那驚天動地的一劍給嚇破了膽，怔怔的望著思龍茫然不知所措。

項思龍看著童千斤怔愣愣的呆態，心下好笑，當即用「傳音入密」的功夫把聲音凝成一絲絲的送入他耳中大喝道：「喂！我叫你快點準備帶路，你聽見沒有？」

童千斤被項思龍的這聲大喝，嚇得一大跳，身軀晃了晃，翻了幾下白眼，過了好片刻才平靜下情緒，連連道：「這個……是！是！在下知道了！馬上就帶少俠去見你的朋友！」

項思龍聽出問題來道：「聽你之言，我的朋友就在這附近，是不是他們被你們的人給抓去了？」

童千斤忙搖頭道：「怎麼會是被抓去的呢？他們是我們真主的救命恩人，被我們真主奉為上賓呢！且曾盈、曾範、張碧瑩已與我們真主結拜為異族異姓兄妹了，至於張方呢？被我們真主封作了第四旗旗主！嘿，在下帶你去見他們，只要少俠向他們美言幾句，多多提攜在下就是了。」

項思龍想不到竟是這等局面，但依自己的觀感，曾範、曾盈、張碧瑩、張方幾人並不是貪慕榮華富貴之人，更不會通敵賣國的幫匈奴人來攻打中原，這其中定是有得什麼隱情的了。

想到這裡，項思龍心中突地一緊。照情形看來，曾範他們很有可能是與那達多真主虛與委蛇，而實質上他們則是被達多給軟禁了。

但是曾範他們救過達多的命，達多軟禁他們又是為著什麼原因呢？難道……難道達多是為了曾盈和張碧瑩、玉貞諸女？這……若那達多真敢打她們的歪主意，老子不生劈了他就不姓項！

項思龍心情又不平靜起來，語氣冷冷的對童千斤道：「只要我的朋友沒事，你就是要做你們匈奴國的真主也沒問題！好了，不要廢話了，還是帶領我們去見我的朋友吧！」

童千斤卻果也不敢再多言，此時雙耳在其他匈奴武士的幫助下，縛上了藥且用布條綁好，疼痛減少了些，聽得項思龍那說什麼可以讓他做匈奴國真主的話，心中樂得直叫「小祖宗」，忙整頓好隊伍，翻身上馬，策騎往西南方向馳去。

上官蓮記起地滅和四護法去找投宿營地去了，當下問思龍道：「地滅他們怎辦？我們不等他們了吧？」

項思龍此時心急如焚的欲見曾盈、張碧瑩她們，聞言想也不想的道：「沿路刻下聯絡標記就是！」

上官蓮見思龍心情甚是沉重，也沒有再出言問他些什麼，只吩咐鬼青王沿路刻下地冥鬼府聯絡標記。

一行人就在馬蹄聲中，沉默無語的隨了童千斤等匈奴武士向西南方向馳去。過得一個多時辰以後，終於歷歷可見前方有一座城池，城樓上火把點點，顯是防守極為森嚴。

童千斤回頭笑著對項思龍道：「前面就是雲中郡城了！現在已被我們匈奴武士佔領，城中有我們軍隊十萬之眾，達多真主和八大旗主都傾巢而出，此次我們對中原是勢在必得！不過國師鬼靈王卻沒有到來，他還在西域的地冥鬼府平定內亂。」

項思龍冷哼了一聲，卻是問道：「我的一眾朋友可也在這雲中郡城裡？」

童千斤連連點頭道：「在！真主對你的朋友們非常客氣和重用呢！且他準備取納曾盈和張碧瑩姑娘為我們匈奴國的王妃了！」

項思龍聽得童千斤這話，見達多真主的圖謀果真被自己不幸而言中，目中怒火直燃的道：「兩位姑娘願意嫁給你們真主嗎？」

童千斤沉吟了一會後道：「據聞兩位姑娘已經身懷六甲了，她們要求我們真主待她們分娩以後和找到了項少俠你，才同意跟我們真主結婚。嘿，少俠，兩位姑娘是不是……」

思龍聞聽得曾盈和張碧瑩已經懷上自己的骨肉，心下喜極而狂，打斷童千斤的話顫聲道：「什麼？你說兩位姑娘已經有了身孕了？」

童千斤被思龍的神態嚇了一跳，喏喏道：「是啊！我們真主與兩位姑娘認識已是有一年多了，她們……」

思龍大喝一聲道：「放屁！她們是我未婚妻！你們真主竟敢搶奪民女，我看他是活得不耐煩了！」

上官蓮這時也大喜道：「思龍，你說那兩位有了身孕的姑娘是你老婆？那……哈！那我豈不是快要有曾孫子了？」

思龍苦笑道：「可是她們卻是身陷險境呢！」

天絕怪目凶光連閃道：「若我的兩個義媳婦少了一根汗毛，老子就要把他們匈奴國人殺個雞犬不留！」

上官蓮也是鳳目一瞪道：「對！若是我兩個乖孫媳婦有得什麼差錯，定要把那什麼達多真主給剁成肉漿！」

天絕接口道：「不只是那達多一人，就連他的九族都得給殺個精光！」

童千斤聽得汗毛悚然，不敢吭聲。

項思龍卻是冷靜的道：「此地是他們的勢力範圍所在，我們絕不可硬來，如若打草驚蛇，那盈盈、碧瑩她們就會有危險了。」

頓了頓，望向驚若寒蟬的童千斤厲聲道：「希望你好好的跟我們合作，若是敢耍什麼花槍，我馬上一劍送你上西天去見佛祖！還有你的這幫屬下，誰敢洩露我們的身分我就殺誰！」

童千斤連聲應「是」。

項思龍緩和了一下語氣道：「若是能救得我的朋友們安全脫險，我就傳授你們鬼冥神功和鬼王劍法，且讓你們每一個人都坐上你們匈奴國的大官位置。」

童千斤臉上掠過喜色，忙拍馬屁道：「憑少俠這樣的身手，要救你的朋友自是小事一樁了！你可以擒下我們的達多真主和各大旗主脅迫他們放了你的朋友的嘛！至於在下等呢，自是唯少俠是命，你吩咐我們怎麼做我們就怎麼做是了！」

天絕嗤笑道：「你這小子很會拍馬屁嘛！讓你做匈奴國真主最好了，下次我們去你們匈奴進修，我們有得好吃、有得好喝、有得好玩的了！」

上官蓮責聲道：「我們現在是在辦緊要的正事呢！開什麼玩笑嘛！」

天絕正待發話，項思龍忙為他們和解道：「好了！姥姥，義父，你們不要鬥嘴了！就快到城下了，我們還是想個什麼對策好接近那達多真主吧！」

上官蓮沉默了片刻道：「我們可以向他詐降啊！像鬼青王這等高手，達多定不會放過，而想收買他來牽制鬼靈王的了！」

天絕搖頭道：「可是少主割了童千斤的兩隻耳朵，這擺明了是不願歸降的跡象嘛！我看此法行不通！」

項思龍沉聲道：「那只要我們把這個破綻給補住了，詐降的計策不就可行了嗎？」

上官蓮皺眉道：「可是用什麼辦法補住這個破綻呢？總不能有辦法把耳朵給童千斤給接上吧！」

項思龍靈機一動道：「有了！我們可以用易容術裝扮成童千斤，不就行了嗎？」

童千斤駭然驚叫道：「少俠，你可千萬不要殺我啊！」

項思龍心下鄙視，嘴上卻笑道：「你還有很大的利用價值，我又怎會殺你呢！只要你把城中所有你所悉知的情況都說出來，我不但包你不死，還說不定殺了達多讓你做真主呢！有我們地冥鬼府為你撐腰，這可不是沒有可能的事吧！」

童千斤遲疑了好一陣才道：「你可要說話算話噢！即便我做不了真主，可你卻要保得我性命的安全！」

項思龍不耐煩的道：「你當我說話是放屁啊？好了，快說就是！你死不了的啦！」

童千斤再也不敢與思龍討價還價，當下把城中各區的兵力分佈，各重要將領的行館所在和達多所居之處的護衛情況等等一口氣對項思龍說了出來。

項思龍聽了後大感滿意，從革囊中掏出一個碧綠玉瓶倒出一粒碗豆般大的黑色藥丸，強行納入童千斤口中後道：「這是『七日斷腸丸』，若是你說的話有假，讓我們碰到了什麼麻煩，七日之後，你就會肝腸寸斷而亡；若是我們沒事，我自會給你解藥。」

天絕笑道：「小子，好好的為我們祈禱吧！」

童千斤嚇得面無人色的道：「小的絕對不敢說半句謊話！七天過後，少俠你……可一定得給我送來解藥啊！」

說著忙又從懷中掏出各種身分證明的物件和一個虎頭金牌，且脫下自己的外衣。

項思龍見他這麼合作，淡淡道：「只要證明你沒說謊言，無論怎樣我都會給你送來解藥的了！好，已經快到城下了，你就在此地找個隱秘的地方躲藏起來，七日後我自會給你送來解藥。」

頓了頓又對鬼青王道：「給他些乾糧和水！」

鬼青王應命照辦。處理好童千斤後，項思龍便著手給自己易容起來，過得盞茶功夫，一個活脫脫的「童千斤」已是展現在眾人面前。

天絕訝讚道：「哇！少主原來還會這麼一手！若是裝扮成女人，定可迷倒天下男人的了！」

上官蓮也對著童千斤打量了項思龍好一陣後，嘖嘖讚道：「果是巧奪天工的易容之術！若不是知道眼前這『童千斤』是思龍裝扮的，還真分不出真假來！」

項思龍笑了笑，用變音之術變成童千斤的聲音，對正駭異的望著自己的真正的童千斤道：「童兄，在下還像你吧？」

童千斤如遇鬼魅般的訥訥道：「你……你……」

天絕笑道：「你什麼個你呀！現在我們少主就是你了！」

項思龍演示了一番童千斤的言行舉止，連童千斤的屬下都顫顫的說看不出什麼破綻來時，項思龍才大喝一聲意氣風發的道：「好！兄弟們！押了『降徒』，大家準備進城！」

話音剛落，已是策騎率先向雲中郡城東城門馳去。一時馬蹄聲又劃破靜夜的空氣中響起，半個時辰的功夫，眾人已是到得城門前。

城樓上的守衛大聲喊喝道：「喂！你們是第幾旗的門下？」

項思龍用童千斤的聲音高聲回話道：「我是童千斤！第六旗諸葛長風旗主的座前總護衛！」

城樓上的守衛「噢」了一聲道：「原來是童總護衛！你不是被六旗主派去阻截鬼青王他們了嗎？怎麼現在就給回來了！唉，你們押著的是些什麼人？」

項思龍哈哈大笑道：「他們就是來向我們達多真主歸降的鬼青王他們了！上面的可是遠吉城守？快著人去稟報真主，就說我已押解鬼青王他們回城了！」

城樓上的遠吉大是羡慕的道：「童總護衛此次立下如此大功，我們真主定會重重有賞了！那時可不要忘了兄弟們！」

說完，便命城下的武士開了城門，迎接這隊凱旋歸來的「英雄」。

項思龍等進得城內與那城守遠吉客套一番後，正待領了眾人去郡府拜見達多時，突見得前方馳來一批排場浩大的馬車，幾十盞宮燈頓把城內的廣場給照得一片通明。

遠吉附在思龍耳邊道：「想不到真主竟然如此重視鬼青王他們，竟然親自來迎接童兄了！嘿，看來童兄定會因此而飛黃騰達囉！」

思龍不置可否的笑笑，心神卻是猛地一斂，待得車隊到得近前時，忙與遠吉一起走到豪華的馬車跟前，下拜道：「卑職童千斤參見我王！我王萬歲萬歲萬萬歲！」

話音剛落，車廂內走出一個三十多歲、身材魁梧高碩，身著繡有龍身的長袍，目光威嚴而又陰沉的漢子，揮了揮手淡淡道：「二位卿家平身！」

頓了頓，又衝站起身來的項思龍望了一眼，掩不住興奮的道：「聽說童卿家已經收降了鬼青王，不知他們現今何在？」

思龍遙遙的指了一下被眾匈奴武士「押解」著的鬼青王、上官蓮、天絕等人道：「就是他們了！」

達多真主掃視了眾人一眼，因舒蘭英諸女的美色已被思龍用易容術遮去，所以並不起眼。滿意的點了點頭後「龍顏大悅」的道：「童千斤立此大功，寡人是會重重賞你的了！」

說著走到身後的一輛馬車前，探身到車窗旁柔聲道：「盈盈，碧瑩，你們可願下車來隨我看看我們的勝利品？」

車中傳來項思龍闊別了一年多而又熟悉得魂牽夢縈的曾盈的聲音嚦嚦道：「真主，我們身體不適，還是不要見那等場面了吧！」

思龍虎軀微顫。

啊！果真是盈盈！她們現在可是否風采依然呢？

第二章　虛與委蛇

項思龍聞聽得曾盈的聲音，真想衝著馬車大聲喊道：「盈盈，我是思龍！我是思龍啊！」

但是實際境況的壓迫讓他清醒的知道自己必須冷靜，否則露出馬腳那後果將不堪設想。

這東城門三萬匈奴兵把守，再加上這達多真主出行，有二百多名護衛高手，硬抬起來，己方除了有數的幾大高手可以突圍而出之外，其他的人必將被屠殺，且會陷曾盈等於險境之中。

目前唯一可行的就是先穩住這達多真主，騙取他的信任後，再設法救人。可又一想著自己與這兩個日思夜想的可人兒近在咫尺卻是不能相見，心中便忍不住一陣陣的刺痛，對這達多真主的仇視也便更深一層。

達多真主見曾盈、張碧瑩不願下得馬車，臉上的失望之色溢於言表，有些憤恨的道：「難道你們還在想著那思龍？已經一年多了！這一年多來我哪樣對你們不好？哼！思龍！你到底是一個怎樣三頭六臂的人物？竟然能讓得兩位漂亮的姑娘對你如此死心踏地！難道我憑一國之君之尊也比不過你嗎？待我他日深入中原時，倒是要找得你來看看，你哪一樣能比得過我！人品？武功？還是什麼？」

項思龍聽了達多的這番話，心中升起一股暖意。曾盈和張碧瑩果是對自己一往情深，自己此次救出她們以後，一定得多給她們一些關愛，以後再也不與她們分開了。但對這達多的狂妄自大，卻是心下一陣冷笑，忖道：「老子就在你面前！你要找比劃比劃是不是？好！待老子救出了我的老婆和朋友，老子不把你打成個豬頭驢臉才怪！」

心下雖是如此想來，但臉上卻還是不得不擠出幾許偽笑，上前拍達多的馬屁道：「真主，卑職有一種『移魂轉意大法』的神功，你要不要……」

項思龍的話還沒說完，想不到那達多卻是臉色一沉道：「我要得到的是她們的心，而不是她們的肉體，我就不信憑真情不能感化她們！哼！我要一統中原，讓她們知道我達多的才能是比得上秦始皇的！」

說到這裡，揮了揮手道：「好了，我們去看看鬼青王！嘿，有了他投歸到麾下，那地冥鬼府才是真正的被我控制了！鬼靈王對地冥鬼府的影響永遠及不上鬼青王。對了，鬼王八大護法可在？」

項思龍恭聲道：「稟真主，據鬼青王說還有四大護法已在通天島一戰戰死，而另四大護法在卑職截著他們時，已被鬼青王派去找宿營地去了，已經留下了暗記讓他們找到這雲中郡城來！」

達多有些不放心的道：「若是被他們探得雲中城已被我們所控制，讓他們溜回了中原去，可就是我們的一大損失了。鬼王四護法武功均可獨當一面，有得他們相助，我的大業就多幾份成功的把握。你應該把他們一起押解回來的嘛！」

項思龍好整以暇的解釋道：「真主放心，憑卑職的武功要想敵鬼青王已是不可能的，他之所以歸順我王，乃是卑職用三寸不爛之舌說動他的。鬼王四護法也是忠心於鬼王西門無敵的，所以他們絕對不會溜去中原。到時只要真主對他們動之以情、曉之以理、誘之以利，我擔保他們對我王忠心耿耿。」

達多被項思龍說得心懷大暢的哈哈大笑道：「好！那就交由童總護衛去辦！若能勸降鬼王四護法，本王就封你為第九旗大將軍！嗯，現在你勸降了鬼青王，本王就封你為禁衛軍都統，負責本王的護駕安全和雲中城中的防衛！」

項思龍裝出大喜狀的下拜道：「多謝大王對卑職的提攜！」

達多上前親自扶起項思龍親熱的道：「童都統是寡人的心腹，這幾年讓你入了諸葛長風座下，可真是委屈你了。不過你也因此而學會了鬼冥神功，且得到了一粒西門無敵煉製的『冰魄增功丸』，這收益卻也不小啊！對了，你的鬼冥神功已經練到了第幾層的境界？」

項思龍故意「誇大其辭」的道：「已經練到了第八層，快要突破第九層了！」

達多似不相信的訝異道：「童都統的功力竟會如此突飛猛進？上個月我還試過你的功力，不是才達到第六層的境界麼？」

項思龍胡編道：「這個……屬下因機緣巧合得到了一棵千年靈芝草，服食了之後，所以……」

達多恍然大悟的大喜道：「你這小子看來福緣可還真不小，假以時日，你定也可突破十二層的境界！」

項思龍自童千斤口中得知達多不但會鬼冥神功，且把他王室歷代相傳的鎮國之寶「陰離神功」配合以增長功力的「九轉陰陽丹」給練到了至高境界，一手「飛天日月刀法」更是威猛絕倫，當下忙堆笑道：「比起真主的『陰離神功』

來，屬下可是差遠了！」

達多搖頭沉聲道：「其實我們這『陰離神功』是從『鬼冥神功』裡演化而來的，威力比起鬼冥神功來可是還差了一截，要不然我們先人也就容忍不得地冥鬼府在西域稱霸幾百年了！

「當年我的陰離先王為了能窺得地冥鬼府的『鬼冥寶典』，不惜代價的把華雲公主送給了第三代鬼王橫無忌作妾。

「華雲公主千方百計的討好橫無忌，也終是取得了他的寵愛。不過這老鬼卻識破了陰離先王的計謀，竟是把『鬼冥神功』的經文顛倒雜亂起來，故意讓華雲公主有機會偷看。

「華雲公主見目的已達到，於是把偷記起來的假鬼冥神功秘笈抄了一份送給了陰離先王。

「陰離先王大喜之下，於是閉關日夜修煉，怎奈秘笈有假，導致練功走火入魔而四肢癱瘓。

「橫無忌此時卻是傲慢的揭穿了陰離先王的計策，說他是自作自受，且把華雲公主給打入了地冥鬼府的『春夜樓』，供他的教徒淫樂凌辱。

「陰離先王痛定思痛，晚年也用餘生把假鬼冥神功進行了思索，而創出了我們王室歷代相傳的『陰離神功』。這不但是我們王室得以鎮領國民之寶，也是我們與地冥鬼府歷代怨仇的物證。嘿嘿，現在西門無敵死了，地冥鬼府內部又四分五裂，若不是為了從大局著想，我早就向他們開刀了！」

項思龍心中暗凜的忙道：「真主乃是名智之舉，開創千古一帝的萬世基業，才是像真主這等英雄人物應有的雄才大略啊！」

達多哈哈笑道：「嗯！他日我若真統一了中原，你就做我的丞相好了！」

項思龍忙又叩頭謝恩，達多忽地歎了一口氣，嚴肅的道：「童都尉，剛才我對你所說的一番話，乃是我王室的至高機密，你可絕對不要向第二人提起了！」

項思龍連連應「是」，眼角餘光卻是瞟了一眼不遠處的遠吉。達多頓即會意，走到遠吉身邊，冷冷的道：「遠吉城守剛才可聽到了些什麼沒有？」

遠吉嚇得額上冒汗的忙下跪道：「卑……卑職什麼也沒聽見！」

達多點了點頭，低聲道：「即使聽見了，若對第二人洩密，我就誅你九族！」

遠吉忙像公雞啄米般的叩頭道：「卑職不敢！卑職不敢！」

達多緩和了一下語氣道：「你以後就跟著童都尉好了！以後聽他的命令就是！」

遠吉恭聲應「是」，項思龍走了上前來，笑道：「大家都是效忠真主的！遠吉兄弟，日後我們可就多親近親近囉。」

遠吉滿臉堆笑的道：「那是！那是！卑職今後絕對效忠真主和童都統！」

達多轉過話題道：「好了，我們還是先去看看鬼青王他們吧！」

項思龍忙在前引路，不消片刻已走到鬼青王等身前。上官蓮心下想著這達多要搶奪項思龍的兩個老婆，就對達多有氣，不禁暗暗的冷哼了一聲。

達多聞聲臉色一變，厲目精芒一閃向上官蓮望去，正待開口，鬼青王已在項思龍的眼色下忙躬身向達多行禮道：「鬼青王見過真主！」

達多果也被鬼青王轉移過注意力，見他對自己如此恭敬，心下大悅的哈哈笑道：「鬼青王不必多禮！你能投靠本王，本王甚是感到幸慰！今晚本王定要設宴為你接風洗塵！」

鬼青王謝恩過後，卻又裝出恰如其分的焦恨之態道：「在下在效忠真主之前，還望真主答應在下一個要求，就是讓在下先回到西域去解決我們地冥鬼府的內亂問題！」

達多沉吟道：「這個……鬼靈王等也已投效本王，你若去……嘿，這不是讓本王甚感為難麼？因為你們現在都可說是本王的愛卿了啊！」

鬼青王揚眉朗聲道：「鬼靈王等趁師父不在，就反動內部政變，此等背叛師門的逆賊，我定會放他不過。若與他為伍，更讓我感到是一種羞恥。在下投靠真主，誅殺鬼靈王他們，可以說是我們談判的一個條件。

「真主要是維護這幫叛賊，那在下就是寧死也不會投順真主的！想我地冥鬼府在西域一向是獨立自主的，現在歸順真主，我等自是會心中不服！但這罪過都是鬼靈王所導致，所以為了殲滅這幫叛徒，我與真主作個交易條件，就是讓我們去殺了鬼靈王他們，而我等也一定事後效忠真主。」

達多臉色時陰時晴的連連數變，冷冷的道：「鬼青王這話是什麼意思？跟我談條件？哼！你要知道你現在是我們的網中之魚？你根本就沒資格跟我談條件。鬼靈王他們已投靠了我，且基本上控制住了地冥鬼府，我為什麼要相信這樣一個還對我懷有叛逆之心的人？你以為我真非要用你不可嗎？」

鬼青王毫不為其言詞所脅的道：「鬼靈王投靠真主，我想他也只不過是想利用真主的勢力來牽制我罷了吧！你以為他真會誓死效忠真主嗎？你們建立的所謂戰略性夥伴關係，也只不過是相互利用罷了。一旦我被消滅以後，你倒是看看鬼靈王還會不會效忠於你。通天島人知道吧！我和四大護法都已歸順了先主，這位就是通天島主的上官夫人！」

說著指了指上官蓮，又道：「你不要以為我們的勢力會弱於鬼靈王他們的勢力，連西門無敵都敗在兩位島主手下，你可以猜想一下他們武功之高吧！」

達多此時是臉色紅一陣白一陣的厲聲道：「你想威脅本王？」

鬼青王此時似得到了項思龍「傳意入密」什麼提示，不卑不亢的道：「不！並不是威脅真主！我只是把目前的形勢分析給真主知曉罷了。真主要想完全控制我們地冥鬼府，這是永遠不可能的！

「我們少主絕對不會允許你對地冥鬼府有沾染的企圖。你不要認為你練成了什麼『陰離神功』亦或鬼靈王授與你的『鬼冥神功』就可天下無敵了，我們少主手下的能人異士可多得是，完全有力量摧跨真主和鬼靈王之間的聯手！

「但是只要你跟我們合作，只要我上官夫人同意，剿滅了教中叛黨之後，我們就可助你光復匈奴國的大業！」

達多氣得怒極反笑的道：「照你這麼說來，你們地冥鬼府反凌駕於我們匈奴國之上了？哼！經過了二十多年的養精蓄銳和忍氣吞聲，我們匈奴國的十幾萬精銳大軍可也不是吃素的！誰還會怕了你們地冥鬼府啊？大不了我寧為玉碎也不為瓦全，把你們地冥鬼府給剿滅了再說！」

天絕也似得到項思龍的指示，站了出來冷笑道：「看來不給你這小子一點厲害瞧瞧，你就不知道天有多高地有多厚！」

說著「鏘」的一聲拔出天魔劍，把「天魔神功」運至第十二層功力的至高境界貫注劍身，凌空向十多丈遠的緊閉城門直劈過去，只見一束如龍捲風般的紫色真氣強大無比的向城門擊去，只聽得「轟」的一聲巨響交擊著劇烈的電火花，足有二千來斤重的巨大城門頓被天絕的劍中罡氣給炸得個稀巴爛，城牆也給炸得塌方了許多。

達多見了倒吸一口涼氣，想不到這上官夫人手下的一名老者竟有如此高絕的功力，那尚未出現的鬼冥雙怪的功力之高，定是更加不可思議了，自己倒是得重新估量鬼青王的話來。

氣氛一時僵持下來。

項思龍乾咳了一聲，走到鬼青王身前道：「前輩何必把事情弄得如此之僵呢？大家有事應心平氣和的來商量嘛！」

鬼青王冷冷的道：「這就要看你們大王的態度了！他可是寧為玉碎不為瓦全呢！」

項思龍嘿然笑道：「這個……我們大王只是一時不能接受前輩的話，說出那等氣話來罷了！其實我們大家相互商議後，對各自都有好處，我們大王又怎會放棄像閣下等這般有價值的合作夥伴呢？」

達多緩和語氣的接口道：「好，你們提出的建議待我考慮考慮，明天再給你們回話好了！童都統，上官夫人他們就交給你了！起駕回宮！」

說著，一個飛身掠進馬車車廂。項思龍看著車逐漸遠去，心中猶如刀割般的刺痛。那裡有著自己心愛的兩個女人啊！且她們都已懷上了自己的骨肉，看著近在咫尺而不能相見，這……都是那達多！他敢搶老子的女人！哼！老子會有得他好瞧的！

心下怒氣沖沖的想著時，天絕走到項思龍身邊低聲笑道：「小子，剛才咱們合演的那場戲可精不精彩，那達多的肺都怕給我們氣炸了！」

項思龍警戒道：「在這裡不要與我這麼親熱，還是到得我童千斤的府第後再囉嗦吧！」

二人正嘀嘀咕咕的，那遠吉走到項思龍身邊，有些幸災樂禍的譏諷道：「童大人，你可要小心了，黑燈瞎火的可不要摔跤噢！」

項思龍心中正有一肚子的氣沒處發，聞言伸手握住遠吉的手用力一提，發出骨裂的「咯咯」之響後冷聲道：「我的事還輪不到你來管！給我小心守好城門就是了！若是有得什麼叛賊給闖入城中，我割了你的腦袋問罪！」

遠吉給項思龍握得老臉扭曲變形的呻吟道：「卑職謹遵大人令諭！哎喲，請大人放手了吧！卑職再也不敢說大人什麼了！」

項思龍冷哼了一聲，緩緩鬆開手，大喝道：「咱們也打道回府了！」

到童府中不久，項思龍剛一坐定下來，即有人來稟報說，旗主諸葛長風來府。

項思龍大感頭痛的到得客廳，卻見一橫眉大眼，手足粗大，體格健壯高大的漢子正坐在廳中，在他身後還跟著兩名表情冷漠的護衛。

項思龍走到那大漢身前施了一禮後道：「不知旗主深夜來訪可是有何事要求屬下？」

諸葛長風冷笑道：「你現在可是禁衛都統了呢！哼，是不是達多給了你一些迷魂湯喝你忘乎所以了？勸降了鬼青王他們，不先來稟報我知道，卻先去稟報達多，你是不是忘了你的妻子兒子女兒都還掌握在我的手上呢？我叫你親近達多可不是叫你效忠達多！達多如此剛愎自用、貪戀美色，終有一日我們匈奴國會給亡在他手上的。」

頓了頓又道：「說什麼憑十幾萬之眾想吞併中原？這不是癡人說夢話麼？中原人傑地靈，英雄輩出，且秦王朝還有著雄厚的五六十萬大軍的實力，而我們又為外族人，中原人根本不會投靠我們，進兵中原只是自取滅亡罷了！

「像我匈奴這樣的小國，能夠憑天時地利之險守住國土不為中原所吞併，就已經是我們的福音了！此次我之所以同意隨達多出兵，是因為我想趁此良機，待達多發兵深入中原後，我們再折回國內發動政變奪得政權。

「我想只要我們成立了新的政權，歸順我們的族人會很多，到時達多兵敗而歸，那就更得不到族人的支持，我們的江山也就坐穩了！我叫你監視達多，你卻似乎想背叛於我！哼！今天我索性把這些實質的利害關係向你講個明白，你倒是給我一個明確的答覆吧！」

項思龍想不到這諸葛長風竟能把問題看得如此透徹，心下不由大是嘆服，當下口中也道：「旗主這是說的什麼話來？達多現已拉籠了鬼靈王他們，若是我們能說動達多讓鬼青王等與鬼靈王他們火併一場，那地冥鬼府的實力將大打折扣，那時我們統領了匈奴，地冥鬼府也就不足為懼了。

「同時如此一來，也大大削弱了達多的後備力量。此乃一箭雙雕之舉，屬下有何做得不對呢？何況在當時的情況下，達多驟然而至，屬下也沒得機會向旗主稟報而只得私作主張了。旗主現在如此猜忌屬下，可真讓屬下感到委屈得很呢！」

諸葛長風聽了項思龍的這番解釋，臉上氣怒之色盡去的滿堆笑容道：「原來千斤比我還想得深遠得很，那我可真是錯怪你了！嘿，算我剛才所言不對，我向你道歉好了吧！嗯，一箭雙雕，此計甚妙！千斤好好的幫我，日後我登上王位定不會虧待你的了！你現在可是我們匈奴國中炙手可熱的人物，各派旗王都想拉籠你呢！可趁此機會探聽各旗主的動靜，看看他們當中有沒有也對達多懷有二心者。」

項思龍打趣道：「可我卻擔心又被旗主懷疑我有什麼不軌之行呢！」

諸葛長風尷尬的笑道：「不會有下次的了！我對你是絕對的放心和信任！對了，要不要與夫人相聚一下？」

項思龍可不想惹這麻煩，忙道：「有得旗主照顧卑職的家人，卑職是放心得很呢！這些天來局勢緊張，我看還是不見我那口子了吧！免得見了把身體給弄虛了！」

諸葛長風欣賞道：「千斤對我如此的忠心耿耿，我定是不會忘了的了！」

項思龍不喜歡聽這些客套話，轉過話題道：「旗主想不想見見鬼青王他們？」

諸葛長風擺手道：「有得千斤處理出事，我很是放心的了！」

項思龍「噢」了聲，又試探的問道：「達多對四旗主張方似乎……」

諸葛長風不待項思龍把話說完就接口道：「這個我已經看出來了。達多讓張方當四旗主可以說主要還是看在曾盈和張碧瑩二女的份上，他為了討好二女，真是使盡了各種手段，但怎奈曾盈和張碧瑩二女已心有所屬，始終不肯答應嫁給達多。達多近時已是有些耐不住性子，對張方和他那結拜兄弟曾範冷淡多了，說不定還會藉他們來逼迫二女就範呢！不過張方和曾範確也還算得上是個人才，千斤若是有辦法，可以挑撥他們和達多的關係，而把他們收為我們所用的噢！」

項思龍心念一動道：「可是我卻如何去接近他們呢？達多可能會生疑的！」

諸葛長風沉吟道：「達多現在把你視作心腹，只要你騙說你有辦法可讓張方和曾範去勸說二女願意嫁給他，我想達多會色迷心竅的讓你去接近他們的吧！」

項思龍聞言大喜的道：「還是旗主瞭解達多的弱點，此著定可行得通的了！若我們有了張方和曾範的鼎力相助，達多還不盡在我們的掌握之中！」

諸葛長風大笑道：「這還得靠千斤的三寸不爛之舌呢！」

項思龍忙道：「全仗旗主的鴻福關照啊！」

二人一齊哈哈大笑，又再商議了其他的一些事宜，讓得項思龍對這匈奴國內部間的勾心鬥角矛盾鬥爭更是瞭解了許多，同時也對如何救出諸女和張方、曾範等人有了個計畫和更具信心。

送走諸葛長風之後，天絕溜了出來拉住項思龍道：「少主，這傢伙來對你說了些什麼？看你現在一副愁容盡去的樣子，似乎對救人的計畫成竹在胸了嘛！」

項思龍笑道：「沒什麼的了，只是這傢伙想造反，背叛達多罷了！」

天絕高興得跳了起來的道：「哇卡，那我們可就有機可乘了！」

項思龍點了點頭道：「嗯！我們還是去與姥姥他們商量好，明天怎樣應付那他媽的達多吧！」

項思龍吩咐眾地冥鬼府的武士嚴密防守住府第，同時著人看守住童千斤手下的一百多名武士，自己則與天絕一起到會議室裡與上官蓮、鬼青王商討怎樣應付達多的事來。

上官蓮杏眉倒豎道：「那達多可真是太囂張了，狂妄自大的想憑十幾萬的人馬去吞併中原不說，卻還卑鄙的脅迫我的兩個孫媳婦做他的什麼王妃！思龍，我們可得儘快救出我那兩個孫媳婦，她們可都懷了我的乖曾孫兒呢！」

項思龍苦笑道：「我也想快些救她們出來，只是我們救人只宜智取，不宜力敵啊！」

鬼青王點頭道：「嗯！今晚我們在少主的授意下給了那達多一個下馬威，只要明天我對他和顏悅色些，我想他大有可能會同意與我們合作了，那時我們救出了人後，就可大搖大擺的出這雲中城去西域了。少主的易容術天下無雙，只要稍稍為八位少主夫人改裝一下，定是沒人看得出什麼破綻來。」

項思龍被鬼青王這話觸發靈機道：「我看先可以救出曾範和張方。因為只要我有機會與他仍接觸，就可以實施李代桃僵之計，在我們鬼府教中的武士裡挑出兩名身材體態與他們差不多的武士作為我的隨從，待見到張方或曾範時就用易容術把他們互調，那就可救出他們二人來。

「而姥姥你們呢，則用時硬時軟的策略拖住達多，分散他的心神，不到萬不得已時不可與他動武，我就和曾範和張方去救諸女。

「只要救出了他們，即使被達多識破身分也不怕，因為我們可以大聲的說我們投靠諸葛長風，讓他們匈奴國內部來個狗咬狗，我們呢就可以坐收漁人之利，溜之大吉了。」

天絕擊掌道：「是好計妙計！哼，只要我們沒有人質在達多手上，了卻了後顧之憂，老子就要大開殺戒，宰了達多那小子！」

上官蓮附和道：「不錯！那小子實在是太過可惡！傲慢不說，還要追我兩孫媳婦做他的馬子，該殺！」

鬼青王笑道：「這些事情啊，還是留待把人救出來了以後再說吧！」

上官蓮餘氣難消的道：「現在說說想殺了達多那小子，也可以略略發洩一下心頭之恨的嘛！」

項思龍心頭大悅的搔頭道：「那姥姥是不是常常在心裡在口中來詛咒與你有仇恨的人來洩氣啊？」

上官蓮不好意思的道：「你小子敢取笑姥姥啊！」

項思龍怪臉道：「龍兒哪敢取笑姥姥呢！其實啊，我心中也把那達多給罵了一千遍一萬遍來洩恨呢！因為他想泡的是我的老婆啊！」

上官蓮失笑道：「你這小子嘴巴就這麼甜，難怪會被你給騙到手那麼多漂亮的女孩子了！」

項思龍嘿然道：「可蘭蘭、芳芳她們乃是姥姥和爺爺硬塞給我的噢！我沒有哄騙得她們的歡心呢！」

上官蓮板臉道：「得了便宜還賣乖，你小子是不是欠揍啊！」

項思龍不敢再貧嘴，舉手求饒道：「龍兒不敢了！」

說著轉入正題道：「姥姥，拖住達多的事情可就全靠你們了！」

天絕接口笑道：「嘿，我們可全都是看在『童千斤』的面子上，才暫且對達多那小子委曲求全的噢！」

上官蓮也道：「如此一來啊，『童大人』在達多面前可更是個要風得風要雨得雨的大紅人了！」

天絕嬉笑道：「說不定達多還會賞賜給你幾個大美人兒玩玩呢！」

項思龍苦笑道：「我有了這麼多老婆愛妻了，那還……」說到這裡忽而想到美婢玉貞，皺眉道：「但我卻要向達多請賞一個大美人呢！只是不知怎麼開口才好。」

天絕大訝道：「少主，你……」

項思龍截口解釋道：「此女也是我的一個愛妾了，若能向達多討賞過來，我們也就輕而易舉的救出一人來了。」

上官蓮正氣項思龍太過好色，聞言恍然道：「原來如此！」

項思龍聽出上官蓮話中的異味，裝作驚惶的道：「不是如此，姥姥會想是怎樣呢？」

上官蓮不以為然道：「當然是把你想像成是個大色鬼囉！」

項思龍大喊冤枉時，鬼青王提議道：「此事不若交由夫人去辦好了，因為夫人可以在與達多緩和局勢後，故意說對少主所描述模樣的丫頭一見之下就心下親切之意，如此一來，達多為了討好夫人，定會把少主的愛妾贈送給夫人的！」

上官蓮點頭道：「嗯，此法也甚是可行！只是不知我們可否見到項思龍那美妾呢！」

項思龍沉吟道：「這樣好了，我與姥姥你們去見達多時，我如見到了我那愛妾玉貞，就用『傳音入密』通知你們是了；如沒見到，那也只好待救出曾範和張方以後再向他們探聽玉貞的消息了。」

天絕忽然道：「少主，我們何不擒了達多，威迫他放人呢？有他作為我們的人質，我們定可穩妥的趕到西域的。」

項思龍連連擺手道：「此法絕對不可行，因為照情形看來，匈奴國中的八大旗主對真主寶座虎視眈眈的大有人在。若我們擒下達多，反正中那些人的下懷，而他們得知我們的身分和目的後，就會把盈盈他們都擒下作為人質逼迫我們就範，那我們就反主動為被動了。說不定盈盈他們都會被傷害，那我們就得不償失。現在有達多罩著他們，他們還安全得很。所以我們在沒有救出人質之前，決不可輕舉妄動的去招惹達多，知道嗎？」

說到最後兩句話，項思龍加強了語氣，目光威嚴的掃視了一眼天絕和鬼青王，嚇得二人均不敢與項思龍目光對視。

天絕喏喏的道：「我只是隨口說說罷了，一定會謹遵少主的吩咐去行事的！」

上官蓮打圓場的道：「好了，天已不晚了！現在大家去休息一下，明天才有精力去應付眾敵呢！」

頓了頓又望向項思龍道：「今晚可不許去找英兒她們鬼混！要知道你現在的身分可是『童千斤』呢！」

項思龍謹聲應「是」。

幾人正準備散去時，忽有地冥鬼府的教徒來報說，地滅與鬼王四護法在遠吉的「押解」下送到府裡來了，現正在府門外候著。

項思龍聞言忙隨了那教徒向府門外走去，剛到得府第門口，卻見遠吉領了三四百衛兵「押解」著地滅和鬼王四執法五人，正在門外的廣場上喜氣洋洋的在眾衛兵前頭悠閒的踱著方步，見著項思龍出來，遠吉卻也乖巧的三步並作兩步走到項思龍身前躬身行禮道：「屬下參見都統大人！卑職已經擒下鬼王四執法等五人，現特押來送給大人管制：」

項思龍哈哈大笑，扶起遠吉道：「城守大人此次功勞不小，我定會稟報我王的了！」

遠吉樂歪歪的道：「還全仗大人提攜卑職了！」

項思龍連道：「哪裡！哪裡！城守大人忠於職守，立下此大功，想來我們真主定會重重有賞的罷！」

遠吉被項思龍這兩句誇讚更是樂得笑不攏嘴的道：「盡忠大王是屬下的職責所在！像童大人這般在大王面前的大紅人，才真叫前途無量呢！」

項思龍可沒得興趣與遠吉互相客套拍馬屁，打了個呵欠道：「噢，大人要不要在府內慶祝一番呢？」

遠吉見得項思龍之態，還哪不知他是在叫自己走呢，忙道：「他日童大人有空到我府上去喝它個盡興吧！嘿，今晚卑職還要去堅守城門呢！」

項思龍也不挽留道：「那城守大人慢走，在下不送了！明日靜待著大王的好消息吧！」

遠吉又向項思龍道謝客套一番，才領了隊伍趕回東城門去。

項思龍待得遠吉走遠後，才走到地滅與四護法身前，眨眼笑道：「幾位前輩還是隨在下進得府內去，與你們的朋友敘敘舊吧！」

五人見得項思龍的神態均是一頭霧水，不知這「敵首」的葫蘆裡在對自己等賣什麼藥，怎麼與自己等這般親熱。

隨了項思龍進了府中後，天絕見了地滅，大喜的上前拍著他的肩頭道：「你沒事吧！」

地滅搖了搖頭，不解的望向項思龍低聲道：「大哥，他……」

天絕故作神秘的道：「他啊，是我們少主的一位『老朋友』了！」

項思龍也恢復過本音道：「義父難道認不出我來了嗎？」

地滅和四護法聞得項思龍此話，驚喜而又訝異的道：「少主，你怎麼……」

項思龍變過童千斤的語音道：「在下已經是童千斤，各位前輩具體事宜還是去問天絕前輩他們吧！好了，我現在要去選人，鬼青王與我一起來，其他的人都回房休息去吧！晚安！」

翌日一大早，項思龍等就起了床，正在用早膳時，忽有內侍來府傳旨說達多叫項思龍領了鬼青王等去郡府見他，項思龍心下道：「哈，好戲就要上場了！」

匆匆吃過早膳，即帶了鬼青王和上官蓮、鬼王四護法以及一眾地冥鬼府的武士，隨了那九個來傳旨的內侍進郡府去了，天絕和地滅則留在府中負責指揮工作。

半個時辰後，終於到了雲中郡府。內侍留了眾人到一客廳坐定後即去通報達多，不消片刻，達多就領著二十幾個貼身護衛到得客廳，面容顯得有些睏倦的掃視了眾人一眼，顯是昨晚沒有睡好。

項思龍忙從座上站起，走到達多身前施禮道：「卑職參見真主！」

達多揮了揮手淡淡道：「童都統，免禮！」說完，走到廳中央的主客太師椅上坐下後，望向上官蓮道：「上官夫人不知是否真有誠意與本王合作呢？」

上官蓮擠出些笑意道：「只要真主有誠意讓我們收服地冥鬼府平定內亂，我們自會謹守諾言，盡力助真主一臂之力。但當真主他日功成名就時，我們還是各自為政、互不相涉的和平相處。只要真主答應我們這些條件，我們方有談判合作的餘地，否則我們失了基業，又怎會有心思來助真主呢？」

達多見上官蓮語氣比昨夜委婉許多，望了項思龍一眼，臉上也露出了些笑意道：「但只憑夫人一句話，要我信任你們，這……嘿，把話說明白了，就是本王對夫人等大不放心！」

上官蓮站了起來激聲道：「我上官蓮向來說話自就是一言九鼎，真主要是信不過我們，那我們還有什麼好談的呢?真主若要留下我們，就請動手吧！看我上官蓮是不是貪生怕死之輩！」

達多忙道：「夫人，有話好商量嘛！我也不是信不過夫人，只是……唉，說來不怕夫人見笑，其實我們國中諸多大臣都對鄙人心存不服甚至具有狼子野心，我只是怕……怕夫人受不得他們的誘惑……好！既然夫人如此說來，我就賭信夫人一把，只要夫人幫我平定了我們國中與我敵對的勢力，我就幫夫人收服地冥鬼府！」

頓了頓又道：「此次發兵中原，我自是知道憑我們匈奴國這點微不足道的力量，根本就不夠資格去逐鹿中原，怎奈我們國中危機四伏，各大旗主中至少有五人對我心懷二意。

「所以為了一來增強我在國民心目中的地位，二來瓦解對我有叛心的勢力在國中的擴張之勢，我於是險著這一著置於死地而後生之棋。

「在國中我安插了心腹，趁把各大旗主調出關內的良機，剷除掉對我欲反叛者的勢力，至於鬼靈王就是我安插的一顆棋子。

「鬼靈王對鬼青王以及夫人的通天島勢力甚感憂患，所以現在竭力討好我來對付各位，我為了利用他自是樂意同他合作。

「昨天諸位說要誅殺鬼靈王，我一時確也捨不得放棄這顆有用的棋子，但只要諸位幫我誅滅了對我有叛心的各派勢力首領，平定了內部危機，那我自是願與各位竭誠合作了。

「鬼靈王他們背叛師門實為不可深信之人，像這等小人殺了也是罪有應得。至於我們匈奴國和夫人的地冥鬼府，向來是井水不犯河水，相敬如賓，我們以後自還是和平相處是好了！」

項思龍想不到這看似驕橫跋扈的達多，卻原來是個心機如此深沉之人，他現在賭的這一把，確實對他來說有著天大的好處。

目前他在這雲中郡中，若真有五位旗主對他懷有二心，他實則是陷身於四面楚歌的險境之中了，看來他不發兵深進中原，根本就是在等待鬼青王等和通天島人馬的到來，所以與眾人合作之勢實早在他的算計之中。

他這一注投得可謂實在是大，若上官蓮不與他合作，達多就是死定了！但不知保衛匈奴國的話有幾層可信？

如說的是真話的話，自己大可公開身分向達多要回曾盈和張方等人了，那時可不愁他不放人，因為自己等可說是成了他的救命恩人啊！

項思龍心念電轉之時，上官蓮聽了達多這番話也是臉色連變，其實達多此語中也有你們如不同我合作，那我與鬼靈王他們仍合作，你們要想奪回地冥鬼府可是也要付出慘重的代價了！

望了項思龍一眼後，上官蓮沉吟道：「但不知真主要我們幫你誅殺的是哪八大旗主？」

達多聞言大喜的道：「夫人這話的意思是願意與我合作了？」

上官蓮再次沉默了片刻，點了點頭道：「我們可是說好了，我幫了你後，你就得幫我。若有反悔，借用真主曾說過的一句話，就是我們也會寧為玉碎不為瓦全的了！對了，還有，我希望真主有什麼事都交給童大人來通知我們。嘿，童大人可是個人才呢！我倒是有意欲把他收到我門牆下來呢！」

達多臉色複雜的望了項思龍好一陣，嘿然笑道：「想不到夫人會如此賞識童千斤！若是夫人真……」

上官蓮截口道：「我怎麼會奪真主所愛呢？只是我欣賞童大人對真主的一片忠心耿耿罷了！昨晚有個叫諸葛長風的旗主對童大人百般口舌的威逼利誘，但童大人卻還是能不為所動。更主要的是童大人的家人全都被那諸葛長風要脅住了，可童大人卻還是如此凛然的對真主盡心盡力來說服我們與真主合作，此等大義、忠心品格，真是讓我欽服不已啊！」

聽了上官蓮的這一番話，達多愕然之中，竟也雙目顯出真情的望向項思龍道：「虧得夫人如此提醒，我還真差點誤信危言，說童……嘿，現在心下釋然了，我定會重賞童都統的了！

「至於童都統的家人，諸葛長風那老賊若動了他們一根汗毛，他日我定要誅他九族為童都統報仇雪恨的了！」

項思龍「感激涕零」的下拜道：「謝真主對卑職的厚愛！卑職今後定為真主赴湯蹈火在所不辭！」

說這話時，心中卻暗呼好險，看來達多的耳目竟偵探到他這「童千斤」與諸葛長風有一手，若不是上官蓮這一番盡抬高項思龍的好話，說不定他這「童千斤」不但不會得達多的信任，反可能會有「殺身之禍」了。

上官蓮這時向項思龍趁達多不注意時杏眉向上一揚，似在道：「小子，你可欠姥姥一個人情了！」

達多再次與上官蓮等密商一些事宜後，後吩咐項思龍先領眾人回府，再到郡府來，說是有要事與他相商。

項思龍等步出郡府大門時，相互望了一眼會心一笑。看來項思龍這下是真正獲得達多的信任了，那自己等的計畫也就成功了一半了。救出曾範、張方等是勝利在望了！

第三章　異變迭起

項思龍等回到府中，都因為著局勢雖是紛繁複雜起來，但卻偏向自己等於有利處勢而大是興奮。

上官蓮噓了一口氣，笑道：「想不到達多那小子看起來毛毛躁躁的，可心機卻是如此深沉，是個難以應付的可怕人物呢！」

天絕怪目一揚，嗤道：「任他是怎樣的老謀深算，可不還是算來算去著了我們的圈套。那小子，算個什麼角色嘛？不過，算他是還有自知之明，不與我們為敵！」

項思龍搖了搖頭，臉色嚴肅的道：「不！我看達多已懷疑到我們向他歸降是有目的的，只是尚還不知我們的目的到底是什麼罷了！目前，他為了利用我們，不得不與我們虛以委蛇，而背後裡卻一定會安排了一個對付我們的承諾。所以我們大家都必須得謹慎行事，不要中了達多的暗算。」

頓了頓又緩和語氣道：「有其利必有其弊，達多為了能讓我們暫且對他盡忠，就必須得想方設法的獲得我們的信任，這一點正是我們要好好把握，再加以利用的重要所在。」

上官蓮點了點頭，忽地問道：「那我們真要幫達多那小子剷除他的異黨，為他平定內亂危機嗎？」

項思龍沉吟了一番後，沉聲道：「如果我們在達多要我們去刺殺他的異黨之前，救出了『人質』，那我們還管他的呢！讓他們狗咬狗好了，這樣既可削弱匈奴國人的銳氣，使他們再也沒有去犯中原的能力，又可讓他們因實力大減而與我們地冥鬼府的實力趨於平衡，使他們不敢再對我們地冥鬼府虎視眈眈。

「但如反之呢，那我們自是不得不按達多的話去做了，不過我們可以用金蟬脫殼之計，不殺他的異黨，找人做個替死鬼，如此達多的這些異黨就會對我們感恩戴德，而投靠我們地冥鬼府。他們均有一批心腹死士安插在匈奴國的軍方政要上，只要我們幫助他們奪回自己的軍隊，嘿！那時達多可就又要嚇得屁滾尿流囉！還哪敢來動我們地冥鬼府一根汗毛？」

天絕大是稱妙道：「無論是怎樣的情形，均是對我們大大有利的啦！」

上官蓮臉上也露出歡容道：「可是事情一旦發生其他的什麼變故呢？那我們就偷雞不成反蝕一把米了！」

項思龍凝神道：「知道我們身分的府中一百多名匈奴武士，在我們行動的這段時間內要給軟禁起來！還有童千斤，我最是擔心的就是他會搞什麼鬼了！這傢伙對我所講的話就不是十分詳實，竟然沒說他是達多的心腹，且還被諸葛長風威脅，害得我差一點露出了馬腳。」

天絕冷聲道：「那今晚我就出城去，把那小子殺了毀屍滅跡！」

項思龍苦笑道：「可是……」

上官蓮打斷他的話道：「什麼可是不可是的了，存婦人之仁，說不定就會讓得我們全盤皆輸！思龍，你可是個欲成大事的人呢！」

項思龍聞言心下一凜，狠下心腸朝天絕點頭道：「那好，義父你今晚就行動，但不要讓任何人發現你的行蹤。」

天絕怪目一瞪，氣道：「怎麼，你小子對義父一點信心也沒有？」

項思龍笑道：「怎麼會呢？我……我只是怕義父太過於粗心大意罷了。」

天絕正色道：「像這等大事情，我自會小心行事的了！謝謝少主的提醒！」

上官蓮突然道：「天絕，你可真是變了許多呢！對思龍啊比……比對任何人都好！」

天絕嘿笑道：「他是我兩個義女的老公嘛！不看金面也要看看佛面的啦！」

項思龍這時想起達多叫自己送眾人回府後去郡府一趟，說是有要事與自己相商的話來，忙道：「嗅，對了，姥姥，義父，我還要去郡府見達多呢！你們聊吧，我走了！」

說著，又叫鬼青王去把那兩個挑選出來準備作張方和曾範的武士叫來，凝色對他們道：「你們知道此次任務的艱險嗎？」

兩武士跪地大聲道：「屬下等為少主盡忠，雖死猶榮！」

項思龍躬身扶起二人，伸手重拍了一下二人的肩頭，激聲道：「好！好兄弟！我會想法救你們出險的！」

兩武士又欲下拜，項思龍運內勁，強托住二人身形道：「好了，不必如此多禮了！現在你們的身分是『童千斤』的兩名得力護衛，為了提高你們的戰能，我現在輸給你們每人一層鬼冥神功功力，幫你們打通大小周天，且傳你們鬼王劍法。」

兩武士喜極而悲的泣聲道：「這……少主對屬下等的厚愛，屬下自會銘記在心，不過少主……」

項思龍搖頭笑道：「你們不要再說了，我知道你們的意思，不過二層的功力，對我來說根本就不會有什麼妨礙，我體內的萬年寒冰真氣自會自行補充我消耗的功力的！」

鬼青王遲疑道：「少主，還是讓屬下來為你效勞吧！」

項思龍擺手道：「不！你們現在就為我護法，讓我進行輸功大法！」

上官蓮和天絕雖是有點為項思龍擔心，但知道他的話已出口就決不會收回，當下無可奈何的對視了一眼後，為項思龍和兩名武士護法起來。

項思龍叫兩武士盤膝坐地，教了他們一套怎樣配合自己的行功口訣後，飛身抵坐至二人身前，一掌與一人一掌相合，把內力通過勞宮穴輸入對方體內，同時施以「移魂傳意大法」，把自己意念中的鬼王劍法輸入對方意念之中。

過得茶盞有餘的功夫，項思龍收掌調息，直待面色恢復正常以後，始跳身站了起來。此時兩名武士已把項思龍輸入他們體內的功力與自己體內的功力化融為一體，正目中感激的在旁靜站著看著項思龍，見得他調息完畢，忙走到他身前驟然下拜的恭敬道：「屬下二人謝少主的輸功授武之恩！」

項思龍用內力托起二人道：「嗯，你們感覺怎麼樣？」

二人齊聲道：「屬下感覺身體丹田真氣如萬川歸流，功力比先前提高了數倍，且少主傳授劍法的每一招每一式都牢牢的記在了腦海之中。少主的再造之恩，屬下會永記不忘！」

上官蓮這時卻是關切的問項思龍：「龍兒，你自己沒什麼事吧？」

項思龍舒展了一下自己強壯的手臂，笑道：「姥姥放心吧，龍兒現在只覺功力反比先前更進深了一層呢！因為我剛才輸功的時候，感覺體內蘊藏的萬年寒冰床的陰寒之氣如山洪傾洩的釋發出來，使得我不敢不運功去調息吸納，才控制住了寒氣的擴散。

「誰知這麼一來，體內的鬼冥真氣和北冥真氣都給觸發，經萬年寒冰之氣的一番洗禮，其陰寒之氣反更加堅實霸道了呢！不信，你看！」

說著雙掌成太極渾圓之狀發出二股真氣，片刻間真氣愈來愈亮，成了紫紅之色，且漸漸給凝固成了一個晶瑩剔透發亮的冰球，在項思龍雙掌的舞動中所過之處，空氣全給冰上了一層薄冰。

上官蓮和天絕等人都看得目瞪口呆，良久，天絕率先拍掌道：「好！少主真是好樣的！」

上官蓮也舒心的笑道：「想不到龍兒還一直深藏不露呢！你剛才真氣所凝成

的那冰光球啊，要是擊向任何人，我想都擋不住你那一擊吧！」

天絕繼續接口道：「更主要的是我們跟著少主啊，大熱天也可喝到冰茶了！」

上官蓮捉狎道：「難道你就不怕龍兒用寒冰真氣冰結住的茶水中有他的真氣嗎？喝到肚子裡去再爆炸的話，嘿，那時你想想會是個怎樣的好玩場面？」

天絕哇哇怪叫道：「還虧得老妹子提醒，炸壞了裝飯的傢伙倒沒多大關係，真正最怕的是炸爛了既說話又吃飯的傢伙那可就慘了！」

項思龍笑道：「這怎麼可能呢？真氣冰彈！倒是以後可以試試看可不可造出這種暗器來！」

眾人正談笑著時，有侍衛來報說諸葛長風來拜見。

項思龍心下一突，這諸葛長風定是聞得風聲說自己今早在郡府中與達多密談許久的事，所以來探聽自己的口風了。

其實諸葛長風不一定信任自己這「童千斤」，他之所以敢對自己說出他意欲作反的事，一方面是為了獲取自己對他的信任，好讓自己從達多那裡探聽的消息後傳給他，另一方面就是他可能與其他幾大意欲謀反的旗主聯手了，所以敢如此膽大妄為，不過，對達多卻又有些顧忌，想待作好了充分準備後再行策反，再就是對鬼青王、上官蓮等的動向甚是關注，想從自己口中探聽得他們與達多的關係，若一旦得知不利，就也想來拉籠他們了。

項思龍倒不是怕與諸葛長風鬧僵，只是「童千斤」的家人若因自己而死，那自己倒真是有點心中不安了，因為不管怎麼說自己等也是獲得童千斤的幫助才混進這雲中城來的。心下想來，項思龍隨了侍衛來到客廳，諸葛長風大獻殷勤的從座上站了起來，上前拉住項思龍的手道：「童兄可探得了達多的什麼消息沒有？」

項思龍想起自己和上官蓮等商量好的對策，心念電轉的臉色一沉的道：「旗主，事情可有點不太妙了！」

諸葛長風臉色微微一變的緊張道：「是不是鬼青王他們與達多商妥好準備合作了？」

項思龍搖了搖頭道：「這倒不是，是達多已經懷疑旗主對他心懷二意了！」

諸葛長風舒了口氣道：「這個我早就已經知道了！哼，他懷疑又怎麼樣？真正公開的對立起來，敗的還是達多！童兄弟只要對我盡力盡心，日後我包可讓你坐上我們匈奴國的旗主總監的崇高地位！」

項思龍聽他這口氣，知自己果也猜得不錯，諸葛長風定是煽動了其他的幾位旗主，甚至控制了他們與他合謀造反了。

想著時已是試探的道：「那我們準備怎麼辦呢？看來達多是要開始行動對付我們了，我們總不能坐以待斃吧！屬下的命可是如浪中小帆，危險得很呢！」

諸葛長風拍了一下項思龍的肩頭道：「放心吧，達多現在還沒懷疑到你頭上，只要時機一成熟時，你就可以完全脫離他站到我們陣線上來了。至於現在，我們最緊張的就是拉籠鬼青王他們。若他們被達多所用，那我們的境況可實在不妙，因為鬼青王他們可全都是一批頂尖級絕頂高手，達多派他們來暗算我們可真是易於反掌的可取我們性命。所以無論如何我們都要爭取他們，不管是什麼條件我們都可答應他們。這就需要童兄多多努力了！」

項思龍心下冷笑，口中卻道：「屬下自會盡力而為之的，不過屬下見得情勢如此危急，所以甚想與家人團聚幾天，就是日後為旗主盡忠而死也可瞑目了。不知旗主可還答應屬下的這個請求？」

諸葛長風緊盯著項思龍好一陣，似下了什麼決心似的道：「好吧，我就完全信過童兄，今下午就派人把你的家人送來！不過，你若是因此而背叛了我，我想你定會後悔的。達多註定了將是敗局的！」

項思龍聽了當下大喜道：「那謝過旗主了！屬下定會對旗主鞠躬盡瘁的！」

項思龍這謝意倒是出自真心，因為只要自己救出了童千斤的家人，那也就足以自慰了。

諸葛長風再隨便問了項思龍些問題，項思龍均是半真半假的應付過去，卻果也讓得諸葛長風深信不疑。

待得送走諸葛長風後，上官蓮、天絕頓來追問二人談了些什麼。項思龍簡明扼要的說了諸葛長風的來意後，轉過話題道：「我得快些趕去郡府見達多了，要不被他追問起來可就麻煩得很呢！」

上官蓮和天絕聽了這話也不好意思再纏問項思龍，只叮囑了一些叫他小心的話。項思龍辭過眾人後即帶上兩個誓死盡忠的武士向郡府行去，剛到得郡府門前兩百多米遠處時，一個熟悉的身影躍入項思龍眼中。

啊，是曾範！項思龍心中劇震，強力定下心神再次極目望去。果真是他！沒錯，就是曾兄！自己該不該暗中告知他自己的身分呢？正想著時，曾範也注意到了他，見著項思龍望向自己的眼神，虎軀也微微顫了顫，但待得項思龍走近看清他的面容之時，又大感失望，淡淡的向項思龍招呼道：「童都衛也來找真主嗎？」

項思龍心中雖是如浪濤翻湧，但聞聽得曾範之言強斂心神，向他躬身行了一禮，語音有點不自然的道：「卑職見過二王爺！」

曾範有些訝異的道：「童都統今天聲音怎麼啞了？是不是這幾天勞碌過度生病了？」

項思龍心生警覺，忙道：「嘿，生病倒是沒有，只是這幾天盡顧說話害得喉嚨有些生痛，所以……謝謝王爺對屬下的關心了！」

曾範向來都不大理會童千斤，自己也弄不明白今天為什麼與他說了這許多話。這時恢復了常態，冷冷道：「童都統有事，就請先去見真主吧！」

說完就再也不理「童千斤」，逕自向郡府走去，身後還跟了兩個護衛武士。

項思龍強抑住心中的衝動，望著曾範身後的兩個武士，生起警覺來。這兩個傢伙似是在監控曾兄呢！原來達多這傢伙是真是奸詐得很，跟曾範結拜兄弟，純粹是為了控制住他而迫使盈盈和碧瑩嫁給他。他奶奶個熊，如此個陰險狡詐的人物，想老子幫助你，門都沒有！老子恨不得你早一點死呢！

正如此想著時，曾範和兩名武士的身影已是從眼前逝去，項思龍收拾了一下心情，逕自往達多的住處走去。剛到得一個迴廊時，卻見有兩名內侍匆匆的迎面走來，到得項思龍身前獻媚笑道：「童大人，主上等候你已是多時了呢！唉，主上他……他都等得甚是不耐煩，對我們這些下人發起火來了！這下可好，大人可是終於來了！快……快去見主人吧！」

項思龍見得這名向自己說話的內侍焦急而又興奮的媚態，心下不覺啞然失笑，點頭道：「噢？真主有什麼事急著要見我呢？」

另一名內侍邊走邊道：「這個大人去見了真主不就知道了？」

項思龍也便不再說話，在兩內侍的領路之下，一盞熱茶的工夫終於到得一個小型議事客廳，卻見達多與其他三名中年老者正坐在廳內，人人都一臉的陰沉焦急之色，達多更是不停的在眾人面前跺來跺去。

曾範也在其中，不過他卻是臉上沒有多少表情，似是對達多等所焦急的事毫不為意。

達多見得項思龍進來，又喜又怒的道：「童大人，我叫你送上官夫人他們回府後馬上來郡府議事的，你怎麼到現在才來？」

項思龍向達多行了一禮後，好整以暇的道：「卑職因被諸葛長風纏住，一時脫不開身，所以來遲了，請真主責罰！」

頓了頓又道：「不過屬下也從諸葛長風那裡探聽得了些重要的消息。」

達多「噢」了一聲，不以為然的淡淡道：「倒是什麼重要消息，說來聽聽！」

項思龍朗聲道：「卑職從諸葛長風口中探知，他近些時可能會聯合其他的四名旗主起來作反，且他已安插了內奸在主上身邊。現在他又想叫卑職去為他籠絡上官夫人和鬼青王他們。」

達多和三名中年老者聞言臉色同時大變，其中一名中年老者的身軀更是微微顫了顫，目中朝項思龍快捷的掠過一絲殺機。

達多又驚又惱的目中凶光一閃，冷哼一聲，陰沉的瞪著三名中年老者淡淡的道：「三位旗主，你們認為我們當中的內奸會是誰呢？」

三名中年老者慌忙從座上站起，跪地顫聲道：「卑職三人可是對真主忠心耿耿，從無二心！」

達多冷笑著點了點頭道：「三位旗主的忠誠我自是信得過，但是我卻也深信童都統說的話決不會有假，那麼你們認為這內奸的最大嫌疑者是誰呢？四旗主張方？我可是擔保不是他！」

三位旗主聽得達多這話，都禁不住額上冒出冷汗，因為達多話中的意思已是很明顯的在說他們三人之中必有一人是內奸。

項思龍其實時時都在密切注視著三老者在自己進廳來後的神色，對於誰是內奸心中已是有了個譜，當下微笑著走到那名目中曾對自己閃過殺機的老者身前，皮笑肉不笑的道：「旗主，倒是說說看這名內奸到底會是誰呢？」

這老者以為項思龍自諸葛長風那裡得知了確切消息，聞聽得他這話，突地「鏘」的一聲拔出腰間佩劍，架在項思龍頸上厲聲道：「好啊，你這小子竟然背叛了諸葛旗主！你是不是不想你老婆兒子女兒的命了？」

達多冷聲道：「原來是你！吉雲！虧我還把你視為自己最親近的心腹，想不到你卻背叛我！哼，你也應該知道背叛我的人應得的下場！」

叫吉雲的中年老者將架在項思龍頸上的長劍一緊道：「不要過來！否則我馬上殺了他！」

達多又驚又惶的喝道：「你快給我放了童都統，我還可以賞你一個全屍！要不然我要誅你九族，把他們五馬分屍！」

吉雲哈哈笑道：「達多，你不要傻了！諸葛旗主已經派了五萬多人馬昨夜偷偷的出城，回我們匈奴國去了；在城內我們還有五六萬人馬接應，你可是死定了！

「你真以為鬼靈王他們會效忠於你嗎？哼，他早就被我們諸葛旗主用十名美女和一千兩黃金收買了！誰叫你不把曾盈和張碧瑩這兩個賊丫頭賞賜給他呢？鬼靈王就因此而對你懷恨在心，所以投靠了諸葛旗主！哈哈，達多，你還是乖乖的投降俯首稱臣吧！」

達多聽得驚駭之餘，目光連閃的道：「你以為我在國中真主要靠鬼靈王他們嗎？哼，我秘密訓練的五萬死士才是我剿滅你們城內人馬的主力！

「防守國內都城的六萬禁衛軍加上五萬死士，我的人馬可是不一定會輸給你們！何況自我領兵中原之日起，我就蓄意要剷除你們這幫亂黨了。我發兵中原只是為了分散你們的力量，好先治內後攘外。

「想來都城已是被我的人馬給佔領了吧！你可是想想你在城內的家人吧，他們的性命可說已是控制在了我的人馬手上。諸葛長風派出五萬人馬去攻打都城，可正中我的各個擊破之計。

「現在雲中城中我們雙方的人馬已成均衡之勢，可鬼青王他們已是與我合作，有他們一眾高手相助，要殺你們的將領可以說是易如反掌，所以死的定不是我，而是你們！

「吉雲，若是你還有悔改之心的話，就歸降於我，放了童都統，戴罪立功，我倒是可保你一命！」

吉雲被達多這一番話說得方寸大亂，吼聲道：「不！你在詐騙我！哼，你在都城中的勢力我還不清楚嗎？什麼五萬秘密死士？我怎麼就從沒聽你說過？我不會上你的當的！」

項思龍雖是被吉雲用長劍架在頸上，卻是夷然不懼，因為他用氣機感應測試過吉雲的內力修為，根本及不上六層鬼冥神功的功力，憑這麼一點功夫想傷我項思龍，門都沒有！把道魔神功運至十層功力貫注於頸脖，突地哈哈笑道：「這個吉雲旗主你就不知道了，因為真主秘密訓練的這五萬死士全都是交由我去辦的！

「我暗中從各大旗主的隊伍中抽調出一萬人馬來集訓，把他們訓練成效忠真主的人，而騙過諸葛長風旗主說是為他訓練人手，所以諸葛長風不但沒有對我動疑，反全力相助我著手此事。我把這八萬人馬分插在各旗之中，此次真主領兵中原，我又從中勸說諸葛旗主留下了五萬由我密訓的武士，他還以為那些人都效忠於他呢！」

達多朝項思龍投過一絲讚賞之色，接口道：「其實諸葛長風扣押童大人的家人，做夢也想不到他這親表弟會因此而背叛了他！」

項思龍聽得達多這話，心中恍然大悟，諸葛長風如此信任童千斤，原來他們是表兄弟關係啊！

要不是由自己冒充了「童千斤」的話，事實或許可能就不是這樣了。唉，匈奴國的歷史或許就因自己而改寫了呢！

不過在中國歷史的正統史記中卻沒有關於這時代匈奴國的記載，那就管他的呢！「後人」不知道就行了！

項思龍正怪怪的想著時，吉雲顫聲道：「真主我……我歸降於你，你真的可放過小人和我的家人麼？」

達多奸笑道：「當然啦！我說過的話豈會反悔？」

吉雲遲疑的緩緩放開手中長劍，「咚」的一聲跪地道：「奴才罪該萬死！謝過真主的不殺之恩！日後必定對真主誓死效忠！」

達多先拉過項思龍關切的道：「童都統沒事吧？」

項思龍搖了搖頭道：「謝真主對卑職的關心！屬下沒事！」

達多聞言神色大展，走到吉雲身前俯身陰笑著扶起他邊道：「吉雲旗主既然願意歸順本王，我自是會不計前嫌的了！」

吉雲誠惶誠恐的一臉窘相時，達多的左手袖中突地寒光一閃，只聽得吉雲慘叫一聲道：「你……你好狠！」

說完就跌向地面，四肢一陣抽搐，面上一片烏黑之色，旋即就不動了。達多踢了吉雲的屍身一腳，冷冷的道：「任何背叛我的人，都只有一個下場，那就是死！」

說著又轉向項思龍道：「這次可多虧得千斤你揭穿了這賊子的真面目，否則我們行動的計畫被他得知了，那後果可就不堪設想！嗯，你這次立此大功，我就封你為第三旗旗主，頂吉雲的缺吧！」

項思龍謝恩過後，沉聲道：「真主殺了吉雲，可就真把我們的局勢陷於危急之中了！諸葛長風見不見了吉雲，必定會猜出是我們揭穿了他的陰謀，必定會提前發動政變。他們人馬遠多於我方，再則由他們起先發兵，我們必會受制。所以真主……」

達多笑道：「我在殺吉雲時就已考慮了這點。諸葛長風起先作反，就剛好掉入了我的算計之中，因為我此時就可出師有名的來對付他們了！今中午我收到了都城來的飛鴿傳書，說城中亂黨已悉數被平除，鬼靈王他們也再度被降服！嘿，韓信這小子可真是個用兵的天才，我的這些計謀全是依仗他才得以成功實施的。他現在已經派了八萬兵馬來援助我們，今夜就可抵達雲中城，我們這次是穩勝無疑！」

項思龍聞得韓信之名，虎軀抑制不住的劇震。韓信？劉邦手下戰無不勝攻無不克的大將軍，擊敗項羽的人物不就是韓信麼？難道是他？

據史記記載，韓信起先是投靠項羽因得不到重用而再投靠了劉邦的，可沒說他曾是匈奴國的大將軍啊？

這……到底是怎麼回事呢？

難道只是名字的偶然巧合？

不！絕對不會？

能夠為達多想得出如此絕滅之計的，必定是個作戰用兵的天才！他一定就是歷史上記載的韓信！

達多卻以為項思龍在嫉妒韓信，忙笑道：「千斤，你和韓信都是我的得力心腹大將，我一定會對你們一視同仁的！」

項思龍被達多這話震回心神，聞言不置可否的笑了笑，將錯就錯的試探道：「卑職豈配與韓將軍比呢？他可是個文才武略的大將之才，而屬下……」

達多截口道：「千斤說什麼話嘛？唉，我以前一直瞞著你讓韓信訓練秘密死士的事，是因為……現在我可是知道你對我的一片忠誠之心了！說來你竟敢冒著家人被殺的危險而盡忠於我，這一點可是足夠讓我感動的了，更何況你又立了勸服上官蓮和識破內奸的大功。我今後定不會虧待你的了！」

項思龍「感激涕零」的謝過之後，又道：「真主，你幾時收下韓信的呢？對他的來歷，真主可調查清楚了？」

達多笑道：「這些以後再跟你細說吧！現在諸葛長風派了五萬人馬去攻打我們都城，為了避免被城中探子發現，他們一定會繞過大道秘密潛入。而都城中韓信現在只有一萬多人馬守城，我擔心的就是他了。我急著等你來，就是為著此事。」

項思龍裝作氣呼呼之態道：「韓將軍神武英明，五萬敵眾又怎是他的敵手呢？」

達多責聲道：「哎呀，千斤你怎麼嫉妒心如此之重呢？我們現在談的可是正經大事！」

項思龍知道不能激惱達多，忙斂色道：「那真主有什麼高見呢？」

達多掃視了一下在場諸人道：「我是想千斤能去說服上官夫人與你一起趕去攔截住諸葛長風的人馬。」

項思龍心中一凜道：「憑他們那麼一點人手之力，怎配去與千軍萬馬鬥呢？真主這豈不是叫……叫屬下陪他們去送死麼？」

達多歎然道：「我也知道此舉確是讓你冒險了點，可是我也實在想不出什麼他法來啊！」

項思龍心念一動道：「他們趕去都城要花幾天工夫？」

達多沉吟了一會後道：「五萬人馬中騎兵只有一萬八千，其餘的全是步兵，若要全部抵達都城，怕要花不下十來天的時間。」

項思龍擊掌道：「這就好了！諸葛長風是昨晚派去的人馬，而我們的援兵今夜就可抵達，那麼待我們擊敗殲滅了諸葛長風他們後，再由我和鬼府中的高手押了諸葛長風等叛賊全速去追趕那些反兵，豈不是可不戰而降敵之兵？」

達多聞言大笑道：「童旗主的腦袋轉得可真是快！不戰而降敵之兵！好！好策略！」

項思龍嘿然笑道：「屬下想的辦法只是為了保自己的小命罷了！」

達多微微一笑，伸手搭上項思龍寬肩，啞然失笑道：「千斤你可是坦誠得很！」

眾人正談笑著時，忽有武士來報，童府有人急見項思龍。

項思龍聞言微微一愣，心中也想不明白是何事，與達多對望了一眼後，目光掠過一直一言不發的曾範，對達多拱手道：「真主，卑職先行告退了！」

達多點了點頭道：「我跟你一起去看看吧！」

二人到得接客大廳，卻見一武士衣衫盡裂，渾身是血的站在廳內。見得「童千斤」正欲上前行禮，又見得他身旁的達多，目光閃過怨毒之色，冷哼了一聲。達多聽了臉色一沉道：「童武，到底發生什麼事了？」

項思龍正因不知這武士的名字而犯愁，聞聽得達多叫出他的名字，當下記起童千斤說起過在他被諸葛長風軟禁的家人中，有個叫童武的是他的堂弟，忙上前一把抓住童武的肩頭，裝出惶急的樣子顫聲道：「武弟，到底發生什麼事了？你快說啊！」

童武突地哇的一聲大哭出聲來，抱緊項思龍斷斷續續的道：「大哥，我們的家人，全被……全被……」

說著壓低聲音道：「全被達多派人給殺了！」

項思龍臉色大變的失聲道：「什麼？這……這不可能！」

達多聽了訝然問道：「千斤，到底發生什麼事了？」

項思龍心中一時也是悲憤之極，想不到達多竟然如此狠毒，竟然暗中派人去殺了童千斤的家人，好讓自己這「童千斤」能對他死心踏地的效忠。這一石二鳥之計不可謂不陰狠，因為若不是童武來通風報信的話，「童千斤」一定會認為是諸葛長風背信棄義殺了他的家人，這樣一來「童千斤」就會完全的脫離諸葛長風而誓死效忠達多。

項思龍只覺心中的一股無名火再也抑制不住了，不由得衝著達多厲聲喝道：「好……你好狠！」

達多被項思龍喝得一愣道：「到底發生什麼事了？」

項思龍只覺心在一陣一陣的刺痛，童千斤因局勢的無奈而將要被天絕殺死滅口，但想不到童千斤的家人卻也因自己的出現而死。是的，項思龍不出現或許還是這樣的悲局，但無論如何童千斤的家人被殺，卻是在項思龍裝扮成童千斤的時候，這已經讓項思龍有足夠憤怒的理由想殺達多了。

淒然的哈哈冷笑了一陣，項思龍冷冷道：「你做下的事情自己心裡最是清楚不過了，誰要你假惺惺的貓哭耗子！」

聞得項思龍這話，達多終是忍將不住的大喝道：「童千斤，你這話到底是什麼意思？」

項思龍冷哼一聲道：「諸葛長風說今下午放回我的家人的，可是他們卻在回府的途中全被人殺了！」

達多臉色一變道：「你中計了！」

項思龍憤然不解道：「你不要說童武是在騙我！」

達多歎了一口氣道：「可是他確實在騙你！諸葛長風這一招殺人嫁禍之計可

實在是陰毒之極！」

童武本是倒伏在項思龍懷中，一臉的悲然之色，這刻聽得達多這話，臉色又是大變，身體竟也忍不住微顫起來。

項思龍訝異的望了他一眼，突覺一陣寒氣迫體而來。卻見童武不知何時已拿了一柄鋒利的短劍挺指著項思龍的腰眼，但人卻是如木頭般的站著動也不動，滿臉駭然之色的望著項思龍。

項思龍苦笑道：「你為何如此沉不住氣呢？其實我終是會相信你的話的，因為你是我兄弟。」

頓了頓又道：「你為什麼要背叛我？是不是被諸葛長風收買了？你以為憑你這種角色，諸葛長風真會欣賞你嗎？」

童武雙目忽地落下淚來道：「大哥，你殺了我吧！我對不起你！」

項思龍卻突地上前解開他的穴道，歎道：「你走吧！我們終是兄弟一場，我怎麼忍心會殺你呢？」

童武怔了怔，望向達多，項思龍這時卻向達多跪地道：「真主，屬下剛才真是對你不敬，請責罰我吧！不過，卻請你放過童武！」

達多釋然一笑道：「任何人聽說家人被殺了，都會對他的仇人憤怒的，你也只不過是誤會我罷了！現在這誤會解了，我們自然什麼事都沒有發生了！童旗主，真如你所說的那樣，他只不過是個小角色罷了，殺了他只會沾汙了我的雙手而已，何況還有童旗主為他說情呢？」

童武聽了這話，身形一陣風似的往門外衝去，但剛要跨過門檻，卻突地轉過身形衝項思龍道：「大哥，我們家人真的出事了，是諸葛長風派人殺了，為了嫁禍給達多真主。不過，嫂子沒事，沒殺她，只不過諸葛長風知道我或許不會讓你相信我的話，所以還想讓嫂子來說通你。我之所以背叛大哥，只因為我色迷心竅，姦污了嫂子。

「諸葛長風就用此點威脅我和嫂子。否則他說連你也殺了。大嫂本是傷心欲絕，但為了你，她還是不得不活了下來。

「所以大哥，小弟想懇請你日後能好好的對待嫂子。我們知道你這些年來忍辱吞聲很辛苦，但為了我們匈奴國，你必須堅強地活下去，因為你才是真正的匈奴國真主的嫡系血親繼承人。達多只不過才是真正的童千斤而已。」

說完突地舉起短劍，竟然自殺身亡了。項思龍聞聽得童千斤的家人還是死了，心中的悲痛自是再度湧起，但可是也對童武後面的一段話感到一團霧水。

這到底是怎麼一回事呢？童千斤竟然是匈奴國真主的嫡系血親繼承人，而達多則是童千斤？這……項思龍不知所以的呆站著時，達多則是目射凶光的瞪著項思龍，一字一字的厲聲道：「童旗主，這到底是怎麼回事？童武說的話是不是真的？」

項思龍斂過心神，卻是突地哈哈大笑道：「真主相信童武的話嗎？這說不一定也是諸葛長風的陰謀，說不一定眼前這童武是易容裝扮的，因為我實在是不懂得他說的是什麼意思。想我身為童府的長子，為何我不知道的事情，而童武卻知道呢？」

達多臉色陰晴不定的走到死去的童武身邊，俯下身去，正待伸手去觸摸他的臉面時，那死去的童武卻倏地活了過來，那滿是鮮血的握著短劍的手猛地抬起，短劍已是架在了達多的頸脖上，緩緩的坐了起來。

童武冷冷笑道：「童旗主果真是個足智多謀的人物，不過你千算萬算，卻沒有想到我手上這短劍會有機關，可以自由伸縮吧！」

項思龍歎了一口氣道：「想不到這時代也會有如此的能工巧匠，創制出如此精妙的短劍來！童武，你到底想把真主怎樣？提出你的條件來吧！」

童武哈哈大笑道：「大哥果然還是大哥，竟然在這瞬刻間知道我並不是什麼易容的童武。不錯，這一切都是諸葛先生安排好的計謀。

「大哥你甚得達多的寵愛和信任，諸葛先生為了能夠徹底的使你為他所用，所以一方面挾持了你的家眷，而另一方面卻早就收我為徒，作為監視你的眼線。你所有的動向，都是我稟報給我師父諸葛長風的，要不然他也不會知道你竟然是達多安插到他身邊的內奸啊！」

頓了頓又道：「諸葛先生想謀反的意圖已經預籌了十多年了，他之所以不敢輕舉妄動，就是因為他知道達多的勢力比他強得多，所以一直容忍著。

「直到達多發兵中原的那一天，我師父認為時機到了，所以準備策動叛亂，可誰知達多這傢伙早有提防，昨晚收到都城傳來的飛鴿書信說，都城已被達多的勢力攻佔，且已發兵八萬來這雲中城了。我師父知道他快完了，以至於不得不出此下策，叫我來挑撥大哥你和達多的關係。

「因為只要你背叛了達多，這雲中城裡就有七旗的兵力可與達多的援兵抵抗了，再加上可俘虜了達多作人質，此戰就可反敗為勝。可想不到卻還是被大哥你看出了破綻來。」

這時臉色又驚又怒的達多忍不住道：「你說童旗主與諸葛長風合作就有七旗的兵力，這到底是怎麼回事？」

童武把短劍靠近了達多的頸脖幾分，慢理斯條的道：「你原來還一直給我大哥蒙在鼓裡，不知他也想謀反，已經控制了三旗的兵權啊？除了張方那一旗被你陰錯陽差把旗主之位讓了這個死頑固坐上外，其他的七旗可是全都已背叛你了。

「像你這麼殘暴的君主有幾人會效忠於你呢？想當年你剛坐上真主之位時，對朝中德高望重的大臣大肆殘殺，且時不時的無故殺害你一手提拔起來的旗主，只憑自己的喜怒哀樂行事，你也不想想，像你這樣的凶殘行為，朝中大臣哪一個不是終日提心吊膽，只要有人煽動他們，他們自然是會想你死的了！」

達多面色青紫的顫聲道：「我殺了那些傢伙，只是因為他們徇私枉法貪收賄賂。」

童武嗤笑道：「朝中有幾人是大公無私秉公執法的呢？他們當了官為追求的就是享受，要不然還當他媽的官有個屁用！就憑那麼一點奉祿可以好好享受麼？

「不貪污，那就喝西北風去吧！再有，當了官，也是為了好讓自己犯了罪也無所謂。人這樣的動不動就殺了，大家沒一點好處，還跟你個屁啊！倒也真不知都城中還有哪個傻蛋對你如此忠心，竟然還會幫你的？」

項思龍可真是愈聽愈糊塗了，對他們這匈奴國中複雜的勾心鬥角可真是頭大如斗，不過聽得童武這話，這達多雖是個暴君，卻也不失為是為國著想，再通過這兩天來自己與達多的接觸，倒也發覺他不失為一個馬馬虎虎的明君，要不是氣他想搶自己的兩個老婆，可倒真的不會那麼討厭他。

唉，要是真正的童千斤在這裡就好了，他就可聽得懂他們的話意了，瞭解這其中錯綜複雜的關係了。想不到假扮別人卻也這麼煩也！罷了罷，救出盈盈他們後，自己還是恢復真實身分吧！打一場就打一場啦！現在這個局勢，打起來對自己等也不會有什麼危險的吧！

項思龍正如此頭痛的想著時，達多卻突地長歎了一口氣道：「想不到眾叛親離的局面卻是我一手所造成的！唉，你要殺便殺吧！落在你們手上我也沒什麼話可說的了！」

項思龍聞言卻是不由自主的脫口喝道：「誰說我童千斤會背叛真主了？童武，你最好快放了真主，否則……我就只好大義滅親的殺了你了！」

童武微微一愣，冷笑道：「你要想殺我，達多也便沒命！哼，你以為你此著達多會信得過人嗎？你那點鬼心思別以為別人看不出來，你是想逼我殺了達多，而後你就可以師出有名的來討伐我師父了對不對？但你要知道……」

話未說完，廳外地突地傳來一陣吵雜聲，只聽一人大聲叫喊道：「放開我！放開我！我有要事要稟報真主！」

項思龍聽得這聲音，心神猛地往下一沉。啊，像是童千斤！

第四章　運籌帷幄

項思龍心中劇震之下，往達多和童武望去，卻見二人臉上也都閃過一絲驚詫之色。

項思龍暗一咬牙，往廳外走去，果是蓬頭垢面的童千斤正被四名匈奴武士押解著正準備往大廳走來。

項思龍迎了上來，目中寒芒一閃的瞪了童千斤一眼，嘴上卻是掛著一絲笑意地道：「這位兄台有什麼事要稟真主，不如告知童某，由我代你去轉告真主是了。」

說著又叫武士放開童千斤，童千斤見著「自己」，已是狠勁全消，渾身微顫且目中驚恐地呆望著項思龍，口中喏喏道：「這個……草民已經沒什麼事了，沒什麼事了！請大人放過草民吧！草民下次再也不敢了，再也不敢打擾大人了！」

幾名武士正不知這如乞丐般的漢子，剛才還凶巴巴的，而現刻見了「童大人」卻是如此的懼怕。

項思龍朝他們揮了揮手道：「好了，你們退下吧！這漢子交給本大人是了！」

幾名武士領命而退，這一下可把童千斤給嚇得屁滾尿流，「咚」的一聲跪在地上，如公雞啄米般的連連叩頭道：「大人饒命！大人饒命啊！」

項思龍上前伸手扶起他，微微一笑的低聲道：「童大人在你們匈奴國中可是個權高勢大又會左右逢迎的人物，但為何卻是如此的怕死呢？來來來，我現在就帶你去見兩個人。」

童千斤聽得這話卻是渾身發軟的抬不起半步來，哭聲道：「少俠還是饒了小人的一條狗命吧！我……我是不會說出你身分的！我來找達多只不過是要告訴他，諸葛長風那老賊昨夜暗調了大批人馬去我國都城，準備謀反罷了！」

項思龍倒是正色道：「我帶你去見達多，只不過是因為達多已被你堂弟俘為人質了，想看有沒有什麼辦法化解沒有。」

童千斤色變，恨聲道：「我早就看出這小子對我懷有二心，想不到他果真如此盡心盡力的效忠諸葛長風那老賊！」

項思龍不耐煩道：「我可不是要聽你牢騷的！他媽的，裝扮你可不知讓人有多頭痛呢！什麼你是匈奴國真主的嫡系血親，什麼你也控制了三大旗的兵權想造反等等，可讓我真是有點窮於應付了。

「我呢幫你恢復身分，讓我做你的貼身護衛，只要我救出了我的朋友，就任由你們怎樣去鬥個你死我活了，你體內的毒呢？看情況我也會給你解去的！不過，你可不要耍出什麼花樣來，否則我就要你人頭落地！」

童千斤面上顯出一絲喜色，邊點頭邊道：「我怎敢在項少俠面前耍什麼花樣呢？只要他日我坐上了真主之位，項少俠想當我們匈奴國的什麼官、什麼王，就任你挑選是了。」

項思龍嗤笑道：「我可不稀罕當你們匈奴國的什麼官什麼王，只要我們相互井水不犯河水就是了。」

童千斤見馬屁拍在了馬腿上，忙乾笑道：「那是！那是！少俠乃堂堂的地冥鬼府少主，地位本是崇尊，又豈會看得上眼為官作王呢？」

項思龍淡淡道：「好！不要總是囉哩囉嗦了！達多已是封了你作第六旗旗主了，你難道還不滿足？若是你想跟達之為敵，我看你還沒坐上真主之位，就已給達多殺了！但你若助達多平反有功，說不定坐上總旗主之位呢！那可是一人之下萬人之上之職了，你可不要太貪了！」

童千斤聞言沉默了一陣，目光閃爍不定，良久才沉聲道：「多謝少俠提醒，在下定謹記你的戒言！」

二人正說著時，廳內突地傳來了童武的聲音道：「你們不要過來！否則我就殺了達多！」

項思龍心中一震，從革囊裡取出以前製作的劉邦的面具給童千斤戴上，擕了他向大廳奔去。

童武手中的短劍已是劃破了達多脖上的皮膚給滲出血來，達多則已是嚇得面無人色，衝著正拔劍緩緩向童武圍近的兩名中年老者顫聲道：「兩位旗主，你們可千萬不要亂來！童……童大人可是說效忠我的！你們……可千萬不要亂來！」

曾範則靜站在一旁，面上沒有絲毫的表情。

項思龍沉聲喝道：「童武，你不要亂來！若是傷了真主，我定要把你五馬分屍！」

兩中年老者聽得項思龍的喝聲，訝異的望了他一眼，都停住了腳步。

童武則是額上冒出冷汗，嘴上卻是獰笑著道：「大不了與達多同歸於盡！

嘿，我一條賤命換達多的命可是不算吃虧！」

項思龍對這童武可真是禁不住生出殺機來，目中厲芒一閃，冷冷地道：

「哼！你以為你殺得了真主嗎？」

說著突地一拍革囊，只見得兩團金光凌空快捷無比的向童武飛擊過去。童武還沒看清是什麼東西，就慘叫一聲向後倒去，手中短劍也「噹」的一聲跌落地上，軀體在地上抽搐了兩下，就已驟然不動了，面上是一層濃濃烏黑之色，且全身屍肉冒出縷縷的青煙，不消盞茶工夫，童武的屍身就已成為一灘血水了。

在場中人連項思龍在內都看得心中駭然。項思龍這是第一次用金線蛇殺人，但想不到其毒竟是如此之烈，看來以後得慎重用之了。

達多率先打破平靜的道：「這次可多虧童旗主救了我了！像童武這等叛賊死不足惜，他的話自然也都是放屁了！

「童旗主這次護主有功，我就封你為八旗總旗主兼三軍統帥，負責剿滅諸葛長風等亂黨。待平息戰亂後，本王就封你做我匈奴國的第二真主，與我同治我匈奴國朝政！」

項思龍想不到又給童千斤連升了幾級官位，朝身旁的童千斤望了一眼，見著劉邦的顏容，心中不禁長歎一聲。

唉，邦弟，你現在一切可好麼？據歷史上的記載，現在應是你正春風得意快攻入咸陽的時候，祝你好運不要遇到什麼麻煩是了！

正想著時，達多走到項思龍身邊拍了一下他的肩頭道：「童兄在想些什麼呢？」

項思龍愣了愣道：「卑職在想……不知你是否會信了童武的話？」

達多哈哈大笑道：「童旗主對我如此盡心盡忠，他人的三言兩語豈能讓我失卻對你的信任呢？好，不管以前怎樣，從今日起我們就是好兄弟！我的性命是你救下的，無論你犯過什麼罪，我定都免去你的死罪！」

項思龍聽了達多這話，知道他還是信了童武的話，只不過他也看出了自己這「童千斤」現在已是決心完全的效忠於他，所以才說出這番籠絡自己的話來。

微微一笑後，項思龍卻是先入為主的道：「還是先想想如何對付這兩位旗主的對策吧！」

兩旗主聞言頓刻面如死灰，渾身微顫著求助的望向項思龍，達多率先道：「放心吧，我不會把你們怎樣的！只要你們忠心於我，打退諸葛長風後，你們不但不會受到責罰，反會重重有賞呢！」

兩旗主聽了達多這話，心神稍定了些，但還是一臉的驚慌。

項思龍心下鄙視，口中卻還是不得不安慰他們道：「真主所說的話是金口玉言，決不會出爾反爾的，你們又害怕個什麼呢？現在我們與真主是誓死共存亡同富貴，只有齊心協力打敗了諸葛長風，我們才會有好日子過，才會有美女黃金。」

達多哈哈笑道：「好一句共存亡同富貴，就憑童旗主這一句忠心赤膽的話，本王也定當不會虧待你們的了！」

項思龍忙謙虛一番、又慰勉了兩中年老者幾句，便領了兩個護衛武士、童千斤跟曾範一起向張方府第走去。

一路上曾範盡是默然無語，但項思龍心中卻是既興奮又是忐忑莫名，禁不住問曾範道：「二王爺在與真主認識以前，是何方人氏呢？你和張旗主等是怎樣認識的呢？」

曾範冷冷地瞪了項思龍一眼，淡淡道：「童旗主為何喜歡打探別人的隱私呢？我的事情還輪得你來盤問嗎？不要以為你現在是達多面前的大紅人就狂妄自大起來，達多不會給你什麼好處的。」

項思龍吃了個閉門羹，嘿嘿一笑道：「二王爺是不是要找個叫項思龍的人？」

曾範聽了「項思龍」三字，臉色大變道：「你……你見著項兄……項思龍了？他……他現在在哪兒？」

項思龍心頭一陣激蕩，猛一咬牙恢復原音一字一字地道：「範兄可識得小弟的聲音？」

曾範整個人都給呆住了，停下了腳步，怔怔地看著項思龍，顫聲道：「你……你……」

項思龍點頭道：「這就是範兄所要找的人了！這一年多來我也在四處的探聽著你們的消息，總算蒼天不負有心人，終於給我找到你們了！」

說著眼角已是不禁浮現出淚光來。曾範渾身劇顫著，冰冷的臉上露出一抹笑容，伸手猛的一把緊抱住項思龍，哽咽地道：「思龍，真的是你嗎？這不是在作夢吧？」

項思龍輕拍著曾範的寬肩，強抑住感情的道：「好了，我們現在趕快去見張方，待救出他之後，再去救盈盈和碧瑩。」

曾範被項思龍這話說得清醒過來，臉色憂鬱地道：「可是……達多有那麼多的貼身護衛，盈盈她們被他給軟禁了起來，我們根本見不著她們，又怎麼去救人呢？更何況即便救出了她們，憑我們幾個人的力量也根本逃不出雲中城啊！」

項思龍笑道：「我既有辦法化裝成童千斤騙得達多團團轉，自是有能力出城的。嘿，你不要驚訝，這些事情待以後再告訴你吧！這一年多來發生的事太多了，一時也說不清。我也很想知道你們是怎麼與達多遇上的呢！」

二人正說著時，不覺已來到了張方府第門口。府門前站著的四名護衛武士見著曾範和「童千斤」，忙笑臉迎著上前躬身道：「二王爺和童大人是來見張旗主吧！嘿，旗主這兩天心情不好，時常對著我們這些下人發脾氣。二王爺來了可正好，請你為我們在旗主面前多說兩句好話吧！其實旗主每次一發脾氣就是希望能見著二王爺，只要見過二王爺後，旗主就馬上好了。」

曾範現刻心情大佳，露出眾武士難得一見的笑容，道：「那就請幾位去通報張旗主一聲，說我和童大人特來拜見旗主。」

四名武士見曾範今天說話語氣如此溫和，都大感詫異之餘又是忙應命而去，心下卻是嘀咕道：「二王爺一向對人說話都是冷冰冰的，今天怎麼冰化雪融了呢？」

項思龍看出了幾位武士對曾範的訝異，忙低聲對他道：「範兄，絕不可露出馬腳來了，若是被達多知道，定會對我的身分生疑的，那時盈妹她們可就處境危險了。」

曾範聞言心下一震，頓時警覺過來，臉上又恢復了一貫的冷漠之色。

這時，府內傳來了一陣爽朗的叫喊聲道：「王爺和童大人光臨卑府，真是令寒舍蓬壁生輝啊！」

話音剛落，一張熟悉的面容已是落入項思龍眼中，只是那熟悉的容顏上卻增添了幾許歲月的滄桑，予人一種心中辛酸的感覺。

曾範迎了上去，與張方攜手而行道：「張旗主面色有些不適，莫不是近日來碰上了什麼心煩之事？」

邊大聲說著邊低聲道：「張方，有要事與你相商，快領我和童大人去密室相談。」

張方不解道：「童千斤？他……」

項思龍凝功細聽已是聽見了二人的低語，當下笑道：「張旗主，真主叫在下來與旗主有要事密議。」

張方冷哼了一聲，冷冷地道：「那有請童專使了。」

說著揮退了旁邊的侍衛，又道：「不知真主有何指意呢？」

項思龍四顧了一下府中的四周，覺察出有人在監視自己等人，想來是諸葛長風或達多派在張方府中的臥底，心下冷笑一聲，緩緩道：「這裡說話不方便，待我打發了那些跟屁蟲再說吧！」

說著左手一領指訣，「嗤嗤嗤」射擊出十幾道罡氣，只聽得一陣「啊」的慘叫過後，又是一陣破空的風聲響起。

張方和曾範二人臉色同時大變，但卻是一驚一喜。

項思龍冷笑著道：「我乃奉真主之命來見旗主，想不到卻有些不知死活的傢伙竟然敢想偷聽我們的談話，真是找死來著了。」

曾範接口道：「童大人奉有真主命令在身，自然可以殺無赦了，那些傢伙卻是不知死活！」

張方卻是滿懷疑惑的望了曾範和「童千斤」一眼，不知他們今天為何如此要好，葫蘆裡到底賣的是什麼藥。

項思龍朝張方微微一笑，回頭向兩名武士和童千斤道：「你們三人給我負責守衛工作，任何人前來打擾，一律殺無赦！」

三人沉聲應「是」時，曾範已是拉著張方領項思龍向密室走去。

這是一間只有十來個平方見丈的斗居小屋，室內也很是簡陋，除了幾個石磴和一張石桌外，就只有一壺酒和兩個酒杯。

曾範舒了一口氣後笑著對項思龍道：「這是張兄自行設計的密室，專供我和他聊天之用的。」

項思龍讚道：「想不到張旗主卻還會機關之學呢！」

曾範怨道：「好了，思龍，不要捉狹張老了！這一年多來他可是……」

曾範的話還沒說完，張方已是瞪大眼睛望著項思龍，截口道：「思龍？什麼？他……是思龍？」

項思龍點了點頭，沉聲道：「張老，我正是項思龍！泗水郡一役後我們分散了，想不到……」

說著雙目已是紅腫起來，張方聽得果真是項思龍的聲音，激動得熱淚滿面地道：「我以為這一輩子都見不到姑爺了，想不到今日還能重見！」

頓了頓似想起什麼似的，興奮地道：「對了，小姐和盈盈姑娘知道思龍你還活……呸呸呸！姑爺吉人天相，自是不會有事的了！嘿，小姐和盈盈姑娘知道你的消息，一定會很高興的了！」

項思龍搖頭道：「不！現在還不能告訴她們我到來的事。達多那傢伙機警得很，若是從盈盈她們身上看出什麼破綻來，那可就弄巧成拙了。」

張方沉吟道：「這倒也是，不過小姐和盈盈姑娘可是對姑爺你日思夜想得消瘦了許多了，若不是因懷上了姑爺的骨肉，她們或許早就……」

項思龍恨聲道：「我會讓達多知道我的厲害的！」

曾範聽得寒氣直冒道：「達多雖是凶殘暴虐，但這一年多來他也並沒有為難我們，所以思龍你可不可以不要殺他？」

張方皺眉道：「唉，若是被達多知道我們想逃，他不殺我們已是大幸，我們哪有得什麼能力去殺他呢？」

項思龍冷笑道：「只要救出盈妹她們，我們要出這雲中城不是一件什麼難事。地冥鬼府你們聽說過吧？我就是地冥鬼府的新少主，西門無敵那老傢伙就是被我殺死的！」

張方和曾範同時驚得瞠目結舌的齊聲道：「什麼？是你殺死西門無敵的？」

項思龍淡淡一笑道：「是啊！」

說著當下把自己自從泗水郡被秦將章邯追得逃亡，怎樣被劉氏救了，怎樣結識劉邦，怎樣助劉邦發動起義，以至遇著鬼冥雙怪，學會了道魔神功及殺了西門無敵，直到又怎樣裝扮成童千斤混進了雲中城獲是達多的信任等事粗略的說了一遍，只聽得曾範和張方如在聽一個驚險刺激的故事般，時而緊張，時而欣喜。

直待項思龍說完以後，張方才迫不及待的問道：「張良公已經投到你義弟劉邦座下去了。」

項思龍點了點頭，忽地想起自己被毀去的面容，禁不住長長的歎了一口氣。

曾範聽出項思龍歎氣中的傷感，伸手握住他的雙手道：「思龍，放心吧，無論你變成什麼樣？盈妹和碧瑩都不會嫌棄你的！」

張方也道：「是啊！她們見著你，高興得愛你愛得發狂還來不及，又怎麼會看不起你呢？」

項思龍稍覺心寬的苦笑道：「我只是感覺自己配不上她們！」

曾範責聲道：「思龍，這是說的什麼話來？盈妹她們為了等你，可以說是吃盡了千辛萬苦，你若是不要她們，她們可是受不了這打擊的。更何況她們已有了你的骨肉呢！」

項思龍心酸道：「我怎麼會捨棄盈妹和碧瑩呢？這一年多來我也不知是多麼的想念她們！只是……噢，玉貞她……」

張方接口道：「她沒事！現在還是盈盈姑娘和小姐的婢女！」

項思龍心中寬慰了許多，突地轉過話題道：「你們到底是怎樣碰上達多的呢？」

張方聞言歎了一口長氣，緩緩道：「唉！此事說來話長！」

原來當日項思龍自置險境送走張方、曾範、張碧瑩和曾盈一行後，眾人原本是打算回山谷中去接應張良的，可中途遇上了潛逃的韓自成和陳平。

韓自成自是因恨項思龍而百般刁難眾人，幸得陳平因懼怕章邯大軍追來而沒有與韓自成聯手而先行逃去，但張方等人的勢力又怎及韓自成的幾千兵馬呢？

眾人正在不敵而要遭韓自成擒獲時，周昌剛好領了人馬見個正著，於是出面阻住了韓自成，可因與韓自成一戰，張方這邊的幾百武士傷亡所剩不過幾十人。為了躲避韓自成，眾人於是與周昌結伴而行。

周昌因擔心項思龍的安危，便欲重新調轉人馬去營救項思龍，可當轉得項思龍等與章邯大軍作戰的戰場時，章邯兵馬已是退去，山地上卻只見到處都是屍體，曾盈和張碧瑩以為項思龍已戰死，急得大哭，但眾人找遍了戰場卻也不見項思龍的屍體，存著一絲渺茫的僥倖心理，張方等人決定去尋找項思龍，同時派了一部分武士回轉峽谷去通報張良眾人的近況。

與周昌等分手後，張方等人便一路跟蹤章邯大軍，暗暗打聽項思龍是否已被章邯生擒，但一直都毫無消息，不過卻也探聽得周昌所領的人馬已經投靠了豐沛起義的劉邦，陳平則投靠了吳中起義的項梁，韓自成呢，則因為他是韓國的王室親屬，所以在舊朝復辟勢力的擁護下做了韓國的國君。

後來眾人跟蹤章邯到了齊地時，偶然機遇下救了達多，但那時並不知達多乃是匈奴國的國王。

達多被眾人救下後，得知眾人是在尋找項思龍，於是騙眾人說他知道項思龍的下落。眾人因幾個月來都沒有探得有關項思龍的消息，這刻聽得達多此說，一時都迷了心智的竟是信了他的話。

隨達多到了匈奴國後，達多除了對項思龍下落的事情隻字不提外，對眾人無論哪個方面都很客氣周到，特別是對曾盈和張碧瑩二人更是禮遇有加。

二女為了自達多口中探出項思龍的消息，也便每每達多相約都隨了他意。但半個多月過去，達多卻還是沒有告知眾人項思龍的事情。

張方心生疑念，於是追問達多到底知不知項思龍的下落，達多卻是含糊其辭的說正在派人四下打聽，同時為了穩住張方和曾範，藉二人救主有功為名，與曾範結為兄弟，封張方作了第四旗主。

張方和曾範看出達多對曾盈和張碧瑩二女心懷不詭時又驚又怒，但知自己等在達多勢力的軟禁下，根本就沒有機會逃出。這時宮中又傳出二女已有身孕的消息，且從二女口中得知她們所懷的是項思龍的骨肉。

達多因見二女懷孕，又氣又惱，竟逼二女與他即日成親，二女為了保住懷中胎兒，於是藉口說要待孩子產下後，再與達多成婚，否則寧死不從。達多無奈也只得應了下來，從此幾人在這匈奴國中與達多各自心懷詭計的住了下來。

半年過後，因匈奴國內部矛盾漸漸激化，達多於是突地說要領兵進攻中原。此時，確實是中原內戰四起的時候，進兵中原倒也得到了朝中大半大臣的支持。十分順利得很，首戰進攻中原的雲中郡城，不消十天就被匈奴兵攻佔。但達多卻自此再也不向中原境內進發，只是死守在這座雲中郡城之內，至今已是有一個半月了。

在與達多相處的這段時間內，張方等卻也知道了不少匈奴國的內情，當日達多在齊地身負重傷，就是因為得罪了地冥鬼府的鬼王西門無敵，所以把他劫至那裡，本欲殺了達多，但豈知達多命不該絕，被張方等人救著。

說到這裡，張方不勝感慨地道：「這將近一年來，我們在達多身邊可以說是忍氣吞聲，不過讓我們終是等著了姑爺，也足以讓我們欣慰的了！至於達多雖是對曾盈姑娘和小姐心懷邪惡之念，可也終是遵守諾言沒有污辱她們，所以公子得饒人處且饒人，不到萬不得已時就留了達多的一條小命吧！」

項思龍卻是心中氣怒難息的狠聲道：「這傢伙忘恩負義，不殺他卻也要廢了他的一身武功，叫他再也狂妄不起來，最好是讓他人給宰了！」

項思龍如此說來，張方和曾範心下雖是不能釋然，卻也知道項思龍既已作此決定，自己等也不好再勸，何況達多那傢伙可也確是讓人覺著生厭呢？

項思龍見了二人神色，知道二人心中所想，但自己確是恨透了達多想搶二女，又想到二女此時已是大腹便便，更是心急如焚心下有氣。

想起室外的兩名武士，項思龍頓道：「好了，現在就來個李代桃僵之計，把你們二人給帶到我府中。」

說罷，也不管曾範和張方是否明白自己的話意，叫張方開了密室之後，讓兩武士和童千斤也走了來。

項思龍著手把張方和曾範易容成兩武士模樣後，又把兩武士易容成為張方和曾範模樣，同時告誡他們緊記住自己現在的身分和現在的局勢。張方和曾範見了項思龍精湛的易容之術嘖嘖稱奇。

項思龍又叫童千斤解下面具，與他互換過衣服後，警告他道：「在我沒有救出我的朋友之前，你若是敢洩露我們的身分，我定會讓你肌肉一寸一寸的爛掉而死！」

說著喚出兩隻金線蛇托在掌中，緩緩道：「童武是怎麼死的你見過吧！想不想嘗嘗我這兩個小傢伙的味道，就看你的表現了！」

童千斤嚇得機伶伶的打了個寒顫道：「這個少俠就是借給我十個狗膽，我也不敢出賣你啊！」

項思龍滿意又安慰道：「嗯，只要你不要什麼小動作，你即便做不了匈奴國真主，可也至少會榮華富貴一輩子，達多答應過我的話你聽過吧？只要除去了諸葛長風等人，憑你的機警，獲得他的信任我想不是件什麼難事。何況你也是個奸詐陰險之徒，即便與達多鬧翻，憑你的能力，雖不一定能勝，但自保卻應該是沒什麼問題的。」

童千斤乾笑道：「項少俠可是太抬舉在下了呢！」

項思龍戴上劉邦的面具道：「好了，現在我們隨你回童府，你應該知道怎麼做了吧！」

童千斤連加點頭哈腰的應：「是。」

出了張府後，「張方」、「曾範」在兩護衛的保送下回府。項思龍、張方、曾範三人則權充童千斤的貼身護衛也打道回府。

剛進得童府不久，天絕就神色緊張的拉住項思龍到一邊低聲道：「少主，不好了！童千斤的家人在回府的途中被一群神秘武士全給殺了，只留了他的老婆和他老婆的兩個貼身婢女給我們府中武士救下，看來還是敵人故意留下的活口。據從擒下的敵人口中逼供的消息說，他們是聽從達多的命令來刺殺童千斤的家人的。」

項思龍聽了失聲道：「想不到童武所說的卻是真的也有一半！不過那些殺手卻是諸葛長風的人，此著乃是他們嫁禍達多的奸計，想挑撥我和達多之間的矛盾。但諸葛長風做夢也想不到我這童千斤是假冒的！」

天絕卻是望了一眼真的童千斤道：「剛才你一進門就用傳音入密告訴我那小子是真正的童千斤，不殺他會不會對我們有什麼妨礙啊？」

項思龍沉吟道：「若是他知道了他家人被害的事，可就說不定了，因為只要是一個正常的人都定承受不了那種沉重的打擊，而使精神崩潰。」

天絕皺眉道：「那我們該怎麼辦呢？殺了他？」

項思龍搖頭道：「算了！他也夠慘的了！我們就把他軟禁起來，在我們沒有救出全部人質之前，不讓他和他老婆見面吧！」

天絕笑道：「少主幾時卻也有得如此的菩薩心腸了？」

項思龍橫了他一眼道：「好了，童千斤就交給你了！快辦事去！」

天絕聞言咋了咋舌，卻果也不再多說什麼，領命而去，招過那童千斤，把他拉拉扯扯的威脅著往後堂去了。

項思龍叫來鬼青王，著他派人好好的保護曾範和張方二人，同時取下面具，隨了兩武士去見童千斤的夫人。進得一間廂房，就聽到有婦人的哭泣之聲，還有二女哽咽著安慰婦人的話語聲。

項思龍只覺心頭沉甸甸的有點不好受的感覺，舉目望去，卻見一俏美絕倫的少婦，正在模樣俊俏的二個婢女扶持之下坐在床沿，頓首抽泣著，面色甚是蒼白，一雙秀目給哭得通紅，一身潔白的衣裙上血跡斑斑，髮絲也是凌亂非常。

聞得腳步聲，三女都驚覺過來，抬頭見著「童千斤」，婦人掙扎著站起，悲呼一聲，撲進項思龍懷中，放聲大哭起來，柔軟的嬌軀劇烈的顫抖著，泣聲道：「相公，寧兒他們……他們死得好慘啊！」

項思龍輕拍了婦人的酥肩兩下，一時卻也不知如何安慰是好，幸得眼淚倒是情不自禁的落了下來。

沉默了良久，項思龍的心緒漸漸平息下來，伸手輕拭去婦人臉上的淚痕後，假作憤恨地道：「夫人，到底是誰竟下如此毒手？諸葛旗主沒有派人護送你們回府嗎？」

婦人抽泣了一下斷斷續續地道：「我猜想是諸葛長風那老賊下的毒手，因為他派的護衛送我們的人回府時的道路都很偏僻，似是在有意給敵人襲擊我們的機會，要不然大白天的在大街上誰敢來偷襲我們啊？還有童武那卑鄙小人，他……他強暴了我，投靠了諸葛長風。相公，你可得為寧兒和我報仇，殺了諸葛長風和童武這兩個狗賊啊！」

說著又倒撲進項思龍懷中低聲哽咽著，項思龍想不到童千斤這婦人竟然還有如此敏銳的判斷洞察能力，看來也是個頗有心機的精明人物，當下心生警覺道：「但我據聞下人逼供的敵人招供說，那夥賊人是受達多指使的啊！」

婦人正過身形道：「起先我也懷疑是達多派人來刺殺我們，因為諸葛長風既然答應你放我們回府，就沒有理由再派人來刺殺我們啊！

「但細想一下此事卻又有問題，達多派人來刺殺我們的原因是什麼呢？他也應該知道殺了我們只有讓你與諸葛長風合作起來反他，那樣對他來說是得不償失的。達多和諸葛長風都是想你加入他們的陣營，諸葛長風放了我們也是為了籠絡你，達多來殺我們不可能故意不殺我，且還會讓府中武士擒下他們的活口而又供出他們是受達多的指使。

「再根據童武在作戰中半途失蹤，這等等的跡象表明刺殺我們的人的主使者涉嫌最大的就是諸葛長風，他如此作來只是因為他迫不及待的想發動謀反了，想嫁禍達多，好讓你儘快的與他全力合作對付達多。」

項思龍聽了婦人的這一席話，不由自主的讚歎道：「夫人的心機可真是縝密！不過童武已經被我殺了，他的那點鬼心思已被我識破，且這傢伙還想殺我。至於他背叛我這點我早就覺察到了，再加上他竟然囂張的親口說出指染你的事來，我一怒之下收手不住……諸葛長風麼，哼！他活不過今晚的！」

婦人聽了媚態萬千的嬌嗔道：「原來你早就想到對策了，卻還來作弄人家。對了！平息了諸葛長風的叛亂後，你準備怎樣的來對付達多呢？這小賊的父親當年因為偷練了宮中的『陰離神功』，且與西門無敵暗中勾結害死了先王，姦污了王后，生下達多。

「但是你卻是先王之弟的親生兒子，匈奴國真主之位應該是屬於你的。這麼多年了，你忍辱負重的冒充達多父親與他夫人所生的兒子童千斤，你父王也因與達多的父親比鬥而同歸於盡，難道你不準備報仇正位嗎？

「現在是時候了，待得達多與諸葛長風打個兩敗俱傷時，你再出動你手上的兵力一舉控制住局勢，那時再加上我們安插在達多秘密死士中的勢力和朝中你父親培植的死黨，真主之位還不非你莫屬？」

項思龍想不到童武的話竟也多半屬實，自己裝扮的這童千斤的身分在這匈奴國中竟是如此的錯綜複雜，不由得大感頭痛地道：「可是達多收羅了一名叫韓信的大將，有此人效忠達多，我們根本就不大可能打敗達多啊！」

婦人嗤笑道：「韓信？一介藉藉無名之輩算得什麼？難道你會怕了他？對了，聽說他有個叫相姬的紅顏知己流落在舊趙之地，韓信深愛此女，只要我們抓住了她，還怕韓信不聽命於我們？」

項思龍皺眉道：「可是大戰已是迫在眉睫，現在到哪裡去找相姬呢？」

婦人冷笑道：「此女三年前我已是派人抓住她了，因為那時我就探知達多收了個叫韓信的韓國落迫王孫，據聞此人很善於用兵之道，是個人材。從那時起我就預知會有今天，所以暗中派人找到了相姬，把她軟禁在一個秘密的地方。有了她在手，韓信又有何足懼哉？」

項思龍聽得心底直冒寒氣，此婦人看來長得是個人間尤物，但想不到心機深沉到如此境地，看來真童千斤的成就全是此婦人造就的。

項思龍怔怔的看著婦人時，婦人冷顏一展道：「我沒有把相姬的事告訴你，是因為怕你不小心給說了出去，相公，不要生氣了好嗎？

「唉，想你父王成烈是何等英雄，你可是沒繼承他的三分之一的英雄氣概。當年我作了你父王十二年的婢女，我的這些性子都是從你父王那裡學來的。」

項思龍聞言不置可否的笑笑，心中卻怪怪的想著這婦人長得如此貌美，童千斤的父親怎麼會讓她一直作婢女呢？說不定卻是成烈的暗中愛妾呢？

婦人見項思龍一直沉默不語，突地長長地歎了一口氣道：「千斤，寧兒他們雖然不在了，但是只要你坐上了真主之位，再納他十個八個妾的生幾個孩子不就是了嗎？我雖是再也不能為你生育，但……請你不要怪我好嗎？我也想不到一場風寒病會讓我失了生育能力的。」

項思龍這時斂神過來，笑笑道：「我又怎會怪你呢？只是諸葛長風這老賊，我一定要親手殺了他！」

說完手掌朝身旁的茶几猛地一拍，五六公分厚的几面竟被拍穿而顯出一個掌洞來。

婦人見了又驚又喜道：「千斤，你的『陰離神功』和『鬼冥神功』都已經練至第幾層了？」

項思龍因想到諸葛長風竟然連童千斤才幾歲的兒女也不放過，心生怒氣之下，所以手掌不知不覺貫注了十層以上的鬼冥神功功力，想不到卻差點露出馬腳，當下胡編道：「嗅，我因巧獲一枝千年的靈芝草，服食後功力大增，現在兩種神功都已突破了十層功力了吧！」

婦人聽了大喜的抱緊項思龍道：「這太好了！你功力進增如此之快，連達多恐怕也不是你的對手了！哈哈，要奪真主之位更是易於反掌了！」

說完，卻又突地玉臉通紅的低聲道：「你功力增進了，那我們現在來試試你的『夫婦雙修大法』進境怎樣吧！」

項思龍微微一愣之下明白過婦人的話意來，大窘道：「這……現在……不大好吧！」

婦人眼角春情如絲的嬌聲道：「這有什麼不好的？我們是夫妻嘛！分居了一年多，難道你就不想我了嗎？」

項思龍手足無措的道：「這……晚上我還有要事要去辦呢，要是現在……於這事，弄得元氣大傷，我……」

婦人此時已是一雙纖手在項思龍背脊四處摩道：「夫君是不是忘了，我們這『夫妻雙修大法』是愈幹這事精力愈加旺盛的？快點！死人！淨站著幹嘛？」

說著時竟是自行褪去了上衣，露出了晶瑩光滑豐滿的無限美好的上身來，只看得項思龍一陣心跳目眩。

第五章　勇救佳人

項思龍只覺心跳在急劇加速，呼吸也混濁沉重起來，渾身的血液也都一陣陣的往上湧。

婦人卻更是放浪形駭的拉過項思龍的雙手，在她堅挺渾圓的酥胸上揉搓著，口中發出讓任何一個正常的男人聽了都會感覺銷魂蝕骨的呻吟聲，水蛇般的腰肢也緊靠在項思龍的身上扭動著。

項思龍雖是被婦人纏得慾火漸漸熾熱起來，但心中卻還是有得一絲靈智。她可是童千斤的女人啊！童千斤可就在這府中呢，自己怎麼可以……

半強行的推開婦人，項思龍尷尬的道：「夫人，今天我確實是不宜於……」

項思龍的話尚未說完，婦人就又已撲進項思龍懷中，邊糾纏著邊嬌氣喘喘的道：「有什麼不合時宜的呢？好了嘛，不要推推拉拉的了！」

項思龍大感頭痛的道：「我們應以大事為重啊！夫人，我看今天就……」

婦人伸出纖手輕捂住項思龍的嘴，邊如雨點似的吻著他的面頰、頸脖，邊嚶嚶的道：「對付達多和諸葛長風的計畫早就擬定好了，夫君你就儘管放心吧！嗯……現在不要談那些有壞情調的事了，快點來嘛！」

項思龍現下可是被婦人糾纏得進退兩難，滿肚子的苦水，但婦人赤身貼體的摩挲卻又讓項思龍的慾火愈來愈熾。

正當項思龍處在這難以脫身的危急關頭時，房外傳來了天絕的聲音道：「少……旗主，真主派人傳來口諭，命你到郡府去見他，說是有要事欲與你相商。兩名內侍在急等著你呢！」

項思龍聞言大喜，忙推開婦人苦笑道：「真主派人來找我，我……沒辦法了！」

婦人又是失望又是氣惱的道：「遲不來早不來，偏偏在這個節骨眼上來！好吧，你去見達多！我也要去著手安排一些事情。」

頓了頓，又媚笑著道：「日後我們親熱的日子可長著呢！」

說罷為項思龍整理了下衣服，沉聲道：「一切小心點！達多這傢伙心機陰沉，且他身邊有一些足智多謀的門客，可得提防他使什麼奸計。」

項思龍點了點頭，俯首輕吻了一下婦人的嬌面，笑道：「放心吧！你夫君可也不是個好欺負的角色！憑他達多，想對付我？——可得付出一定的代價！想來他現在只是想利用我幫他對付諸葛長風罷，我應該是不會有什麼危險的！不過，任他達多機關算盡，卻也想不到我還有娘子這一著厲害的棋子！」

婦人白了項思龍一眼，正色道：「你可不要對達多太過掉以輕心了！我只可為你出謀獻策，但真正與他們正面交鋒卻還是全靠你呢！」

項思龍助婦人著好衣裙後，再次勉為其難的與她親熱了一番。出了廂房，卻見天絕正一臉詭笑的望著自己。

當下虎目一瞪的低喝道：「笑什麼笑啊？我與『夫人』親熱是理所當然的嘛！」

天絕訝意道：「當然當然，是理所當然的！不過要是被我的兩個乾女兒知道了，嘿……」

項思龍聽了軟下語氣道：「此事你不說我不說，她們又怎麼會知道呢？好義父，你也不想看到我狼狽的樣子吧！大家都是男人嘛，自是應該相互幫助的對不對？我看這事情就……」

天絕截口道：「可我更不願看到你與那狐狸精親熱的快活樣子！說，你剛才到底有沒有與她……」

項思龍連連搖頭道：「沒有！絕對沒有！剛才我正不知怎麼辦才好時，幸得你來幫我解了圍。」

天絕怪眼一翻道：「是不是我若沒來，你就與那狐狸精泡上了？哼，你有了那麼多的老婆還不夠嗎？真是個沒良心的傢伙！」

項思龍聽得失笑道：「義父你為何吃那婦人的乾醋呢？你又不是我馬子！嗯，說真的，剛才若不是你來幫我解圍啊，說不定現在我真與那婦人給黏上了呢！」

說到這裡頓了頓，轉過話題道：「對了，達多是不是真的派人來找我了？」

天絕臉色一沉的搖頭道：「這倒沒有！不過裝扮你那兄弟曾範的教徒派人傳話來說，你的兩個懷了身孕的娘子快要臨盆了。」

項思龍聞言驚喜得跳起來，一把抱住天絕大叫道：「什麼？這是真的？哈，太好了！我快要當爸爸了！我快要當爸爸了！」

天絕笑後不解的道：「什麼叫作爸爸啊？」

項思龍想起這名詞在這古代還沒有被創造出來，當下解釋道：「這個……爸爸呢就是爹的意思，就像義父你，我也可叫你作爸爸。」

天絕嬉然道：「我才不要你那樣稱呼我呢！你這小子最多鬼主意，要是『爸爸』這詞兒是什麼阿貓阿狗的別稱，那我可就上了你的大當了！」

項思龍笑得捧腹道：「我怎麼會拿這個開玩笑呢？不怕被別人說我大逆不道麼？好了，我現在就趕往達多的郡府去看看。叫我兩個娘子在那裡受苦，我可是於心不忍，一定得到她們身邊去安慰他們，哪怕是被達多識破身分，我也不管了！義父，你和地滅義父和我一起去郡府，出了事情好有個照應。不過，無論如何也得保護住我兩位娘子和她們腹中胎兒的安全。」

天絕神色凝重的點了點頭道：「少主，我們兄弟二人就是拚了性命也會盡力保護兩位少夫人的周全的！」

說完朝項思龍躬了躬身，轉去找地滅去了。

項思龍和易了容的天絕、地滅三人趕到郡府時，卻見達多正一臉陰沉而又顯得焦急的正在廳中踱來踱去，見得項思龍，也只略略朝他點了一下頭算是向他打過招呼。

項思龍目光一掃廳中諸人，除了二大旗主和「曾範」、「張方」在座外，還有四五個神色緊張惶恐的太醫。項思龍輕步走到達多身邊明知故問的低聲道：「真主，發生了什麼事了？」

達多橫瞪了項思龍一眼，語氣焦煩的道：「我的兩位未來愛妃就快臨產了，可這幾個庸醫卻說什麼因為她們身體積慮成疾，虛弱得很，若想保住胎兒，大人就有性命之憂；然若要保住大人呢，胎兒卻又不能要了。唉，我兩位愛妃卻是寧死也要保住腹中胎兒，我真是不知怎麼是好了。都是因為那個叫什麼項思龍的傢伙，騙了我兩位夫人的感情才弄成這等局面的！若讓我找著這傢伙，我不扒了他的皮抽了他的筋，也難洩我心頭之恨！」

天絕和地滅聞言臉色一變，聽達多詛咒項思龍只覺怒火中燒，正待發作，卻見項思龍暗瞪了自己二人一眼，才強行壓下心中憤怒。

項思龍得知曾盈和張碧瑩二女有危，心中雖是凌亂如焚，可還是只得裝作若無其事的笑笑道：「卑職對醫道也略有研究，若是真主對卑職還信得過的話，卑職就斗膽請命真主，讓我為兩位夫人察看一下情勢如何？」

達多遲疑的沉吟了好一陣才道：「原來童旗主還懂醫道啊！好吧，就讓你為我兩位夫人看看，若是實無他法，只得狠下心腸犧牲她們腹中胎兒，以保她們的性命了。」

項思龍心中暗罵達多心腸歹毒，但面容上還是不動聲色的道：「只要有一線希望，卑職也會盡力而為的。對了，請問兩位娘娘的閨閣在何處？我現在就去為她們診斷一下吧！」

達多歎了一口長氣，點了點頭後，叫了五名太醫隨自己和項思龍一併去曾盈和張碧瑩的閨房。

剛到得門口，項思龍便已聞聽得二女痛苦的低聲呻吟聲和婢女玉貞哽咽焦急的安慰聲。

項思龍只覺心中痛如刀割，情難自控的搶先一步推開房門，玉貞和張碧瑩、曾盈三女熟悉的面容頓然落入眼簾，卻見張碧瑩和曾盈躺在秀榻上，俏麗的玉容顯得憔悴蒼白，臉上的肌肉因痛楚難忍而扭曲變形，額上豆大的汗珠更是不斷的冒出，口中卻是在呻吟之餘喃喃地輕喚著項思龍的名字。

玉貞則是一雙秀目淚水汪汪，泣聲安慰她們道：「兩位夫人，你們放心吧，思龍少爺不會有事的！他定會找到我們的！」

項思龍看了這等慘狀，心下都快要滲出血來，達多這時卻是恨恨的罵了句道：「兩個賤人，快要死到臨頭了，還念著那千刀殺的項思龍的名字！他早就被我抓到給斬了，你們就死了這條心吧！」

曾盈和張碧瑩聞言，驚恐之下，「嘩」的一聲同時噴出一口鮮血來，玉貞更是花容失色的怒聲道：「你……你這口是心非的傢伙！」

說著竟是從床沿上猛地站起，手中拿著一把明晃晃的短刀向達多撲刺過來，口中喊道：「我與你拚了！」

達多冷笑一聲道：「賤人，找死！」

說著右掌一揚幻化成爪狀，向玉貞頸脖劈去。

眼看著玉貞就要香消玉殞，曾盈和張碧瑩二女同時驚呼出聲，掙扎著欲起相救，但怎奈力不從心，剛爬住半截身子又給跌倒床上。

項思龍正沉浸在悲痛之中，聞得二女驚呼，頓然斂回神來，舉目望去，剛見著達多舉掌欲劈玉貞頸脖，禁不住心中怒火如山洪瀑發，大喝一聲，指中射出幾束罡氣向達多手腕擊射過去，同時展開「分身掠身」的輕功身法，在達多警覺縮手之下，搶先抱摟住玉貞嬌軀。

達多雙目狠狠的盯著項思龍，冷冷道：「童旗主，你這是什麼意思？」

項思龍此時已是怒火盈胸，再也管不了那麼多了，恢復回本音一字一字的狠聲道：「你說是什麼意思就是什麼意思吧！你不是揚言要抽我的筋扒我的皮嗎？我等著你呢！」

達多聞言面色大變的道：「什麼？你……你是項思龍？」

說到這裡突地發出一陣哈哈大笑道：「真是踏破鐵鞋無處尋，得來全不費工夫！好！太好了！只要殺了你這小子，盈盈和碧瑩的心中就再也不會有什麼掛念了！她們以後就會一心一意的待我了！哈哈，太好了！」

見著這等變故，五位太醫驚駭得怔怔不知所以，項思龍懷中的玉貞則是驚喜得顫聲道：「思龍？你真的是思龍少爺嗎？我和兩位夫人想你想得好苦啊！」

說著緊緊摟住項思龍哭泣起來。

項思龍望了一眼榻上已是昏迷過去的曾盈和張碧瑩二女，輕輕放下玉貞，柔聲道：「好了，貞兒，你先去照顧兩位夫人吧！」

玉貞「嗯」了一聲，乖巧的點了點頭，秀目中無限深情的望了項思龍一眼後往榻邊走去。

達多冷冷的看著項思龍嗤笑道：「可真是郎情妾意，恩愛得很嘛！不過，這等場面以後卻是再也看不到了，唉，可惜啊可惜！」

項思龍冷聲道：「當然可惜！你只能再活幾個時辰了，自是再也看不到我和我幾位娘子親熱的場面了！達多，選個時間地點，我們來一場決鬥，讓你也死得『風風光光』吧！」

達多嘿嘿怪笑道：「項思龍，你能裝扮成童千斤掩過我的耳目，把我也給騙了，證明你還算是個聰明的人物。好，明天上午丑時，我們就在這雲中郡城的校場決鬥，勝者就可得美人，敗者則是——死！不可反悔！」

項思龍哂道：「就依你之言吧！今晚合作對付諸葛長風的事照舊！至於盈盈和碧瑩她們就交給我照顧好了！」

說完走到榻沿點了二女身上的幾大穴道，用「傳音入空」的功夫把天絕、地滅二人傳了進來，命他們背負上二女，自己則攜了玉貞的纖手，狠狠的瞪了達多一眼後，舉步向郡府外走去。

府中的侍衛武士不知發生何事，雖是見達多目中怒火熊熊的盯著項思龍，卻也不敢阻攔項思龍等出府。

待項思龍幾人遠去後，達多望著他們的背影恨聲道：「項思龍，明天我定要把你挫骨揚灰！」

項思龍等回到童府，上官蓮見著天絕、地滅背上的二女，望了臉色陰沉的項思龍一眼道：「思龍，她們就是你的兩位娘子了？」

項思龍默然的點了點頭，著天絕、地滅二人把二女背到自己房中，放在榻上，叫上官蓮和朱珍珍、舒蘭英、玉貞諸女進來幫忙，命天絕和地滅為二女在房外護法，同時著人釋放了童千斤，把自己所知的局勢和對當前局勢的分析全告訴了他，最後道：「現在就看你的了！是成是敗都在今晚！若你能逃過今晚一劫，匈奴國的國君就可以說是你囊中之物。你現在只有與我們合作才有勝算，達多也已知道你的真正身分，欲殺你而除後患，但是明天決鬥之時，我定會親手殺了他，那時就再也沒有人可與你為敵了。不過，今晚這一仗你一定得取勝！」

童千斤點了點頭，沉聲道：「你放心吧，項少俠！我娘子傅雪君可是個不簡單的人物，她說已有了對付達多和諸葛長風的計畫，就有百分之九十以上的勝算了！我定不會失敗的！」

項思龍苦笑了一下道：「你是否有些恨我呢？害得你的家人全都慘遭橫禍！」

童千斤忽地緊握住項思龍的雙手恭聲道：「這些都是遲早會發生的事情，也就是戰爭所必須負出的代價吧！其實說來，像項少俠這等文武兼備的人，我童千斤卻是景仰得很呢！」

二人再次客套了幾句，辭過童千斤後，項思龍轉回房中，見上官蓮面色沉重，心中一突的忙道：「姥姥，盈盈和碧瑩她們怎麼樣？」

上官蓮沉思了一陣後，緩緩道：「她們的脈象顯得很是脆弱和凌亂，心中思鬱成結，已經傷了胎氣，不過仍是有一股強烈的求生欲望在支配著她們的心志，但要想孩子和大人都保得周全卻是很難。唉，我也想不出兩全其美的辦法來。」

項思龍聞言黯然神傷的悲然慘叫道：「天啊！上天為何如此殘忍呢？盈盈和碧瑩已經夠可憐的了，為什麼……為什麼老天還要如此殘忍的捉弄她們呢？這太不公平了！」

玉貞則是悲泣的恨聲道：「這都是達多這惡賊害的，他為了逼兩位夫人答應嫁給他，經常毒打兩位夫人，且還出言污辱兩位夫人！」

朱玲玲卻是歎了一口氣，安慰道：「思龍，兩位妹妹吉人天相，定不會有事的！你們歷經千辛萬苦現在終於得以見面，應該是件喜事，不要愁眉苦臉的好嗎？振作一點，大家齊心協力的想一想，會想出解決問題的辦法的。」

舒蘭英也道：「是啊，思龍，兩位妹妹醒來後見到你定會很高興的，說不一定如此一來把她們的心結給醫好了呢？那樣再經一陣子的調理，待她們身體復元後再臨產，不就沒事了嗎？」

項思龍悴然道：「只是……盈盈她們現在就要臨盆了啊！若是讓她們醒來見著我，心情激動之下再次動了胎氣，那……可就是不可收拾的後果了！這……到底如何是好呢？」

上官蓮閉目暝思了一陣後道：「思龍你不是會『移魂傳意大法』嗎？只要你用此功震住二女的心志，讓她們的思想暫時生活在一種虛幻的境地，那麼不是可以免去這些顧慮了嗎？」

項思龍搖頭道：「此功雖是可行，但我卻只會施功不會破解，若是用此功懾住了盈盈她們的心神，讓她們一輩子都生活在虛境中，這又讓我於心何忍呢？她們已經夠可憐的了，難道還要如此的折磨她們嗎？不，我一定要讓她們母子平安快樂的與我生活在一起！」

玉貞忙也連連點頭道：「是啊，若讓兩位夫人失去了自己的思想，這簡直比殺了她們還要讓人接受不了！公子，你一定要想法救治兩位夫人和未出生的小少爺啊！好難得與公子見面，夫人她們這一年多來可是連在夢裡都念叨著你呢！」

說著淚珠兒已是滾滾在面頰落下。

項思龍心神皆碎，心中起誓道：「無論怎麼樣，我也得盡力救治好我的兩位娘子！我再也不能讓她們經受任何的苦難了！」

正當項思龍如此定神的想著時，朱玲玲突地驚叫起來道：「啊！血！不好！兩位妹妹快要生了！不能再制住她們的穴道，否則血脈流動不暢導致經血受滯，那她們可就危險了！」

項思龍聽了心神猛地一震，舉目望去，卻果見床單上流出血水來，心中又驚又急之下，忙伸手解去二女受制穴道，二女頓即痛苦的呻吟出聲，嚇得項思龍跑到床沿，俯身伏在二女身上，顫抖著低聲輕喚道：「盈盈，碧碧，你們可不要嚇我，若是你們出了什麼事，那我的生命也將了無生趣了啊！」

說著說著已是禁不住失聲輕哭起來，雙目卻是一瞬不眨的看著二女。

張碧瑩聞聲先清醒過來，極力的睜開秀目，見著項思龍的目光，脆弱的道：「思龍，你真是思龍嗎？不！你不是思龍！你是童千斤！」

項思龍又悲又喜的泣聲道：「不！我真的是思龍！碧瑩，還記得我們第一次是怎麼認識的嗎？那晚我和盈盈、範兄累昏在你們族中部落的一棵樹下，是你救了我們！碧瑩，你記得嗎？我們剛認識的時候你還吃盈妹的飛醋！」

張碧瑩聽了項思龍這幾句話，痛苦的嘴角邊露出了幾許笑容的顫聲道：「啊！你真的是思龍！我和盈姐找得你好苦啊！想不到在我臨死之前還能見上你一面，上天待我真是不薄！只不過，我卻再也沒有機會幫你把我們的孩子撫養成人了……」

說完秀目中晶瑩的淚花已是順著她雖是憔悴但仍不失俏麗的面頰悄落而下，

嘴角不斷的抖動著。

項思龍只覺肝腸寸斷，抱頭搖得像撥浪鼓似的道：「不！瑩瑩，你不會有事的！我不會讓你有事的！我還要用八抬大轎抬你和我們的孩子進我項家的門呢！你可不要嚇我啊！」

張碧瑩竭力從被中抽出白嫩的纖手，顫抖著輕拭去項思龍面頰上的淚珠，欣慰道：「思龍，我知道自己是不行了，我死後你可要好好的把我們的孩子撫養長大！其實，我好想看到我們即將出生的孩子啊！思龍，我們今生緣份已盡，但求來生，我也作你的妻子好嗎？」

項思龍緊緊的握住張碧瑩的手，邊流淚邊搖頭道：「瑩瑩，你不要再說了！你不會有事的！你一定會好過來的！你振作點！」

說著雙掌抵住張碧瑩雙掌，把體內真氣提至極限，一陣陣的向張碧瑩體內輸送過去。

上官蓮和朱玲玲、舒蘭英、玉貞四女此時正為張碧瑩和曾盈要臨產的準備工作忙得不可開交。

正在拿棉布擦拭二女下體流出的大量經血的朱玲玲突地驚叫道：「啊！血液由紅變黑！兩位妹妹她們定是中了毒了！」

項思龍腰中革囊的兩隻金線蛇這時也突地發出「吱吱」的怪叫聲，朱玲玲聽了大喜的道：「這就是了！思龍，快放出你那兩隻寶貝來試試看，可不可以為兩位妹妹解毒！」

項思龍此時全部精力都集中在為張碧瑩輸功上，對朱玲玲的話恍如未聞。

朱玲玲見自己的話讓項思龍無動於衷，心下覺著委屈，但舉目見著項思龍全神貫注的樣子，知他不是不理會自己，而是根本沒聽見自己的話，釋然後壯起膽子去解項思龍革囊的口蓋，同時心中默默祈禱道：「南無阿彌陀佛！兩個小傢伙千萬不要咬我啊！來驚動你們我也是沒得辦法，誰叫你們的主人聽不見我的話呢！」

忐忑著終於打開了革囊的口蓋，兩隻金線蛇「哩」的一聲從革囊中飛竄而出，卻果也沒有向朱玲玲發動攻擊，只是分別飛降至二女下體流出的經血處嗅了一陣，最後全都落在張碧瑩身上，一隻伏在她肚臍處用尖尖的小頭直往她臍腹猛鑽，同時口中吐出一根金色的細線，刺入張碧瑩臍眼處；另一隻則爬進了張碧瑩的口中。

上官蓮幾人此時也見著了兩隻金線蛇的異象，舒蘭英率先發言道：「兩位姐姐難道是身中奇毒？要不然不會引出金線蛇的啊！」

上官蓮沉聲道：「嗯，可能是思龍的內力逼出了隱藏在碧瑩體內的毒素！」

朱玲玲駭然道：「這是什麼奇毒？竟然連萬毒之王金線蛇也可以隱瞞得過？」

上官蓮凝色道：「據聞苗疆有一種天下無雙的施毒之法，那就是蠱毒，乃是用子體混在食物中教人不著提防的食下，放蠱之人只要控制母體就可控制中毒者身上的子體。蠱毒無色無味，且不溶於血液之中，只要母體不動，中毒者體中的子體也可與之相安無事，如未曾中毒般的正常，難道二女竟然身中此等絕毒之物？」

說到這裡突地「啊」的一聲驚叫出聲道：「不好！碧瑩體中的子體蠱毒被思龍用內力震死，毒物的毒素會漫布她體內的！」

舒蘭英這時也驚叫道：「啊！姐姐的身體全呈現墨綠之色了！這……這卻如何是好？」

朱玲玲倒是鎮定些道：「有兩隻金線蛇為她解毒應該沒事的！蠱毒雖是厲害，但其毒物之毒卻並不是什麼天下奇毒，金線蛇定可解得！」

上官蓮點了點頭道：「玲兒說得不錯！蠱毒雖也是經眾多毒蟲混在一起，讓牠們相互撕殺，最後沒死的就被施毒人視為蠱毒母體，不過金線蛇卻是毒物的祖宗，世間愈是少見的奇毒，被牠吸取愈可增長牠的功力，想這蠱毒是難不倒金線蛇的吧！你們看碧瑩身上的墨綠之色愈來愈淺了，她流出的經血色澤也紅豔了！」

玉貞卻還是憂心忡忡道：「但不知夫人腹中的胎兒可會受到蠱毒的影響？」

朱玲玲看張碧瑩臍眼上的金線蛇，沉吟道：「金線蛇伏於妹妹臍腹處，想是為她腹中的胎兒驅毒吧！這兩隻小傢伙似乎冥冥中也可知道思龍的心意呢！真是可愛極了！」

眾人正說著時，昏迷中的曾盈突地渾身扭曲起來，額上汗珠淋漓而下，口中更是慘叫連連。

上官蓮大驚道：「不好！碧瑩體內蠱毒子體的死亡被毒蠱母體覺察到了，牠正在喚呼盈盈體內的毒蠱子體。毒蠱在體內發作的痛苦是沒有人能夠抵抗得了的，若是不能逼出毒，中蠱者定會痛苦得慘叫不止，直至力竭而亡。」

第六章　情海生波

玉貞聽了驚慌得不知所措的道：「這……這卻如何是好呢？難道讓那毒蠱把夫人折磨死嗎？」

上官蓮沉聲道：「這當然不會！只是毒蠱的氣味金線蛇嗅不出來，得等思龍醒神過來後，叫他發令讓金線蛇進入盈盈體內逼出毒蠱。」

舒蘭英聞言忙道：「那把思龍叫醒來啊！盈姐姐似乎承受不住毒蠱折磨的痛苦了呢！」

這時曾盈果是如迴光返照般也不知從哪裡來的力氣，雙手盡力的拍打著高高隆起的腹部，口中發出歇斯底裡的淒厲慘叫聲。

然項思龍卻還是恍如未聞般一動不動，只急得舒蘭英禁不住脫口罵道：「思龍這傢伙是個木頭人啊？怎麼這麼的冷酷無情？是不是他只喜歡碧瑩姐而忘了盈盈姐了？」

玉貞雖是心急如焚，但聞得舒蘭英此言，忙為項思龍開脫的解釋道：「才不是呢，項公子他對兩位夫人是一樣的關愛，誰也不偏向的！」

舒蘭英聽了，正想說道：「是不是也非常的疼愛你啊？」

但知此時此境不適宜於開玩笑，話到嘴邊又給咽了回去。

項思龍因全神沉浸於對張碧瑩的輸功之中，對周圍的一切都給完全忘卻，這時氣感應中只覺對方的氣息似乎平穩了許多，才致精神漸漸放鬆下來，乍然聞聽得曾盈的慘叫聲，心神一慌的忙睜開了雙目，見著曾盈的慘狀，嚇得魂飛魄散的一掌放開張碧瑩的手掌，正欲伸手制住曾盈的穴道以減輕她的痛苦，卻突聞得上官蓮的聲音喝止道：「思龍，千萬不要點她的穴道！快！叫其中一隻金線蛇進入盈盈體內為她解毒！碧瑩體內的毒素已經解得差不多了，應該不會再有什麼問題的。噢，你有什麼大補丸之類的東西嗎？碧瑩現在身體虛弱，需要快速補養呢！我查過她的脈象，很是平和。」

項思龍聽了大大的鬆了一口氣，邊伸手往革囊中掏東西，並朝張碧瑩的臍眼上的金線蛇發令道：「好了大飛，現在你去為盈盈解毒！」

說著時，手中已是掏出一個玉瓶遞給上官蓮道：「這是我師父『鬼谷子』留下的『天山雪蓮瓊漿液』，不知道管不管用?噢，對了，還有一瓶……」

項思龍的話還沒說完，上官蓮接過玉瓶已是大喜的截口道：「有了這天山雪蓮瓊漿液就足夠了!嘿，你那死鬼師父留給你的寶貝可真不少呢!」

大飛此時已進入曾盈體中，毒蠱似乎被金線蛇嚇得在她體內四處亂竄，只痛得曾盈的慘叫聲更是刺耳，嬌軀在榻上翻滾不止。

項思龍只覺心中痛如刀絞，伸手不斷的擦拭曾盈額上的汗珠，口中喃喃道：「盈妹，都怪我不好!是我害得你承受這些痛苦的!」

曾盈這時卻突地一把抓住項思龍的手臂往口中直塞，猛的一口緊咬住項思龍小臂上的一塊肌肉，只咬得連袖袍都給咬破了。

但項思龍卻是絲毫不覺得痛苦，嘴角上反掛上一抹淡淡的微笑道：「盈妹，只要能減輕你的痛苦，你就儘管咬吧!這樣我心裡反會好過些。」

舒蘭英見項思龍的手臂給滲出血來，不由得又是心痛又是動情的道：「思龍，你好偉大噢!」

項思龍苦笑的搖了搖頭道：「我的這一點傷痛，比起盈盈和碧瑩對我的深情來說又算得了什麼呢?她們為我付出的太多了，我這一輩子都償還不了。」

朱玲玲泣聲道：「不！兩位妹子若是知道你也是對她們日思夜想，她們就會覺得她們的付出是值得的，作為一個女人，能得到自己深愛的男人對她的深愛，已經是很幸福的了。」

項思龍歎然道：「可是我欠女人的還是太多了！唉，自古多情空餘恨！我……」

話未說完，曾盈下體突地飛竄出一隻如蝶類的飛蟲，通體墨黑之色，正欲衝破窗簾逃走。但只過得片刻，金線蛇也緊跟飛出，直撲黑蟲而去。二物頓時在空中展開了追逃大戰。

曾盈的淒叫聲也剎然而止，酥胸急劇的起伏著，人卻已是昏迷過去，連咬住項思龍手臂的櫻口也未鬆開，讓得項思龍還是只得承受著手臂的劇然疼痛，但心境卻是大暢。

上官蓮這時已餵張碧瑩服下「天山雪蓮瓊漿液」，見曾盈體內的蠱毒已被金線蛇逼出，也是大大鬆了一口氣。

為曾盈把了一下脈後，憂心忡忡的道：「這娃子的身體比碧瑩還要虛弱，脈象雖顯平和，但其跳動頻率卻是緩慢得很。思龍，不若你先運功打通她由於心鬱受阻的氣血，再用天山雪蓮瓊漿液為她進補吧。」

項思龍頓即依言而行，邊為曾盈輸功邊低聲道：「姥姥，她們身體虛弱會不會對她們腹中胎兒造成影響？若是萬不得已下，我定要保住二女性命。」

上官蓮笑道：「放心吧！你兩位娘子已經沒事了！只是由於這幾天你不在她們身邊，與她們產生心電感應，導致心神不寧動了胎氣，所以差點早產罷了！當然那毒蠱在她們腹中的活動也起了影響。但是達多為何要對她們下蠱呢？憑達多的武功要控制住她們是輕而易舉的啊！難道……達多這樣做是為了……」

說到這裡臉色突地大變，走近張碧瑩，俯首側耳伏在她腹上細聽起來。

舒蘭也猜出了些什麼來，脫口失聲道：「達多對兩位姐姐下蠱，是為了除去她們腹中胎兒！」

項思龍聽得虎軀劇顫，目中射出凌厲無匹的殺氣，咬牙切齒道：「若是我的孩子有什麼閃失，我定要殺光達多整個家族的人！」

上官蓮這時卻拍了拍胸口道：「還好，小傢伙在他娘腹中還是安然無恙，這可全是金線蛇的功勞，徹底解去了二女體內的蠱毒。看這蠱毒還未進入她們血脈之中，下毒的時間並不長，最多只有三四天光景，這與我們來雲中城的時間差不多，難道……達多早就知道我們的身分？這……不大可能的吧！」

項思龍點了點頭，正待發話時，廂房外突地傳來了天絕的暴喝聲道：「什麼人？竟然敢來偷聽我們少主談話！」

項思龍和上官蓮等聞聽得天絕的喝聲，心中均都同時大震，身形豁然站起。是什麼人輕功竟然高明至此等境地，連天絕、地滅這等罕世高手也給瞞過了呢？

難道是達多？

但是今晚他不可能有時間來察探自己等的動靜啊！現在是初更時分，應該是援兵已至與諸葛長風交上手的時候了！

這……是不是有第三者插足其間了？

若真是這樣，那此向二女下蠱毒的也大有可能不是達多而是另有其人了。且看情形，此股暗中敵對勢力似乎與自己有著什麼怨仇，對自己和二女的關係也調查得很是清楚。

但這到底是什麼人要與自己為敵呢？

不可能是鬼靈王他們吧？

自己的真實身分除了自己身邊的人和童千斤知道外，在這雲中城中無第二人知曉，何況鬼靈王他們據曾範和張方說，確實是還留在西域，並沒有跟達多一起出中原。

再有，盈盈和碧瑩體內的蠱毒也不過只有三四天，與自己等來到雲中城的時間相符，那麼這股敵對勢力大有可能是跟蹤自己等來到這雲中城的，得知盈盈和碧瑩就在這裡，所以下蠱想控制住她們。

但是敵人為何下的毒蠱只是想毀去二女腹中胎兒，而並不想殺死她們呢？難道敵人已與達多合作來對付自己等？

這……若真是這樣，自己等的情形可大是不妙了！

想起自己自行揭穿身分後，回府前達多望向自己的陰毒目光，項思龍的心就不由自主的猛地一緊。

若是自己的推測果真不錯，那麼達多明天與自己去校場決鬥時定會埋伏下天羅地網來對付自己，且還會出動兵力來圍攻童府，好把自己等一網打盡。這一著乃是分散己方的實力，再進行各個擊破之計。

哼！兵來將擋水來土掩，本少爺才不會怕了你們呢！

明天校場一役鹿死誰手，還是個未知數，大不了跟你們鬥他個兩敗俱傷罷了。

想到這裡，項思龍的心中頓然升起堅毅無比的鬥志來，暗忖道：「任何人要想對付我項思龍，他都必須付出慘重的代價來！」

項思龍正怔怔想著時，天絕的聲音又突地傳來道：「他媽的，竟然叫這傢伙跑掉了！」

項思龍聞言斂回心神，叫二人進得房來，問道：「可看清對方的面目了？」

天絕搖了搖頭道：「那傢伙用了黑布蒙面，一身輕功更是我向所未見之高，也不知他是什麼來路。但看對方背影，我敢斷定不是達多。」

上官蓮插口道：「這世上竟然有人的輕功能在短短茶盞工夫下擺脫你們二人的追蹤，其功力之高可真是駭人聽聞了！」

項思龍冷笑道：「我就不信有人的輕功能快過爺爺教我的『縮地成寸』秘術，下次叫我碰上，我定要看看那傢伙到底是何方神聖！」

天絕凝神道：「少主，輕功除了獨特的身法外，還得輔以高深的內力才方可發揮出它的至高境界。看這人快若旋風似的輕功身法，其功力確已是不可小視，再加上他明知我們這裡高手如雲也敢隻身來窺探我們，那麼他的武功也定是高至足可傲視武林的境地，少主倒是不可大意了。」

上官蓮也道：「是啊，思龍，你肩上的擔子可還重著呢！無論怎樣你都得顧住自己周全。」

項思龍聽了這話頓然又想起劉邦，歎了一口氣道：「但願他們是朋友，不是敵人就好！」

頓了頓對天絕道：「今晚叫鬼青王他們小心戒備，來犯的敵人不管是誰，一律格殺勿論！」

天絕和地滅領命而去，上官蓮喟然道：「想不到我們此次西域之行卻弄出如此多的麻煩事情來。唉，收復一個教派已是如此的千辛萬苦，要想成就一番霸業，其中辛酸更是可想而知了。」

項思龍也喃喃道：「也不知邦弟他現今怎麼樣了？但願爹不要做出違背歷史的事情是好！」

上官蓮訝然道：「思龍，你這話是什麼意思？你爹是誰？他……是與你為敵的嗎？」

項思龍想不到上官蓮竟然如此敏感，自己隨口說出的一句話，也竟然能讓她聽出些問題來，忙掩飾道：「不……不是！我已經好多年沒有與我爹在一起了，是有些想念他罷了。」

上官蓮見項思龍閃爍其辭，知他必有苦衷，於是轉過話題道：「思龍，今天你也累了，去休息一會兒吧！明天你還要與達多決鬥呢！」

項思龍望了一眼榻上都已睡去的曾盈和張碧瑩搖了搖頭，輕聲道：「我沒事！姥姥，你還是先去休息吧！讓我再多陪盈盈和碧瑩一會。」

玉貞這時道：「公子，還是讓我來照顧兩位夫人吧！你們明天都有著要事要辦呢！不養足精神怎麼對付達多他們呢？」

朱玲玲和舒蘭英邊忙道：「我們留下來陪玉貞！姥姥，思龍，你們可是我們這幫人的領導核心，可需要好好的保重身體。」

上官蓮見眾人推來推去，笑道：「那我們就全都在這兒坐一晚，輪流照顧二女吧！」

項思龍等聽了上官蓮此話，也便不再多言，各自依照自己內功心法盤膝坐下。

廂房中一時寂靜起來，只有明亮的燭光在這靜夜中閃爍搖曳著與窗外天上的星星相映成趣。

項思龍悠悠醒來時，天色已是大亮。

清醒過來的曾盈和張碧瑩二女在玉貞和舒蘭英的扶持下正目不轉睛的盯著項思龍。

項思龍見著二女的目光給嚇了一大跳，但旋即平靜下來，從地上站了起來，大喜道：「盈盈、碧瑩，你們醒了？」

曾盈的秀目中首先浮現出淚光，喃喃道：「你真的是思龍嗎？這不是夢吧？」

項思龍無限憐愛的上前緊握住曾盈的小手，柔聲道：「這不是夢！盈盈，以後我們永遠都會在一起了！」

說著從革囊中掏出一塊色彩鮮紅的鵝卵石道：「哪！盈盈，你看，這是我們一起在小河邊撿著的石子，上面還刻有我們的名字呢！」

曾盈聽得淚如雨下，倒撲進項思龍懷裡，抽泣著如夢囈般的道：「思龍，真的是你！我也不知有幾回在夢裡與你相見了，可是那些都不是真的，醒來後就什麼都沒有了！思龍，我好怕我今生再也見不到你了！好多時候，我都想尋死，但是想著我們的孩子，不得不苟且的活了下來。想不到皇天不負有心人，讓我終於見到你了！

「思龍，思念的滋味可真是好難受啊！不要再離開我了好嗎？我想我是再也承受不住與你離別的相思之苦了！」

項思龍雙目發脹道：「好了，盈兒，不要哭了！要不，我們生下的小公主也整天像個淚人似的，那可就長大後嫁不出去了。」

曾盈破涕為笑，伸手輕拭項思龍臉上的淚漬道：「你不也哭了嗎？要是我們生下的小公子像你這般的沒男兒氣概，才找不到姑娘呢！」

張碧瑩和玉貞、舒蘭英、朱玲玲諸女本都被曾盈的話說得淚珠盈面，這刻聽得二人這兩句俏皮話，也都禁不住笑了起來。

舒蘭英活潑的道：「最好是盈盈姐和碧瑩姐一人生一個小公主，一人生一個小公子，不就可以驗證你們兩個人的話了嗎？」

項思龍與眾女心情都放鬆下來，打趣道：「難道我們兩個娘子不可以都是龍鳳胎嗎？」

張碧瑩俏面一紅，啐嗔道：「你把我們當做母豬啊！一胎要給你生下兩？」

玉貞聽了「撲哧」笑道：「生兩個公子心裡都嫌少了呢！最好是兩位夫人能給公子生下兩打兒女！」

張碧瑩似怨似怒的橫瞪了玉貞一眼，嘟起小嘴道；「玉貞，你胡說個什麼嘛？」

項思龍卻是哈哈大笑道：「沒錯！玉貞可是把我心裡話給搶先說了出來，並不是在胡說呢！」

張碧瑩白了項思龍一眼道：「還是這麼的老大不正經！看我以後還理你

不！」

項思龍嘿然一笑道：「你不理我啊，我就請盈盈天天去幫我給你求請，看你，是不是鐵石心腸！」

曾盈嫵媚一笑，淡然道：「你們兩個一見面就鬥口，其實各自的心理都不知是多麼的深愛著對方呢！」

頓了頓又道：「思龍，今天你與達多決鬥可要小心一點！他這人心思很深，表面和心裡並不一致，你不要看他很是暴燥的樣子，其實一身武功已練至了我連想像也想像不出的境地。

「我就親眼看見他自己在自己身上連刺進了十八把利劍，劍劍都穿透背心，可他竟然連一滴血也沒流，運功震飛得劍後，只片刻功夫傷口就全都癒合了，我知道這一年多來你在武學上有很多奇遇，但還是小心一點。

「達多真正厲害的武功乃是『刺穴大法』，此項武功如若練成，周身的三百零六大穴道，不但不怕被利器刺中，且只要有十八大穴位被刺中，他自身的功力就會在猛然間成數倍的增長。

「不過，此功也有一大氣門死穴，練功者可選任意一穴為氣門，甚是難以讓人窺破。這些秘密我也是無意中發現達多的練功密室，從『刺穴大法』神功秘本中看來才得知的，對於達多的氣門死穴，我也不太清楚。」

項思龍聽得心神一斂，但卻還是信心滿懷的道：「為了我的愛人，為了我的朋友，為了我的理想，我一定不會敗給達多的！」

朱玲玲點了點頭道：「嗯，思龍，我們相信你的能力，也堅決的支持你！」

項思龍甚感欣慰的點了點頭，對臉上還掛滿淚漬的曾盈和張碧瑩道：「今天中午我與達多決鬥，無論發生了什麼情況，你們都不可衝動，若是萬一我有什麼意外，你們……」

項思龍的話還未說完，張碧瑩已是截口道：「不許你胡說八道！你不會有事的！」

曾盈也淒然道：「是啊，思龍，你忍心丟下我們孤兒寡母的不管嗎？還有那麼多的姐妹，終身都已托負給了你，你忍心讓她們孤苦伶仃的過一輩子嗎？思龍啊，我們大家的希望都寄託在你身上了，既然已入了你項家的門，自是要與你禍福與共了，是生是死，盈盈都會陪著你的！」

項思龍見氣氛又被自己給弄得悲沉起來，當下哈哈一笑道：「想當日秦將章邯率領二十幾萬大軍也未能傷得你們夫君一根汗毛，今天憑他一個小小的匈奴國君又怎會放在我心上呢？俗話說『大難不死必有後福』，這不？我逃過章邯一劫後，被我娶得了這許多如花似玉的娘子！嘿，自那時起啊，我的命運就註定了我是個大富大貴的人物，死不了的！更何況我還沒有享受夠我眾多娘子的溫柔之鄉呢！」

眾女聽了項思龍這話，卻是沒有一個跟著他笑起來，都是一臉的哀愁，只讓得項思龍見了又憐又愛，望了玉貞一眼，忽地沉聲道：「對了，貞兒，盈盈和碧瑩都有了身孕，你的肚子為何卻還是絲紋未動呢？」

玉貞聽得面紅耳赤的喏喏道：「我……我……只是公子的一介婢女，哪有資格為公子懷……」

項思龍嬉笑道：「不！你可已是我的妾室了，我們也行過巫山雲雨之樂的！」

玉貞見項思龍如此赤裸裸的把二人的「好事」在眾女面前給說了出來，羞得嬌吟一聲並投進曾盈懷中，再也不敢抬起頭來看眾人的目光。

項思龍的這一著果也湊效，朱玲玲笑著嬌聲道：「自是你在玉貞身上沒有施開渾身解數了！」

項思龍大叫道：「不會啊！我與貞兒在一起時配合得很好呢！」

說到這裡忽又望著朱玲玲獰笑道：「當然最讓我快樂的還是玲姐了！對了，

快過來，讓我聽聽，你肚子裡有沒有動靜？」

朱玲玲嚇得避至舒蘭英背後，咳罵道：「你說什麼啊？蘭英難道不讓你欲仙欲死嗎？」

舒蘭英聽得朱玲玲又扯到自己身上，粉臉緋紅的邊拉過朱玲玲，邊往項思龍身前推道：「好啊！把我作為避難所不說，還把我當作擋箭牌！」

項思龍抱住朱玲玲，邊把手伸向她的衣裙邊笑道：「再沒有地方可避了吧！」

朱玲玲被項思龍搔得「咯咯」嬌笑道：「喂，不要搔我癢癢嘛！說好了只是聽的，現在怎麼又用手抓呢？真是不要臉！」

曾盈也笑道：「是啊，君子動口不動手，何況玲姐還是個女兒身呢！你這樣對她摸摸捏捏成何體統？我們都會吃醋的呢！」

項思龍聞言縮回手摟住朱玲玲，在她的粉臉上一陣猛親後大笑道：「這下是動口沒動手了吧！諸位娘子如若吃醋啊，那就每個娘子都親十下，以示公平好了！哪，盈盈是第二個好了！」

曾盈大腹便便可是不敢跳躍，只得站著被動地乖乖的被項思龍抱住親熱了一番後，才嬌羞道：「你都快親得人家喘不過氣來了！弄傷了孩子可是要你賠得喲！」

項思龍聽了怪笑道：「賠?沒關係，沒關係，你夫君啊可是個賠孩子的高手，千兒八百個的都可以啊！不過，娘子肚子裡的小公主可是很喜歡我親她娘呢！」

項思龍邊說著邊摟住張碧瑩準備親熱時，上官蓮推門走進了廂房咳了一聲道：「好了，以後可以打情罵俏的日子可長著呢！早膳準備好了，大家準備去用早膳吧！」

項思龍被上官蓮這話打點住心神，問道：「姥姥，昨晚城中熱不熱鬧啊?現在情況怎麼樣了?」

上官蓮看了項思龍一眼，笑道：「你小子還沒有漱洗吧?是不是在你幾位娘子面前『不要臉』，到你義父他們面前也還是不洗臉啊?」

項思龍見上官蓮一臉歡容，知道昨晚的局勢定是發展得對自己等有利，忙道：「謹遵姥姥令諭，小子漱洗去也！」

說著，正準備出房時，玉貞止住了他道：「公子，還是讓我去為你準備漱洗用水吧！你……」

項思龍眉毛一揚道：「剛才我都說過了，你今後是我的妾室，不要對我公子公子的叫了，叫我名字或叫我龍哥哥都可以的嘛！」

頓了頓，望了一眼被自己說得手足無措的玉貞笑道：「好吧，貞兒，我和你一起去！」

玉貞這下可是不敢再說什麼，只低著頭應了聲「是」後，快步向廂房外走去。

項思龍緊緊跟上，當二人行至一迴廊時，項思龍上前輕拉住玉貞的纖手柔聲道：「貞兒，這一年多來全靠你照顧盈盈和碧瑩，真是辛苦你了！真不知向你說些什麼感激的話才好！」

玉貞秀目一紅，幽怨地道：「服侍夫人是妾身應做的事情，只要公……你心裡還有貞兒，貞兒就覺得自己是世界上最幸福的女人了！」

項思龍聽得心神皆動，摟住玉貞嬌小玲瓏的嬌軀，低頭輕吻去她臉上隱隱的淚珠道：「貞兒也曾經與我患難與共，這麼乖巧溫馴的妻妾，天下能找幾人呢？我能娶得你已經是我的福分了！貞兒，日後我定得好好的補償你！」

玉貞臉上掛滿幸福的笑意道：「公……龍哥哥能記得在你的妻妾中還有個玉貞就行了！」

項思龍卻突地湊到她耳邊低聲道：「今晚貞兒來與為夫親熱好嗎？我也想貞

兒為我生一群可愛的小公主小公子呢！」

玉貞卻是突地凄容滿面道：「龍哥哥，貞兒這一輩子都無法為你實現這個願望了！」

項思龍一愣道：「怎麼？難道你不願意？」

玉貞抽泣著連連搖頭道：「不是！只是因為貞兒命苦，自小就被賣到陳平府中作歌姬，所以生育能力已被……項郎啊，其實我也好想像盈姐她們一樣懷上你的骨肉！那才是作為女人最最幸福的時刻呢！可是我……」

項思龍聽了心中一酸的安慰道：「盈盈她們生下的兒女還不就是你的子女嗎？貞兒，待我將來有空時查看一下醫書，說不定有辦法可以讓你重新恢復女人的生理機能呢！」

玉貞笑顏盡展的道：「項郎有了這份疼愛貞兒的心，貞兒就已經很是滿足了！噢，姥姥和眾夫人還在等著我們去用早膳呢！」

項思龍鬆開玉貞，整了整她被自己撓亂的衣衫和髮絲後笑道：「好了，我們現在就轉回去用早膳吧！姥姥她們定都等得不耐煩了！」

玉貞大聲道：「難道你不……」

項思龍截口道：「這有什麼關係呢？反正你夫君在老婆面前是最『不要臉』

的人！」

玉貞赧然一笑，倒是沒有堅持，二人來到客廳時，卻見己方的人手全都在場，但最令項思龍驚詫的是童千斤的夫人傅雪君也在其中，且正與鬼青王談得甚歡。

項思龍滿腹疑惑的走到上官蓮一桌坐下，瞟了傅雪君一眼，目光望向上官蓮。

鬼青王見得項思龍的異態，率先站起向項思龍行了一禮後，恭聲道：「少主，此女乃是屬下的親生女兒，名叫傅雪君，十八年前西門無敵命我把她安插到陰離王胞弟成烈王身邊，作為地冥鬼府的意向。作了十二年成烈王身邊的婢女後，成烈王見雪君聰穎過人，所以把她許配給了他的親生兒子，也即是易名為童千斤的這小子。屬下先前不敢告知少主真象，是因為屬下怕少主責罰小女，請少主定罪！」

項思龍想起自己差點和此女……面上一紅道：「這……那你現在告知我真相卻又是為何呢？」

鬼青王朗聲道：「雪君在匈奴國中的這十幾年來可以說是吃盡了千辛萬苦，才建立了她自己的一支勢力。成烈王和童千斤父子雖是看重小女，但卻總是把她視作他們利用和洩欲的工具。

「雪君忍辱吞聲、將計就計，在被童千斤父子利用的同時，藉與朝中各大王侯親近的機會，暗中收賣了一部分黨羽，經過十幾年的努力終於有了一點成績。

「諸葛、童千斤和達多三黨之間明爭暗鬥的局面也是她一手策劃的，她本想教他們鬥個你死我活，以洩她被童千斤父子淫欲多年的憤恨。

「但她昨晚卻突地偶獲得一重要消息，就是達多與秦王朝中一個叫作魔尊法王的人合作，準備一舉除去我們，在魔尊法王帶來的黨羽中，以一叫作天罡真人的道人武功最為高強，且還有什麼『稷下劍派』的少主解靈武功也是高不可測。

「雪君得知此消息後頓來告知了屬下，屬下權衡利害之下，斗膽告知少主。但請少主饒過雪君，屬下願承擔一切責任！」

項思龍聽得心中暗驚不已。看來自己果然所料不錯，是有第三者勢力插入與自己等做對的行列。西門空宇也就是天罡真人，據魔尊法王告知自己說此人乃是西門無敵的兄弟，他這次來尋自己報仇，看來是已知道西門無敵被自己殺的了。

但是據師父孤獨行說，魔尊法王乃是趙高的手下，而趙高和「稷下劍派」的曹秋道是水火不相容的死對頭，這次「稷下劍派」的少主怎麼會與魔尊法王一起來對付自己呢？

難道……是邦弟與秦王朝發生正面衝突，引起朝中大臣的關注？得知自己和劉邦的關係，所以想擒下自己去威脅劉邦？

這……看來情況是發展得愈來愈複雜了！不過，只要牽涉到了劉邦，自己就得全力排除萬難也不能為他留下麻煩。

鬼青王見項思龍怔怔不語，還以為他在怪罪自己為何不早把這些情況告訴他，慌忙跪地道：「少主，你要殺要斬全降罪在屬下頭上來好了！雪君她自小娘就因病而逝，這十幾年來又是一個人在敵眾中輾轉掙扎，她的命運已是夠可憐的了。少主，請你放過她吧！在今晨之前她還並不知你的身分，即便對你有什麼冒犯……」

項思龍這刻回過神來，上前攙扶起鬼青王道：「我又沒說過要責怪你，你幹嘛這麼緊張呢？雪君姑娘不但沒有冒犯我，且帶來如此重要的消息還是個有功之臣呢！不知她願不願意加入我新領導的地冥鬼府行列？」

鬼青王聽得大喜過望，拉過正被項思龍瞧得一臉通紅的傅雪君道：「還不快向少主謝恩。」

傅雪君依言正欲正拜，項思龍已伸手托住了她的酥肩，笑道：「免了免了！好，現在我就任命傅姑娘為我眾多老婆的執行老師，專門負責監管她們不可爭風吃醋！」

鬼青王聽了一臉詫然，傅雪君則是羞態可掬的低聲道：「屬下謝少主恩典！」

項思龍卻是繼續道：「我的話還未說完呢！傅姑娘除了任執行老師外，且兼任我地冥鬼府的情報刺探部門的首席長官。」

天絕這時詭異的望了項思龍一眼笑道：「少主，還有沒有官銜給傅姑娘的呀！」

項思龍知他話意是諷刺自己別有用心，橫瞪了天絕一眼後道：「有功者自當應賞！傅姑娘日後若是再為本教立得大功，我自是要封賞她啦。」

說到這裡見天絕欲發話，忙轉過話題道：「對了，義父，昨晚的情況怎麼樣？」

天絕翻了一下怪眼道：「你老婆的執行老師最是清楚了，你問她吧！」

項思龍聞言目光果真對傅雪君望去，傅雪君垂首不敢與項思龍的目光對視，但口中卻還是答道：「童千斤與達多先是聯手殺了諸葛長風等一眾叛黨，因雲中城童千斤的勢力比達多要強，再加上他公開了自己的身分，所以諸葛長風那方投降的將領士兵七八成都投向了童千斤。

「但達多的八萬援兵到了雲中城，使得達多的實力也大增，雙方一時處在僵持不下之局。

「屬下安插在他們雙方的人馬各有二萬左右，只要我啟動他們發生爭鬥，達多和童千斤勢必大打一場。

「但屬下想到我爹和少主等也在城裡，一旦發動大規模戰爭，定影響到你們，所以屬下遲疑不決，請少主定奪。

「不過若是處在此等冷戰局勢下太長了，達多城中的猛將韓信率援兵趕至，說不定童千斤和達多會暫時議和來對付我們。

「因為達多的真正野心倒是不在於做匈奴國的真主，而是想得到我們地冥鬼府，他發動此決戰來平定內亂，只不過是想壯大他的實力去剿滅鬼靈王他們罷了。

「當然，現在還有少主等也成了他的眼中釘。屬下能得以挑起達多和童千斤、諸葛長風之間的爭鬥，也是因為屬下知道了達多的這個野心。」

項思龍聽了歎道：「可也真難為了你的一番苦心！哼，達多想控制我地冥鬼府？只要有我項思龍在一天，就決不會讓他的野心得逞！」

上官蓮也「呸」了一聲道：「讓這樣的小子控制了我地冥鬼府，不比西門無敵弄得更是亂七八糟才怪！又好色又貪權力且陰險毒辣，簡直就是個天生的卑鄙小人！對了雪君，你探聽到今天中午決鬥，達多有沒有設陷阱害思龍的消息？」

傅雪君搖了搖頭道：「據我的情報消息說，達多今天中午是真的欲與少主來個公平決鬥，沒有耍什麼花樣的計畫。但不知若是達多敗了或被少主給打死了，達多會有什麼安排？」

項思龍哂道：「管他的呢！無論是怎樣的結果，老子也不會怕他達多個烏蛋！」

天絕附和道：「沒錯！老子這幾天沒跟人動手過招，手可真有點癢癢呢！」

上官蓮這時卻是突地又問傅雪君道：「雪君，你安插在達多和童千斤身邊的人手是不是絕對盡忠？若是他們背叛了你……」

傅雪君自信的截口道：「他們絕對不敢背叛我！因為我在他們身上都下了『冰符』，此種『冰符』跟苗疆的毒蠱有異曲同工之妙。我所修練的乃是一種至陰至寒的內功，叫作『冰魄神功』，所發出的真氣可遇水成冰，且此種真氣中含有陰寒這毒，真氣冰針射入人體中，就會跟我體內的真氣息息相通，只要有人背叛我，我一催動體內的真氣寒毒，中了『冰符』的人就會身裂而亡。被我收服的人，個個都被我種下了『冰符』，除非是有人不怕死，否則他們不敢背叛我！」

項思龍聽得咋舌道：「冰魄神功的內家真氣既然含有陰寒之毒，那你為什麼還要修練這鬼功夫？難道這寒毒對你就沒有影響嗎？」

傅雪君又感激又淒然的道：「我不練此功，又怎麼會有能力破壞匈奴國對付地冥鬼府的計畫呢？我爹是西門無敵養大的，為了報答西門無敵，我自是得盡心盡意的為地冥鬼府賣力。

「我娘當年的死就是因為我爹觸怒了西門無敵被他害死的。我雖然恨西門無敵，但爹卻對他還是非常的愚忠。

「為了保得爹的周全，我不得不出賣自己的靈與欲，對生命也無所顧惜。其實我是很難打入匈奴國的內部政權中的，但被我無意間在西域一處叫作『死亡谷』中發現一個洞府，得著了百年前與『道魔尊者』和『天魔尊者』齊名的『冰魄夫人』的武功秘笈『冰魄神功』。

「欣喜之下我就按此秘笈偷偷修練起來，怎奈要練至此神功的至高境界必須是處子之身，所以我練了十多年也只練至第八層功力而再也無緣增進了。

「至於『冰符』寒毒乃是練功時按照秘笈的一種特製配方配製的毒藥，把它漸漸的吸納入體內，據秘笈上說此毒不但對人體無害，且可幫助增長功力。但如沒練到『冰魄神功』的至境，體內的毒素就無法完全與真氣融為一體，終有一日有自己反噬全身寸裂而死。我雖知其中厲害，但為了我爹還是堅決練了此功，到今天為止還沒有不適狀況。」

項思龍歎了一口氣道：「難道『冰魄神功』的寒毒就真的無法可解？此等邪功真是可惡！」

傅雪君坦然一笑道：「少主也不必為屬下擔憂的了，生死由命註定，誰能扭轉得了呢？不過『冰魄神功』秘笈中記載有一段典故，那上面說六百年前冰魄夫人與道魔尊者、天魔尊者乃是同門師兄妹，都是武皇東方不敗的得意弟子，三人關係原本很好，但後來因為一段怨恨纏綿的三角戀愛而各自分道揚鑣。

「冰魄夫人乃是小師妹，道魔尊者是大師兄，天魔尊者是老二。二位師兄對冰魄夫人都很疼愛且暗生情愫，但冰魄夫人卻偏愛大師兄。

「天魔尊者見冰魄夫人對大師兄柔情蜜意，心生嫉恨，於是約道魔尊者來個比武決定小師妹歸誰，敗者就必須永遠的退隱江湖，勝者則可娶小師妹。

「道魔尊者自是不接受這個賭約，但天魔尊者為了達到目的，竟然大開殺戒，只要道魔尊者一天不答應跟他比鬥，他就每天殺十個人。

「道魔尊者憤怒難當之下只得答應跟他比鬥。二人於是約定在秦嶺山脈的縹緲峰上決鬥。這一戰直打了三天三夜，始終不分高低。

「最後道魔尊者使出了他自創的『無情三絕斬』在要擊敗天魔尊者時，天魔尊者卻在自知自己必敗無疑的情況下竟然兵行險著，用身體去硬接道魔尊者的利劍。

「十幾年的同門師兄弟關係，道魔尊者自是不忍殺害自己的師弟，只得強行撤招。

「可天魔尊者卻厚顏無恥的趁著道魔尊者撤招的機會，用他自創的『天魔無影爪』抓碎了道魔尊者左肩的肩胛骨，使道魔尊者敗下陣來。

「道魔尊者雖是氣恨天魔尊者卑鄙奸詐，可他卻還是條硬漢子，於是依約遠避居住在西域。

「天魔尊者原本認為只要道魔尊者走了，自己就可以娶得小師妹，但不想冰魄夫人卻對他絲毫不理。

「天魔尊者羞惱成怒之下逼姦了冰魄夫人，且猙獰的對她說出了道魔尊者已經退隱江湖的事。冰魄夫人被天魔尊者逼姦本欲一死了之，但因她早與道魔尊者珠胎暗結，於是只得苟且活了下來。

「歷盡了千辛萬苦才找到大師兄隱居在西域，但因自己被天魔尊者姦污過，自感無顏面再見天魔尊者，便也在西域尋了一處居所隱居下來，也即『死亡谷』。

「其實所謂的『死亡谷』乃是因為谷中的石頭怪異，遇著雨水就會釋放出一種毒瘴，人畜觸之即亡，所以從無人敢去此地。

「屬下會到『死亡谷』不死，乃是因為我不是從谷口進去，而是被成烈推下山谷，剛好躍進當年冰魄夫人隱居的『驅毒池』中。

「那『驅毒池』乃是冰魄夫人用特殊藥物配製的池水，是用來化解谷中毒障的，這也就叫作『大難不死必有後福』吧！

「成烈王因我知道了童千斤身分的秘密想殺我滅口，卻不想讓我得著了冰魄夫人的絕世武功！」

項思龍不勝唏噓的道：「原來我師祖跟你師父和我兩義父的師父竟是同門師兄妹，且還有這麼一段曲折的感情故事啊！對了，義父，想不到你們的師父竟然是如此邪惡的小人呢！」

天絕老臉一紅道：「嘿，知不知道這丫頭是在說謊，編故事給你聽啊？再說天魔尊者只是我們的記名師父罷了！若他乃是個惡名昭彰之輩，我兄弟倆就把他廢了，不認他作師父吧！」

項思龍搖頭一笑，沉吟了片刻道：「我師祖道魔尊者既然和雪君的師父冰魄夫人乃是同門師兄妹，那麼他們的內功乃是同出一轍的，定有共同之處。「雪君，你可不可以把冰魄神功秘笈借我看一下，讓我看看有沒有方法可為你驅除出體內的寒毒，或讓你的功力突破十二層大關。」

傅雪君臉上閃過喜色。卻轉瞬黯淡下來幽幽道：「怎麼好意思勞駕少主呢？屬下現在看到爹投靠了一位名主，心下已是甚感安慰了，現在就是讓我死去，我也沒什麼擔憂的！」

項思龍聞言忙道：「你現在是我的門下，我既知道你有性命之憂，那自是應該想法救治，否則豈不是陷我於不仁不義之境了嗎？」

天絕聽了漫不經心地道：「你們兩個不要推來推去了！郎情妾意的，讓人看了心裡好是難受，也不怕別人吃醋嗎？」

項思龍和傅雪君聽得這話，都大窘的低下了頭去。上官蓮微笑著責罵天絕道：「你說話語氣委婉點嘛！說得他們都害羞起來了！」

天絕獰笑道：「少主娶了這麼多老婆，早就積累出娶老婆的經驗來了！他臉紅啊是為了顧全姑娘家的面子。要不然這麼多人都在說，只有姑娘家一個人害羞，那豈不太讓姑娘尷尬？

「但少主陪姑娘臉紅，那麼這姑娘就會好感激他了，因為這麼一來會給姑娘家一種少主願與她同甘共苦的感覺，自是會不知不覺的喜歡上少主啦！」

上官蓮捧腹笑道：「想不到你的戀愛經驗這麼豐富，年輕時定是個情場高手啦！」

天絕哂道：「那當然了，薑還是老的辣嘛！」

正當眾人在嬉笑項思龍和傅雪君時，廳外突地傳來童千斤的聲音道：「項少俠，你與達多比武的時辰快到了，我們也去校場看看吧！」

第七章　校場風雲

傅雪君本是被上官蓮和天絕取笑得粉臉通紅，嬌羞不堪。這刻聞得童千斤的聲音，鳳目卻是倏地射出一股殺意，神色也頓然恢復冷靜。

項思龍也正處在尷尬得進退兩難窘境中，見得童千斤進得廳內，忙哈哈笑道：「還真虧得童大人提醒，要不我可是把與達多比武的事情給忘了！對了，童大人，昨晚還一帆風順吧？」

童千斤陰冷的瞟了傅雪君一眼，皮笑肉不笑的道：「本來一切都如項少俠為在下安排般的順利，只是想不到中途卻出了點變故，教一個賤人把我給耍了，使得我未能一舉幹掉達多，為我和項少俠留下了點禍根。要不然項少俠根本就不用提心吊膽的防備達多了，現在說不定正摟著美人在親熱呢！你說，那會是多逍遙快活！哼，都是那賤人害的！處心積慮臥底，在我爹和我身邊十幾年，想不到卻是效忠西門無敵的！項少俠，西門無敵乃是你的敵人，那麼這賤人也就是你的敵人，你不會包庇她吧！」

項思龍聽童千斤罵傅雪君左一句賤人右一句賤人的，心下不禁有氣，冷冷道：「不知童大人口中所說的要你的人是誰？若是我的敵人，我自己自會處理；若是我的朋友呢，還請童大人賣個人情。如童大人一定要跟我朋友過不去呢，那就請你把所有的帳都算在我頭上來好了。」

童千斤聽得臉色大變，冷笑道：「莫非項少俠在裝扮我的幾天裡，真的對那人盡可夫的賤人動了感情？嘿，天下的美女多得是，項少俠何必為了她而弄僵我們的關係呢？在下對項少俠一直是非常景仰的，無論是武功機智，都是在下所望塵莫及的。不過，項少俠若是蓄意跟我作對，我童千斤可並不是如你想像中的軟弱的。」

項思龍嗤笑道：「童大人想威脅項某嗎？不過，項某可也是在江湖廝殺中成長起來的，並不怕任何人的威脅。要對付我，儘管放馬過來好了，看我會不會皺一下眉頭。」

童千斤喝了聲「好」道：「項少俠果然是個真英雄，不但武功機智超群出眾，勇氣和信心更是若長江大河，且還是個情癡，在下佩服佩服！」

項思龍不置可否的淡淡道：「你也不用來諷刺我了！不過我警告你，你若是為了對付我而與達多合作，那你就是引狼入室，會偷雞不著蝕把米，甚至會連小命都給丟了。我與你雖不會成為朋友，但至少也希望不會搞得刀劍相向。你的目標是為了奪回真主之位，我的目標是為了恢復我地冥鬼府，我們相互的利益是沒有衝突的。只有達多他既奪了你家族的王權，又想瓦解我們地冥鬼府，所以他才是我們共同的敵人！」

童千斤輕哼了聲道：「多謝項少俠對在下的指點！我辦事情自會有得分寸的了。好，今天就看在項少俠的情面上，只要傅雪君交出一樣東西我就放過她，不再與她計較。否則，我就說不定會採取非常手段了，那時得罪了項少俠也是無可奈何的事。怎麼樣？

「傅雪君，我與你也曾夫妻多年，待你也算不錯，沒有嫌棄你。只是你今日竟然盜去我的『天煞神功』秘笈，這也太過分了吧！

「至於你昨晚派人暗中通知達多，叫他提防我的『天煞無影奪命針』的事，我已經不與你計較了，要不然達多又怎會逃得過天下暗器巧手至尊魯妙子製作的『天煞無影奪命針』呢？

「此針魯妙子一共只製作了四筒，且每一筒只能發射一次，當年我爹和達多的父親共同發現了魯妙子的練功密室，二人大喜之下於是分了室內的武功秘笈和各種精巧的暗器。

「我爹分了兩筒『天煞無影奪命針』，於是心生毒念想殺了達多的父親，不想達多父親也有此念。二人均想獨吞寶藏，竟然同時向對方發射了一筒『天煞無影奪命針』。

「各自負傷後都知自己命不久矣，也無暇再起爭端，分別回府。『天煞無影奪命針』乃是用一種特製的非金屬製成，入得人體中見血即化，所以我爹和達多父親的傷勢根本沒有人看得出來，他們死後於是有傳言說是因比鬥力竭而亡。

「我爹獲得的是魯妙子武學中的精華部分『天煞神功』，達多父親獲得的是魯妙子的機關玄學和一套『百離擒拿手』。

「因為在『百離擒拿手』絹冊中記載有一種『開頂輸功大法』，達多父親臨死前把他畢生的功力全都輸給了達多。也正是因為這一點，所以我才顧忌他，不敢與他正面為敵，想待練成了『天煞神功』後再去殺了達多。

「我現在『天煞神功』已突破了第九層的境界，憑他達多的十二層功力的『陰離神功』已經不是我的敵手了，我也就不用再懼怕達多了。

「嘿，說起魯妙子可是跟六百多年前有『武皇』之稱的東方不敗齊名的人物，他的『天煞神功』可是不比東方不敗『天魔玄陰心經』差勁多少，只要我練成了此項神功，那天下也就沒得幾人是我的敵手了。

「不過，也是項少俠那話，我的目標並不在稱霸武林，而是重建我匈奴國的聲威。我要收回『天煞神功』也是為了避免此秘笈落入奸邪之輩手中，以免遺禍江湖。」

項思龍聽童千斤說自己父親與達多父親為搶奪魯妙子的寶藏，勾心鬥角直至兩敗俱亡時竟是臉不紅心不跳，像是人為財死鳥為食亡似是理所當然的樣子，並且還給自己加上個冠冕堂皇要求收回秘笈的理由，心下不覺是一陣噁心的冷笑，淡淡道：「傅姑娘已把『天煞神功』絹冊已經交給了我，童大人要想奪回秘笈，就來找我要吧！

「傅姑娘現在已是我地冥鬼府的人，任何人來找她的麻煩就是跟我過不去！童千斤，你要是不服氣，待我幹掉了達多後，我們儘管也來大打一場好了，只要你贏了，『天煞神功』秘笈我就會還給你；若是你輸了，還是給我乖乖的做個匈奴國的真主已是幸運了！」

童千斤想不到項思龍對自己如此惡言相向，肚子裡雖是窩滿了氣，但一想到自己見過項思龍武功的厲害，終是不敢發洩出來。

狠狠的瞪了傅雪君一眼後，童千斤又輕望向項思龍，色厲內荏的道：「項思龍，咱們走著瞧！你把自己孤立起來終會倒楣的！」說完餘怒未息的衝著身旁的兩名護衛喝罵起來，狼狽的步出了大廳，連頭也不敢回了。

待童千斤走後，天絕嗤笑道：「據說匈奴人是以凶蠻直爽聞名，但從這達多和童千斤二人看來，一個個卻都是陰險歹毒，倒是比我們中原的漢人有過之而無不及。少主罵那童千斤可真是過癮！傅姑娘聽了定是芳心大悅了。」

項思龍聽天絕又扯到傅雪君頭上，忙轉過話題道：「大家可是準備好了，待會我在校場與達多決鬥時，你們一定得合為一個整體，不得分散。至於追魂二使者我會用『移魂轉移法』讓他們暫時聽命於姥姥，好保護眾女的周全。雪君你也傳令你的手下，叫他們隨時準備與我們聯手對付達多或童千斤，鬼青王負責護送雪君。

「若是事態真的發展至不可收拾的局面，不論是達多或童千斤一律格殺勿論。不過，大家記著，如遇到一個叫作韓信的人，只可生擒不可刺殺，違令者斬！好了，距離丑時也只半個多時辰了，我們也準備趕去校場吧！」

雲中郡城的校場設在城西一環境雅清的山谷中，其實說是山谷反不如說是小山丘為宜，這些小山環繞校場四周，山上除了設有防務的崗哨之外，亭台軒榭處處皆是，雖不能說是鳥語花香，但風景靜致確也甚是宜人。

校場的進出口處是一條石板的林蔭大道，項思龍等走在這石板路上，看著周圍讓人心曠神怡的景色，緊張的心神頓然放鬆許多，若不是看到一隊隊的匈奴兵，真差點要忘記此番是來與達多比武的。

天絕罵罵咧咧的讚歎道：「想不到這經年戰火連連的雲中郡城，竟然會有如此一個風景絕佳的練兵校場！倒也是，置身在這樣的一個環境裡練兵，兵士們的精神會抖擻許多，練兵的效率自也會事半功倍了。」

傅雪君接口道：「秦始皇乃是千古難得一人的梟雄！匈奴人本是西域一帶最為凶蠻橫行的民族，但卻在秦始皇統治的幾十年裡不敢踏入中原半步，因為駐守此與西域接壤的雲中郡城的是秦國所向無敵的不敗戰將王剪。只可惜到了秦二世胡亥，只顧淫逸作樂，根本沒有關注國事，王剪因向胡亥進言，反遭胡亥冷眼，把王剪調回朝中奪了他的兵權。

「自此雲中郡城再無寧日，直至落得個今日的被匈奴人侵占的慘局。達多和童千斤皆是心懷野心的人，如今看到秦朝四分五裂的局面，只要任一人擊敗對方奪得了匈奴國的完全控制權，不揮軍直進中原才怪。

「是的，現在匈奴國還佯裝向胡亥俯首稱臣的樣子，但這只是達多和童千斤在使詭計，一方面好藉向秦朝送貢品的機會刺探中原的內情，另一方面也可藉此機會大施賄給收賣秦王朝中的權貴重臣，好作為異日發兵中原的內應。

「去年達多遣派的一支護送貢品隊伍，因遭到盜賊彭越和秦前上將軍的聯擊，劫走了貢品，使得胡亥大怒，達多因而也失去了秦王朝中的許多內應，因為他們終究認為胡亥是國君，得罪達多比觸怒胡亥要好得多。不過，據我探得的消息說，秦王朝中的左丞相趙高與達多交往甚為密切，說不定他們會有什麼牽連。」

項思龍聽得不勝感慨之餘，也不禁大是納悶。憑趙高在秦王朝中的權勢怎也不會被達多收賣吧？何況達多進兵中原只是引狼入室自毀長城罷了，趙高與達多合作怎也不會有現在這般的威風罷？

那麼雪君說趙高與達多暗中交往密切，卻又是作何解釋呢？

難道趙高與達多的身世有著什麼聯繫？

據師父孤獨行說，趙高是中原武林盟主楚原的女兒楚虹虹與一趙姓的農夫所生的兒子，而楚原的楚虹虹當年被北冥宮主孤獨無情擊敗後也正是隱居在西域。

這……達多到底會與趙高存在著什麼親戚關係呢？

項思龍愈想愈覺此事大有可疑之處，不過趙高因偷練孤獨行無意間得著的秘笈，而揮刀自宮成了太監，那麼達多是趙高兒子的推測當不成立，但達多是不是趙高那農夫老爹的兄弟的兒子呢？

這可是不無可能，趙高現在老了，又無子無女，若達多真是他的什麼侄子，則大有可能與達多聯手來斷送秦王朝的江山，甚至說不一定秦王朝現在的動盪分裂局面乃是趙高一手故意造成的，為的就是好讓達多能趁亂進攻中原奪得秦王朝的江山。

若照如此推斷來，魔尊法王此次來西域倒並不一定是跟蹤自己為向自己尋仇，而是受趙高所托來相助達多，只不過機緣巧合發現自己等人的行蹤，所以對曾盈和張碧瑩二女下毒蠱來威脅自己了。

但若是這樣，稷下劍派的人怎麼會也來西域呢？是胡亥發覺了趙高的野心，派來監視趙高的人手？

想到這裡，項思龍心念突地一動。

待會與稷下劍派的人會面，測探一下就可知自己這些推斷是否正確了。如稷下劍派的人真的是胡亥派來監視趙高的走狗魔尊法王等的，那麼到時自己痛陳厲害，說不定反可使得稷下劍派的人為自己所用呢？

項思龍的嘴角泛起一絲笑容時，天絕忽道：「少主，到了校場了！達多正與一個牛鼻子道士嘀嘀咕咕的說些什麼呢！」

項思龍聞言斂回心神，聞聲舉目望去，卻見校場的四周擁立有萬名士兵，正南方擺有一個看台座席，中間是一片足有幾千平方米的空場，東西兩面各擺有一個兵器架。

看席台上已是坐滿了人，其中項思龍熟悉的除了達多，童千斤和一眾旗主外，還有魔尊法王和梁坤。

不認識的占了一大席，最讓項思龍感覺醒目的是達多身邊的一個頭髮鬍子眉毛既白且長的頗具幾份仙風道骨的道長，此人一雙精芒閃閃的厲目此時也正好向項思龍逼視過來。

再有就是梁坤身邊一個面色冷漠一身，頗似現代的日本武士裝束，頭髮散披掩去了半邊面目，渾身釋發出濃重殺氣的青年。

此青年冷冷的斜視了項思龍一眼後，又閉上雙目靜坐著，那神態甚是傲慢和冷漠，似是世間一切人都沒放在他的眼內。

這青年定是稷下劍派的少主解靈了！一代「劍聖」曹秋道培訓出來的弟子不同凡響，看其氣勢就可知此子武功已達到了超一流高手的行列。

或許就連那臭道士西門空宇也敵此子不過。嘿，希望他能成為自己暫時的朋友而不是敵人！要不敵方也有這麼多項尖級高手，己方不是慘敗至全軍覆沒，也可能是能活著逃出雲中城的人沒有幾個了。

但是若能爭取到這解靈與自己站在同一陣線上，那就可牽制住達多不敢膽大妄為了。因為如若達多依仗的是趙高，他就怎都不敢公開開罪這在秦王朝中有著舉足輕重地位的稷下劍派少主。最好不過的是就是達多怎都想不到自己會猜出他和趙高的關係。

達多見得項思龍等走近過來，忙打招呼道：「來，我為項少俠介紹一下，這位是西門空宇前輩。他老聞得他的兄長西門無敵前輩乃是敗亡在項少俠手下，也想向項少俠討教兩招呢！」

項思龍聽達多一見面就挑撥西門空宇，想叫他來試試自己的武功底細，心下一陣冷笑，淡然道：「勝者為王敗者為寇，這乃是千古不變的至理。西門無敵暗害了鬼王歐陽明，我乃是用正當手段向西門無敵討回公道，他學藝不精，敗了也是他命已到頭。西門道長若真有興趣，就讓在下的屬下陪你過兩招吧！」

達多和西門空宇聞言臉色同時大變，前者是因想不到項思龍識破他的奸計，讓他想窺探項思龍武功底細的陰謀落空，後者是因覺得項思龍竟然派一名下屬來與自己比鬥，甚是看不起自己。

新仇舊恨齊湧心頭，西門空宇在座上站了起來，身形微微一晃，就已飄身飛至空場處，身形在空中飛渡時顯得快捷優美至極，引來圍觀者陣陣的喝采聲。

項思龍看得微微一怔，冷冷的望著西門空宇道：「原來昨晚去竊聽我們情況的是你！」

西門空宇嘿然笑道：「是你家道爺又怎麼樣？想不到你小子竟然還真有幾分道行，竟能解去我對兩個丫頭下的毒蠱！」

項思龍見西門空宇下毒害人，竟然還理直氣壯的說出來，不禁心頭火起的恨聲道：「這筆帳我自會找你算的！」

說完又轉頭望了一眼正一臉懼色的望著自己的魔尊法王冷冷道：「法王大駕可還好吧？不知你在這世上享受夠了沒有？若是還有什麼留戀，待來世再在世上索取吧！」

魔尊法王可是親眼見過項思龍石破驚天的武功，聞言嚇得臉色蒼白的顫聲道：「項少俠開的什麼玩笑來？我們可是今日無怨，昔日無仇呢！」

項思龍倒是沒有再理會魔尊法王，只深深的望了天絕一眼道：「義父，你去陪那牛鼻子道長過幾招吧！」

天絕領命而出，走到西門空宇五六米之遙處站定，哈哈一陣大笑道：「想不到當年小小的一介侍郎官，今天卻也成了一派開宗立派的宗師！嘿，西門空宇，你可認得老夫否？當年顯王手下的兩大得力戰將天絕、地滅，就是我們！」

西門空宇聞言吃了一驚道：「你們兄弟當年不是被顯王推下七峰崖了嗎？怎麼還沒死？」

天絕被西門空宇勾觸起陳年傷心事，冷哼了一聲道：「你希望我兄弟二人死掉嗎？哼！顯王和西門無敵死了，我們兄弟當年與你兄長的舊帳現在就要算到你的頭上！西門空宇，給老子放馬過來吧！我今天要宰了你以洩當年被你兄長暗算的心頭之恨！」

說完雙掌一錯，漫天罡氣和爪影已是彌布空間。

西門空宇想不到天絕說打就打，自己還未作好準備，天絕的爪勢已是迫體而來。

但他終究不愧為一代宗師級的頂尖高手，臨危卻是夷然不懼，雙足一點地面，身形已是沖天而起，脫出天絕爪勢範圍，同時「鏘」的一聲拔出腰間佩劍，在空中揮出一道道光環，有若神話中的太乙金剛圈般向天絕連環飛擊而至，迫得天絕的「天魔無影爪」一時受滯，速度緩慢許多，無奈之下，也只得撤劍相抗。

「噹噹噹」一陣劍擊之聲驟然響起。二人在空中觸擊的長劍發生一陣陣逼體的罡氣，這些真氣在空中相互抵觸而炸，發出一陣「轟隆」「轟隆」的有若雷炸的聲音，氣勢好生龐大。

項思龍等這時已按先前安排好的佈局分散眾人看席台，見西門空宇果然有點厲害，人人都屏息靜氣凝神觀看。

達多此時一臉凝重之色，也不知他在想些什麼，而解靈的雙目卻閃過一絲異彩，似是在為二人一個碰面比鬥下來就各顯實力而驚歎。

天絕被震得一陣氣血翻湧，手中長劍差點把持不住的脫手飛出，連退了兩大步才穩住身形。

強壓下心頭的氣血，天絕喝了聲「好」道：「果然有點斤兩！你如此狂傲，是有點本錢！」

西門空宇雖是憑著絕佳的輕功，在與天絕對劍之後優美的飛落地面，似是占了上風，其實他卻是有苦自己知。因為他方才出劍是在空中，而天絕是站立地上，西門空宇一方面得耗去部分的功力穩住身形，另一方面他在空中發劍，沒有著力重心，所以劍勢力道也打了折扣，在與天絕的幾劍對招中，西門空宇實則吃了大虧，他現在手腕痛得鑽心不說，連內臟也被震得若翻江倒海般，喉間已是湧上一口腥血，若不是強自忍著，早就噴血出醜了。

但圍觀眾人，除少數像項思龍這樣的頂尖高手看得出其中的問題外，其餘的人大半都是轟然為西門空宇喝采叫好，只有項思龍這邊席上的不少人都是一臉的擔憂之色。

項思龍爽朗笑了聲對眾人道：「放心吧！天絕即便打不倒西門空宇，但他卻也決不會敗給對方！」

說著望了身旁不遠處的解靈和梁坤一眼，向後者打招呼道：「這世界真是狹小，想不到這麼快就又和梁兄見面了！」

梁坤正關注著場中的戰況，聞言冷哼了一聲道：「想不到項少俠中了恨天法王冷無心一劍後還沒死，看來真是福大命大得很啊！但不知這次會不會有這麼好的運氣了？」

項思龍有意要引起解靈的注意，聞得梁坤的諷刺也不氣惱，微微一笑道：「在下的運氣素來很好，但梁兄一向忠於秦王朝，這次怕也看走眼了。且放下我們之間的恩怨不說，不知梁兄可有興趣與在下做一段交易？比如說，趙高與達多之間的關係……」

項思龍的話還沒說完，梁坤就冷笑著打斷他的話道：「不要想用什麼花言巧語來打動我們！這一次我們是非得擒下你不可，因為還有什麼比擒住你威脅叛黨劉邦更有價值的呢？」

項思龍知道梁坤現下是有解靈為他壯膽，所以敢用此等語氣跟自己說話，聽他提到劉邦，不由得冷笑了一聲道：「想擒住我項某人，梁兄還沒這個能耐吧？不過，在下要與你們少主做的交易，價值定比擒住我項某大得多。」

梁坤還待出言，雙目半開半閉的解靈忽地猛的睜開了眼睛，目光冷森如電的望著項思龍，口中一字一字冷冷道：「要是你說的話沒有那麼大的價值，我定要你死無葬身之地不說，還要殺光你所有的同伴，付出任何代價都在所不惜！」

項思龍見自己目的已達到，露出一絲會心的笑容道：「這個你聽了以後再說吧！」

說完當下把自己推測的達多可能與趙高的關係和野心說了一遍，最後緊緊的盯著解靈道：「我想若真教達多與趙高的陰謀達成，第一個遭遇不測的大有可能是你師父曹秋道吧！那時你師父沒有秦王朝的靠山，而趙高又視你師父為眼中釘，你說你們稷下劍派還有沒有生存的空間呢？」

解靈冷漠的臉上突地現出一抹殘酷的笑意道：「誰想對付我師父，誰就得死！」

頓了頓又冷聲道：「好，算你這個消息還有點價值，我就暫且放過你！對了，提醒你一句，達多雖不能在食物和飲水中對你們下毒，但西門空宇的無色無味五倍子菌蠱若是塗在座位上，人一但觸之，這種菌蠱就會很快的侵入人體內。控制這種菌蠱的器物是西門空宇懷中的一面小銅鑼！

「達多有恃無恐的原因也就是因為此著了，因為有你的所有下屬在他的控制之中，他不怕你不向他就範。那時你不但將會沒命，你的地冥鬼府也盡會落入他的控制之中。嗯，我今天說的話夠多了！」

說完再也不吭一言，又恢復了那種傲慢而又冷漠的神態，半閉了眼睛望向場中打鬥的天絕和西門空宇。

項思龍聽得解靈的這一番話卻是汗流浹背，感激的望了解靈一眼後，又暗恨起達多和西門空宇的歹毒來。

想不到這兩個傢伙竟是如此的陰險！一定得幹掉他們！在這古代裡存不得有半點的仁慈，自己若不殺死敵人，就會反被敵人所殺！

這兩個傢伙簡直是太可惡，萬死都不能懲其咎！

對了，現在自己這方的人定都已經中了那什麼五倍子的菌蠱，除了自己和天絕、地滅等幾個高手可以用內力來逼控出菌蠱外，其餘之人若一待蠱毒發作起來，都只有等死的份兒。

目前的當務之急乃是先要奪得西門空宇懷中控制菌蠱的小銅鑼，無論如何也不能讓他先發制人！

想到這裡，項思龍雖是心下焦急如焚，但表面上仍是不動聲色的向打鬥場中望去。

卻聽西門空宇驀地暴喝一聲，手中長劍的攻勢正鋪天蓋地的向天絕擊去，劍芒閃爍不定的吞吐空間。

在陽光反射下，有若一條條口吐長信的赤練蛇般。

天絕倒是絲毫不慌，左手「天魔劍法」右手「天魔無影爪」，把周身防守得密不透風之餘卻也是攻勢頻頻，與西門空宇的「天罡劍法」比來毫不遜色。

二人旗鼓相當，武功在伯仲之間，一時之間誰也奈何不了誰。

這如何是好呢？必須得擒下西門空宇才行！要不他一敲響銅鑼，喚醒眾人體內的菌蠱，那境況可就會發展至對自己這方不可收拾的慘敗局面！

無論如何要奪得銅鑼！最好是能把西門空宇解決了，那這世人就少了一個討厭可惡的人。

對這些奸詐小人，顧不得什麼江湖道義了！

項思龍想到這裡，暗暗把道魔神功提至了最高功力境界，目光緊緊的盯著西門空宇，準備伺機隨時向他發出致命一擊。

達多這時卻也正冷冷的凝神注視著項思龍的一舉一動，似是在預防項思龍向西門空宇發動突然襲擊。不過因項思龍的內功修為已達到了神光內斂返璞歸真的境界，所以達多也並沒有看出項思龍已是凝功蓄勢待發了。

場中兩大絕世高手不相上下的拚鬥正打得難分難，圍觀者的情緒也是如火如荼的高漲。

項思龍用「傳音入密」的功夫驀地衝西門空宇使出「獅子吼」的暴喝。同時就西門空宇在聞得喝聲心神受震的剎那間，身形倏地縱起，兩束凌厲無匹的罡氣向西門空宇的「氣門」和「檀中」兩大運氣主穴擊去。

鬼王劍也在身形飛起的一刻已是離鞘而出，漫天紅光劍影頓向西門空宇龍捲風般的襲去，根本就不給他任何喘息的機會。

達多在項思龍身形一動的瞬間，已是知道大事不妙，但當他挺劍援救時已是退了一步。

西門空宇原本在內力修為上就稍遜了天絕一等，若不是憑著絕佳的輕功身法，或許早就落敗了下來。

現在突地聞得一聲震耳欲聾的吼喝聲，心神大亂之下，對抗天絕的一劍一爪已是頓感壓力倍增，有點手忙腳亂起來。

項思龍的驟然襲擊更是令西門空宇措手不及，根本就無力還手抵抗項思龍指中射出的兩束罡氣。

慌亂之下，竟是身形向後一倒，來個滾地葫蘆以作逃命，境況甚是狼狽。

但項思龍怎容得西門空宇溜掉？不待他滾動的軀體停下，已是射出十幾束劍氣點了西門空宇的十幾大穴道，教他動彈不得，同時左掌劈出連環幾道掌阻住達多，口中對天絕喊道：「義父，看好那老傢伙！搜出他身上所有的東西，廢去他的武功！」

達多見西門空宇被項思龍偷襲成功，又氣又急的邊揮動長劍向項思龍攻擊邊暴喝道：「項思龍！枉我還把你看作一個正人君子，想跟你約鬥決勝負，想不到你卻是個如此陰險的小人，竟然向我的朋友發動偷襲！快點放了他，否則我要教你們所有的人都不得好死！」

項思龍冷笑一聲道：「誰是陰險小人可要分清楚！向我們的人暗暗施放菌蠱，這難道又是君子的所作所為？哼，你不仁我就不義，對付那些偽君子的最好辦法就是以牙還牙！」

達多聽得臉色白一陣紅一陣的嘿嘿怪笑道：「項思龍，果然有你的，竟然能查探出我們對你們下了菌蠱！不過，知道了又怎麼樣？只要我一敲響手中的這面銅鑼，你們體內的毒蠱就會發作，那種生不如死的疼痛會有得你們好受的！哈哈，項思龍，任你機關算盡卻也想不到我還留有這一手吧！乖乖的給我束手就擒吧！我會讓你死得痛快些的！」

項思龍憤怒得雙目都快要冒出火來。但自己這麼多人的性命全都掌握在達多的手中，倒確是不能亂來，只有走一步算一步了。

項思龍正心神淩亂的準備棄劍向達多投降時，一直不言語的解靈卻突地發話道：「達多我問你一個問題，你可得老老實實的回答我！」

達多對解靈似有幾分顧忌，忙笑著道：「解少主有什麼話請儘管問吧，我達多定會知無不言言無不盡，讓你滿意就是！」

解靈雙目冷冷的注視著達多，一字一字的沉聲道：「我只想問你一個問題，你和左丞相趙高到底是什麼關係？」

達多聞言臉色微微一變，但旋即平靜下來道：「解少主是不是聽得什麼閒言閒語了？嘿，我與趙大人乃是臣屬關係，我匈奴國是大秦的臣子，我在與大秦的交往中，只是與趙大人關係比較和睦罷了！

「其實說來這次累得解少主和魔尊法王等來幫我平定內亂，在下可真是感激不盡呢！秦王對我國民真是關愛倍至啊！」

解靈乃是曹秋道培訓出的超級職業殺手和他未來的接班人，無論是武功機智都是高手中的高手，感情更是冰冷如血，甚是難以看出他的喜怒哀樂。

達多拍馬屁的話，解靈根本無動於衷，只是冷冷的又道：「是嗎？但我卻聽說趙高與你有血緣關係，你和趙高欲聯手進犯我大秦王朝，這不會是空穴來風吧？」

達多聽了禁不住失聲道：「你是怎麼知道我和趙高的關係的？」

話音剛落，頓覺自己失言，但已是為時已晚。

當下臉色倏地一沉，面目猙獰的冷聲道：「知道我秘密的人都得死！解靈，這可是你自找的，怨不得我了！」

說完雙手向上一揚，校場四周的山頭上已是密密麻麻的顯現出了手持弩弓的匈奴兵來。

解靈見了冷笑一聲道：「終於露出狐狸尾巴了！以為這麼一點人手就夠作為嗎？我王早就懷疑你和趙高那奸賊有勾結，只是想不到你們竟然還有血緣關係。

這下好了，擒下了你，趙高那老狗還有什麼話說的！」

說著突地向項思龍拋來一包東西道：「這是五倍子菌蠱，我想你知道該怎麼做的吧！」

項思龍接物在手，聞言大喜的望了達多一眼，哈哈笑道：「好耶，就叫大家全都被菌蠱折磨而死吧！」

話音剛落，手中的五倍子菌蠱已是被項思龍撒得漫空飛揚，包括達多在內、童千斤、魔尊法王和各大旗主等都驚駭得大叫起來。

場中境況頓時一片混亂起來。

第八章　大顯身手

達多想不到項思龍會來上這麼一招，氣得咬牙切齒的狠聲道：「好！大家就來個同歸於盡吧！」

說著就欲去敲銅鑼，只嚇得童千斤和魔尊法王率先從坐席上飛起身形大喊道：「真主休怒！有事請慢慢商量嘛！何必拚死拚活的呢？」

達多一愣，對魔尊法王道：「西門空宇是你師父，難道他就沒有教你怎樣解除菌蠱的方法嗎？」

魔尊法王苦笑道：「要是教了我，我會如此驚慌麼？唉，這五倍子菌蠱乃是我師父最近試驗成功的一種蠱毒，還沒來得及研製出解藥，為了對付項少俠，就給派上用場了，他是想致項少俠身邊所有的人於死地的。現在大家都中了此蠱毒，還是心平氣和的坐下來談判，看可以商談出能否讓各自都滿意的辦法吧！」

達多臉上神色甚是陰晴不定的連連變了又變，沉默片刻，望向項思龍和解靈道：「除非他們兩個答應作我的下屬！否則……嘿，我一個人的性命換這麼多人的性命，可不謂不划算！」

解靈冷笑一聲道：「你的如意算盤打得可真好！不過，你看清楚你手中那面銅鑼是不是真的『子午斷魂鑼』？」

說完緩緩從革囊中掏出一面與達多手中一模一樣的銅鑼，放在掌心，神色冷靜的默默運功，銅鑼頓時被解靈的掌力給震成千百塊碎片，只聽得他冷冷道：「你敲啊！沒有人會懼怕那五倍子的菌蠱了！不過，蠱毒只有在體內存放了九九八十一天，就會自動的醒過來一次，那時中了蠱毒的人就會痛得死去活來。如此周而復始的發作四次，也就是一年的時間，中了蠱毒的人就肌膚寸裂而死。項思龍現在有西門空宇在手，可以逼他研製五倍子菌蠱的解藥，且他有兩隻可解世上萬毒的金線蛇，即便西門空宇不為他製解藥，他們也死不了。只是你們呢？嘿嘿，誰會為你們解蠱毒呢？」

達多聽得再也控制不住情緒的衝著解靈狠聲道：「原來是你在攪合我對項思龍的計謀！解靈，別忘了，雲中城現在是我的勢力範圍，我有十幾萬的大軍在手，你和項思龍等一個也別想活著離開雲中郡城！」

項思龍這時哈哈一陣大笑道：「解兄弟的這個人情，我項思龍當會永銘在心。」

頓了頓又對達多冷笑道：「你以為雲中郡城的兵馬真的全都聽你的指揮嗎？且不說雪君在這城裡統領有四萬人馬，我想童兄和各位旗主也不會為你賣命吧！達多，你是自盡還是要我動手？」

達多發出一陣淒厲的喋喋怪笑道：「我達多身為匈奴國一國之君，且是秦王朝中左丞相趙高的親生兒子，我會服得誰來？」

項思龍聽得心神大震的脫口道：「什麼？你是趙高的兒子？趙高不是個太監麼？他怎麼會有兒子呢？」

達多冷笑道：「反正現在我的身分已經被你們揭穿了，那我就索性告訴你事情的真相吧！」

原來楚原被孤獨無情打敗後，攜女兒楚虹虹逃到西域，楚原因內傷過重而死，楚虹虹則在失意之下與西域一農夫成婚。

二人生下趙高，農夫因上山砍柴失手摔成癱瘓，楚虹虹含辛忍苦的把趙高撫養到了七歲，孤獨行找上門來，楚虹虹自殺身亡，臨死前把趙高托負給了孤獨行。

孤獨行因覺得負疚楚虹虹太多，所以非常的疼愛趙高，不想趙高卻因恨孤獨行殺了他母親，存在著非常重的叛逆心理，自小就顯得心機深沉陰險，偷練孤獨行的武功密芨，想練好武功殺了孤獨行。

不想，因沒有人在旁指點，一日在湖邊練功時走火入魔，凶性大發的強姦了一名在湖上打魚的村婦。那村婦有三十幾許，稍有幾份姿色，是個寡婦，與趙高行了那苟且之事後，村婦就每每與他私會。趙高因初嘗男女雲雨之事，所以顯得大感刺激樂此不疲。二人經常私會了一年有餘，趙高因練魔功而揮刀自宮，再也無法行男女交合之歡。

不過，村婦此時卻已有身孕。趙高大喜過望之下，於是逼匈奴國的威宣王童風元娶了此村婦，同時給童風元服食了一種慢性毒藥，威脅他聽命令行事，並且傳給童風元高絕的武功，叫他在匈奴國中暗培植私黨。

後來村婦生下一子也即達多，因為達多有漢人血統，依匈奴國祖上遺訓，有漢人血統的不能承繼匈奴真主之位。

此子產下不久，成烈王之妻也生了一子，趙高於是再生一計，叫童風元把二子調換一下。後來童風元與成烈王因爭奪魯妙子的珍藏相互暗算而亡，因成烈王乃真主之胞弟，而真主膝下無子，於是立了達多作真主繼承人。

然童千斤卻因懼怕達多背後的支持者趙高，只得忍氣吞聲。其實趙高把達多栽培為匈奴國君其真正的野心，卻是想叫自己的兒子有朝一日能利用匈奴國的勢力進兵中原而一統天下。

趙高在秦始皇當位時，因懾於秦始皇的霸氣一直不敢有絲毫的越軌行為，但當秦始皇一死，即使盡手段篡改遺詔立胡亥為秦二世，又假造聖旨把心腹大患太子扶蘇賜死，如此一來昏庸無能的胡亥就盡在他的掌握之中了。

不想胡亥雖笨，但在趙高一日於朝中逼迫眾大臣指鹿為馬後，知自己只不過是趙高玩弄權術的一個傀儡，於是籠絡了曹秋道，讓他作為牽制趙高的一個矛頭，使趙高不敢太過明目張膽的亂來，也得稍稍看胡亥的臉色行事。

其實，趙高在胡亥面前低聲下氣的同時，一面卻是氣得火冒三丈。叫達多準備進兵中原，自己則儘量製造朝政的動盪。可因達多這邊，匈奴國中有不少人暗知他的底細，意欲陰謀作反，使得達多進退兩難。

這時，達多在五年前收服的一名將領韓信為他出了一計，也即置諸死地而後生，發兵中原，分散欲作反者的勢力，待平定國內叛黨以後，再得用各叛黨之間的相互猜度和提防，暫時穩住他們，待援兵一動再對叛黨反動攻擊。這一切本是很順利的都依計畫而行的，但不想半路上殺出個程咬金，項思龍等的到來把局勢全給打亂。

說到這裡，達多冷眼掃視了項思龍和解靈一眼，淡淡道：「現在你們都知道我的身分來歷了，不過卻沒有機會去公諸於世罷！嘿嘿，秦朝的天下早晚會有一日落到我們趙家手中，且這一天不會太遠了。

「現在的秦國如風雨中的危樓，解靈，我看你還是不要愚忠於胡亥了，他也只不過是利用你們師徒二人罷了！項思龍，你不也是在助你兄弟劉邦反秦的嗎？那麼我們應該是志同道合一路的人。」

頓了頓又道：「只要你們二人願意相助於我，到時待我一統大秦天下後，任何高官都由你們選，那時黃金美人，想要多少就有多少！」

項思龍嗤笑道：「你倒是很會作黃粱美夢！憑你們父子倆這般的人品，配作一代帝王麼？」

解靈也冷冷道：「你這是在癡人說夢話！秦王早就已經得到消息，你匈奴國可能與趙高有勾結了。他這次派我與魔尊法王一起來，明則是相助你平定內亂，實則是暗查你們的底細。果然被我不費吹灰之力就知道了事情的真相，這次趙高是死定了。我裝瘋賣傻幾個月，就是為了讓趙高失去對我的防範之心，想不到這一計果也成功。達多，你是束手就擒，還是想作垂死掙扎？」

達多臉色突地變沉的道：「想不到你們兩個小子如此的冥頑不化！那就讓本王成全你們吧！」

說著從腰際拔出一面黃色令旗隨手一探，從一小山丘的一個山洞裡頓即湧出一百多個手執盾劍，身著黑色頸服的武士，轉瞬間就組成了一座陣式，把項思龍和解靈、天絕三人給團團圍住。

項思龍見狀心神暗凜，瞧這些武士身上所釋發出的濃重殺機，就知道是訓練有素的一流殺手，再加上他們所布的陣法好像是「北斗七星陣」和「太乙八封五行陣」，這兩種陣勢都是威力無窮甚是難破的。也不知達多還埋伏有多少這樣的好手在側，要是有得幾批這樣的殺手，自己這方可真是凶多吉少了！

項思龍正這般凝神想著時，解靈突地望了他一眼，平靜地道：「是不是有些怕了？」

項思龍微微一怔，旋即豪氣陡升的哂道：「我項思龍還從來不知道怕字是怎麼寫的！」

說著「鏘」的一聲拔出鬼王劍，把「北冥神功」和「鬼冥神功」提至極限，貫注劍身，鬼王劍紅芒倏地暴長，在日光下更顯耀眼奪目。

解靈在項思龍拔劍的一瞬間就感到項思龍身上的強大氣勢迫體而來，不禁有些訝異的再次望了項思龍一眼，但沒有說什麼，也緩緩拔出了腰間的佩劍，劍體通黑，乍看起來似是沒有一絲顯眼的地方，只是劍中所散發出的寒氣才讓人猜想它可能是一把神兵利刃。

解靈見項思龍一瞬不瞬的盯著自己手中的黑劍，淡淡一笑道：「此劍名曰『斬將』，乃我師父曹秋道當年橫掃六國無敵手時所用兵刃，在此劍下唯一得以逃生的，據我師父說只有當年的秦國上將軍項少龍一人，我也甚少用此劍殺敵！」

項思龍聞得此言，心下不禁一陣神傷魂斷，想到自己來到這古代原本是為了尋找父親項少龍，可怎奈時事造化弄人，讓得自己父子二人給捲入了歷史爭霸的洪潮中去。

唉，生命真的是為歷史盡忠才會有意義麼？難道平淡的真實生活就脫離了生命意義的主題嗎？人類到底是在追求一種怎樣的生存形式呢？是為權力、金錢、美女而生存？還是為「真善美」的追求而生存？其實說起「真善美」，它又是一種怎樣虛而實之的意象呢？

說起來大多數人生存的意義都很有目的，只有親情和友情才會讓人的生命豐富些。

項思龍長長的歎了一口氣，爭霸天下所付出的代價就是血腥的屠殺了？自己在這段古代的歷程裡，學會最多的可能就是讓自己變得冷酷，殺人不能有絲毫的手軟！

寒氣迫體而來，項思龍驀地大喝一聲，鬼王劍已是應聲而出，慘叫聲隨著劍氣破空聲同時響起，鮮血的腥味頓漫空中。

戰鬥終於拉開了序幕。

百多名劍手分成裡中外三層把項思龍、解靈、天絕三人圍得個水洩不通。劍氣瀰漫天地，殺機充盈每一個人的心中。

項思龍一劍殺退向自己圍近的十多名劍手，目光快捷的一掃天絕和解靈二人，見他們也已向敵人發動了攻勢且顯得遊刃有餘，大是放下心來。

同時知道這次若不大開殺戒，己方的人就有可能遇到危險，頓把「鬼王千絕斬」的威猛殺招施展開來，劍鋒所過之處只聽慘叫和血光顯現。校場頓然給變成了人間地獄般，肢體橫傷滿地，慘叫呻吟聲此起彼落。

項思龍、解靈、天絕三人此時已是渾身是血，連得眼睛都給濺得紅紅的，有若三頭已經殺得凶性大發的猛虎般，根本忘了自己所屠殺的是動物還是人類。

達多在旁看得心中寒氣直冒，自己訓練出來的自認為可獨當一面的殺手，想不到遇上項思龍等高手；就給對方像削蘿蔔似的輕輕鬆鬆就給殺了，那他們武功的高絕程度可想而知，看來這一仗是不宜力敵，只宜智取了。

達多一雙陰險的鼠目滴溜溜的直轉，目光落在上官蓮等身上時，眼睛倏地發亮，嘴角浮起一絲陰毒的笑意，叫過一個心腹武士，在他耳邊嘀咕了幾句後，那武士點頭領命已去。

項思龍雖身陷在劍陣之內，卻時時關注著達多的動靜，見得他臉上露出陰險的笑意，知他又想耍什麼詭計，忙邊與敵方殺鬥邊用傳音入密的功夫告戒上官蓮等小心防著達多，同時叫地滅去跟蹤達多吩咐下去的那名武士。

達多看見追蹤自己手下武士而去的地滅，臉上的笑意卻是顯得更濃了。

項思龍見著達多一付成竹在胸的姿態，心頭不由自主的有些毛燥燥的不安感覺，甚是氣惱，恨不得立刻一劍把他給宰了。

怒氣一動，項思龍頓把道魔神功提至十二層，鬼王劍龍吟之聲乍然響起，劍鋒血芒幻化為無數把利劍，向身邊這些不怕死的武士射擊過去，同時突地把鬼王劍拋出手中，使出自己新近所悟出的以氣馭劍的絕技來。

鬼王劍因被項思龍注入了強大的內力，劍中的真氣與項思龍體內的真氣就會息息相通，只要項思龍把全身意志集中在劍體之上，自身的真氣就會通過意令輸送到鬼王劍上，而劍體脫離項思龍手中控制，那麼劍招就會隨他意念所想而發，劍速說是比拿在手中發招而更是快上數倍。

這以氣馭劍之術也是項思龍無意間從金線蛇身上領悟出來的，因為金線蛇既然體內有了自己所貫注的真氣就會聽自己的意念行事，而鬼王劍也本為通靈的神兵利刃，自己何不試試看是否也可以效法於此呢？

不想一試，果也成功。現在是他第一次使出此劍術對敵，卻見鬼王劍已是幻化成了一團紅色光影，若閃電奔雷的穿擊在眾敵叢中，光影所過之處，只見血光一閃而不聽任何慘叫聲。敵人來不及叫出已是被砍落了腦袋。

項思龍閉目凝神，整個身心的意念都集中在了腦海中所出現的鬼王劍上，對其他的一切都渾然忘卻了。

解靈和天絕看著空中的血影，都驚駭得差點忘卻了出手擊敵。其實敵方武士見得項思龍突地使出此等神乎其技的劍法已是不怕死也給嚇得汗毛直立，根本沒有再鬥下去的信心，更何況己方的一百多名劍手已被對方殺得還剩不到四十來人了呢？

達多見得項思龍的以氣馭劍之術也是嚇得屁滾尿流，暗忖此等強硬對手今日若是不能除去，那自己以後就永無抬頭之日了，更說不定連小命都給沒了呢！

看項思龍這小子也才不過二十幾歲，可想不到一身武功已是高至此等駭人的境地！幸好自己沒有與他動手決鬥，否則說不定現在已沒命了。

其他的圍觀者，包括上官蓮等在內，見了項思龍此等高絕的劍術，心中的驚駭程度更是無法用言語描述出來。

場中的氣氛一時怪異的靜寂起來，除了鬼王劍光影呼嘯的破空之聲和敵方武士屍體「撲通」「撲通」的倒地之聲，其他的人都是連大氣也不敢出的凝神靜氣看著場中默然無聲的屠殺。

兩盞茶的工夫過去，場中的武士已被項思龍的鬼王劍給殺了個盡光。

項思龍似已感應出鬼王劍已「大功告成」似的，當最後一個武士的屍體撲地倒下不久，也就緩緩的睜開了雙目，看著眼前一片狼藉的屍體，心下暗念了句「我佛慈悲」後，目中厲芒突地向已再也鎮定不下的達多望去，左手收回鬼王劍，口中冷冷的道：「達多，你不要給本公子再耍什麼花樣了！老子再也忍不下對你的厭惡之氣了！」

天絕聽了失口笑道：「是啊！你這可惡的傢伙先是想奪我家少主的老婆！現在卻更想不到你是趙高那老烏龜的兒子，還想去奪什麼秦朝的天下！有我家少主在這世上，你這小烏龜就不要想長命了！應該早一點下地獄去！」

達多心下雖是怯了項思龍，但思忖著自己還有十幾萬的大軍在手，且還有許多陰謀詭計沒使出來，膽色又一壯的平定下心神嘿嘿笑道：「歷史上有哪一代梟雄人物不是奸詐陰險之輩呢？這世上爭名奪利的遊戲規則本是這樣，算計敵人擊倒敵人，而至最後自己成為成功者，在這其中的過程中卻又要不擇手段、不惜代價、冷酷無情。我們父子倆並沒有做錯，只是在為實現自身的真正價值而奮鬥，犧牲別人自是在所難免。」

項思龍聽著達多這一番強辭奪理的論調，心中又不禁想起了父親項少龍，他不也是說什麼要在這古代裡轟轟烈烈的活它一場，實現自己的生命意義而要去創造歷史嗎？甚至連自己這親生兒子也淡理了！更是滑稽和殘酷的是父親幫項羽要擊敗的對手乃是他的親生兒子、自己同父異母的兄弟劉邦！

這就是創造歷史所要付出的代價了！前程茫茫，更不知道是否會出現父子相殘的悲劇！

項思龍感覺心中一陣辛酸的劇痛，但知道自己欲完成維護歷史的重任，就必須達到達多所說的欲成功就必須冷酷無情不擇手段，甚至要準備接受任何淒慘的悲局。

項思龍正神傷魂斷的出神想著，地滅尖厲的呼叫聲突地傳來。

天絕聞聲臉色大變，惶急的望著項思龍道：「少主，地滅定是遇到什麼危險了！否則以他的沉默內向和冷靜，是不會發嘯傳訊的！」

項思龍心神也是倏地一緊，朝達多瞧去，卻見他嘴角又浮上了一絲得意的詭笑，一股無名怒火頓起，衝著達多暴喝道：「你奶奶個熊！又在給我耍什麼花樣？要是我義父有什麼閃失，老子定要血洗你們匈奴國！」

達多被項思龍的凶態還是給震得身體微微顫了顫，但臉上卻還是不動聲色的道：「勝者為王敗者為寇，我若敵不過你就自然必須接受失敗，但比鬥的方式有多種，不一定是靠武力，更重要的是靠計謀。你的屬下定是私闖我的禁地，他遭到什麼不測就要算他倒楣了！」

項思龍聽達多說話如此的輕鬆，似乎沒把自己的話給放在心上，雖升起不祥之感，但聽他語氣，地滅可能會有性命之危，不由得心急火燎的容不得靜下心來細細推敲達多的話，衝天絕說了聲道：「叫大家小心著點！」

話音未落，身形已是快若風馳電閃的向地滅的發聲處衝去。

天絕心中也是焦急如焚，本欲跟著項思龍追上去，但聽得項思龍的話又只得強行的止住了身形，一雙怪目似欲噴出火來般狠狠的盯著達多，似乎恨不得一口把他給吞了下去。

達多見項思龍已不在場，心神頓時平靜許多，對天絕滿不在乎的冷哼了一聲，一副見得對方越氣急卻越是開心悠然的樣子。

項思龍尋著地滅的聲音飛身到了一個山丘的岩洞前，洞內灼熱的氣浪一陣陣的撲面襲來，地滅的呼嘯聲也厲厲在耳，聲音也正是從洞內傳出的，帶著幾分驚恐的意味。

項思龍運集功力發聲高喊道：「義父，是你嗎？到底遇到什麼危險了？」

地滅顯得有些氣喘的答道：「少主，洞……洞內全是火！你不要進來！」

項思龍聽得地滅果在洞內，身形一閃，不理地滅的告誡已是踏進洞內。

項思龍剛閃身至洞內十餘丈深，洞門就突然關閉，同時洞內四壁都噴射出一種液體來。

項思龍伸手一摸竟然全是油脂，心神猛地下沉，也測知了達多此計的陰毒。但項思龍發覺得還是太晚了，只聽得石壁「咔嚓」一聲什物碰撞之聲，一束火花乍然崩現，油脂著火而燃，轉瞬間項思龍的四身周圍已是大火熊熊而起，火舌向項思龍吞吐至。

項思龍又驚又怒，忙把「北冥神功」和「鬼冥神功」提至極限，引發出體內

「萬年寒冰庫」的至陰寒處。

烈火焰勢頓然被項思龍體內所發出的至寒真氣給逼退三尺。但真氣所凝結的寒氣在大烈火的猛威之下給燒得「吱吱」作響。

項思龍因擔心著地滅，已是顧不得洞內灼體的火焰，強行緩緩的向裡洞移去。

雖是有寒冰真氣護體，但項思龍的額頭上卻已是隱現出汗珠來，四身周圍的空間也是熱氣騰騰。在火光的映照上，項思龍猶如一個剛出籠的饅頭般熱氣盈盈。

地滅的身影終於隱隱可見了，卻見他正歇斯底裡進入瘋狂狀態的運功橫縱直掃著逼體的火焰，一頭長髮已是被燒得焦味撲鼻，臉上手上身上也全是一片火焰墨黑，衣服已全部脫下，簡直成了一個狼狽的野人。

項思龍看得只覺心中的怒火比這洞內的烈火還要旺盛，恨不得把達多給放在牙齒裡一點一點的嚼碎才可洩心頭之怒。

加快身速，幾個起落飛身至地滅身邊，同時伸出右掌把體內的寒真氣輸入地滅體內。

地滅顯得吃力的吞了一口唾沫，有氣無力的苦笑道：「少主，我們這次是死定了！這洞內全都是機關，洞壁是用銅鐵製成的，這些油脂也都是人為而控，似乎我們的身形到哪裡，哪裡的火勢就會旺盛得多。唉，抵抗這烈火的攻勢都難以應付，更不用說脫圍了！」

項思龍沉聲道：「你是怎麼到這洞裡來的？你所跟蹤的那名匈奴武士呢？」

地滅再次緩了口氣，苦臉道：「我也是跟蹤那傢伙才進得這火洞來的啊！但不想走到這裡時，那傢伙突地往洞壁一衝就不見了，接著就洞壁噴油脂起火來了。看來這洞壁是有機關，但我找了半天卻也沒發現什麼來著！」

項思龍鬆了口氣道：「那武士沒有說什麼嗎？又或跟其他的人接頭？」

地滅搖了搖頭道：「我一直都盯著那傢伙，沒見著他有什麼異動。」

項思龍皺眉道：「這不可能啊！達多難道僅僅是為了引誘我們進這洞內？肯定還有什麼其他的陰謀詭計，我們快準備出洞！」

說著拔出鬼王劍，把功力貫注其身，猛的向洞壁劈去，只聽得「錚」「轟」的兩聲不同巨響，洞壁厚厚的鋼板竟被項思龍用鬼王劍給硬生生的劈開一個缺口。

驚呼之聲乍然傳來，借著火光一看，原來隔壁洞內埋伏有十多個匈奴武士，正通過洞壁上運用上光學原理可監看到「火洞」內的境況的銅鏡，而控制向火洞噴射油脂的機關。

見著手持鬼王劍有若天神的項思龍和蓬頭垢面的天絕，都驚駭的向二人呆望著，身軀卻隨著項思龍殺氣，愈來愈清晰顫抖起來。

此洞內佈滿油桶，而「火洞」的火焰衝著破裂的洞壁吞吐不定。

項思龍怕得火舌竄進洞內燃著了油桶發生爆炸，那自己和地滅二人可真或許要給燒死在這洞內了。

忙運功施開「吸」字訣，把距離身前四米多遠的一塊鋼塊給堵塞住洞壁破口，同時目光冷冷的掃視了一遍驚若寒蟬的匈奴武士，沉聲道：「你們是達多的心腹，知不知道他這次與項思龍約定在校場比武會耍什麼陰謀？不要給我說不知道，要不把你們全給扔進火洞裡去，那種被火焰烤的滋味會很好受吧！」

眾匈奴武士已從銅鏡上見得項思龍竟能用功力逼退烈火的神功，又見他用鬼王劍一劍擊破洞壁足有五釐米厚的銅板的威能，早就對項思龍敬若天神，聞言其中一個率先發言道：「請少俠饒命！小的等也是因為被那天罡真人給下了蠱毒，所以不得不盡忠達多。

「其實達多這次約定與項少俠決鬥：其一是想用菌蠱控制住你們為他所用，若此計不成。其二是一著險棋，就是校場四周都給暗裝上了噴油脂的噴口，達多想把少俠等全都給燒……燒死！」

項思龍聽得心神大震，想不到達多心機竟然歹毒至此等境地，咬牙切齒的道：「達多，我定要讓你受盡人間酷刑而死！」

平靜了一下情緒，項思龍又問那名匈奴武士道：「你知不知道達多安排噴射的油庫在哪兒？」

那匈奴武士搖了搖頭道：「在少俠與那幫黑衣殺手打鬥時，達多傳我過去，只叫我進入火洞之中，把跟蹤我的人困住。要不然我們只要增加噴油量，這位前輩早就……我想達多早就陰謀好了引誘少俠進入火洞中去救這位前輩的吧！」

項思龍聽這匈奴武士語氣，不像在隱瞞自己，叫一武士脫下外衣給地滅穿上後，對匈奴武士命令道：「快，帶我們離開這山洞！」

眾匈奴武士已是全被項思龍的氣勢所折服。聞言哪敢不從，忙帶頭領了二人在山洞內一陣急奔，過得盞茶工夫才奔出了洞口。

這洞口卻是在校場週邊，密密麻麻的匈奴士兵佈滿了，全都劍拔弩張，看樣子達多確是想不惜一切代價除去項思龍等。

項思龍擔心著校場內的上官蓮等人，一出洞口，拉了地滅就欲展開絕世輕功身法飛渡山頂趕去校場，而地滅卻一把拖住了他道：「少主，我們不宜如此硬闖！達多顧忌的是你，若是讓他錯認為我們已經葬身火洞，他必不會施第二著棋，而想生擒住我們的人為他所用。

「比如他可以說已擒下了你，讓我們的人不得不聽他的命令列事，但若我們暗中搗鬼呢，他的陰謀定行不通。

「而如此一來卻可緩去達多狗急跳牆的火燒校場之舉，只要我們查出控制油閥的機關線路，把它截斷了，再顯露身分與達多決一死戰，不是保險得多嗎？」

項思龍聞得地滅這一番話，回復了些許冷靜道：「那我們現在該怎麼辦呢？」

地滅略一沉吟道：「先找到雪君和鬼青王他們，再讓他們吩咐手下去查一查油庫所在地，待毀去油庫後就向達多發動全面攻擊，一定得把這傢伙碎屍萬段！」

項思龍裝扮成的是一個行者，地滅呢索性剃光了頭髮，改扮成一個和尚了。

二人邊打量著達多安排的敵勢陣形，邊找尋著傅雪君和鬼青王的形蹤。

在這敵勢緊張的情況下，倒也沒得人有閒心來盤查，使得項思龍和地滅自也樂得個靜心了。

費了好大一會的工夫，才在出山丘的轉角處，發現了正領了大批匈奴兵在偷偷商量準備侵佔山頭的傅雪君和鬼青王二人。

項思龍把達多欲火燒校場的陰謀告訴了二人後，凝色道：「務必派一批得力的心腹手下去辦這件摧毀油庫機關的事，同時只許成功不許失敗，否則，我們的人傷亡可就慘重了！」

鬼青王沉重的點了點頭道：「少主，我們會認真的去辦好這件事的。對了，校場裡面的情況發展得怎麼樣了？」

項思龍臉色陰沉的道：「只要達多不啟動火攻的計畫，我想他還奈何不了姥姥他們吧！更何況稷下劍派的人現在也站在我們這邊呢！」

地滅老臉一紅道：「都是我累得少主……」

項思龍截口道：「有一失必有一得，我們此次大難不死，得悉了達多的歹毒陰謀，可以說是因禍得福呢！好，我們現在兵分兩路，雪君分派一批人隨鬼青王去毀油庫後，再來是我和義父二人在這裡會合。

「根據我們方才偵察得的敵情，先給敵人來個悄無聲息的各個擊破。待總護法破了敵人油庫與我們取得聯繫後。我們就從佔領了戰領要地上向達多發動全面攻擊，是讓他毀滅性的全面攻擊！」

傅雪君領命而去，從隊伍中挑出了一百名較為優秀的戰士，著他們要絕對服從鬼青王的命令後，就與項思龍和地滅領著三萬多士兵返回雲中郡府中，殺了一眾反抗的匈奴將領，收降了二萬匈奴兵。

而己方人手卻只死傷百十多人，可見匈奴士兵雖是以凶蠻著稱，但對達多確實是沒有多少好感，也不想進兵中原去與已把他們打怕了的強秦為敵。

兵力一下子增至六萬左右，已是足夠與達多甚或達多與童千斤聯手的實力一拚了，更何況雲中郡城中的大半戰略要點都已被項思龍等給佔領下了呢！

與達多的一戰就只剩下油庫是否毀掉了，若是鬼青王等順利完成任務，那就可以痛痛快快的把胸中給達多氣出的鳥氣給發洩出來！這樣的傢伙讓他活著確實只是多了一個令人頭痛的人物。

正當項思龍和地滅心情輕鬆的談笑著待會怎樣收拾達多時，突地聽得一聲熟悉的呻吟聲傳來，似是鬼青王的聲音。

項思龍和地滅聞聲心神倏地一沉，舉目向發聲處望去，卻見衣衫多處血跡，鼻青臉腫的鬼青王正被一身體魁梧，雙目神光閃閃，劍眉橫飛，戰甲凜凜生輝的匈奴將領一把擒著，像老鷹抓小雞般的把也曾算是不可一世的鬼青王給拋到了項思龍的面前，在他身後跟著四個將甲的匈奴將領。

項思龍觸著那領頭的匈奴將領的懾人目光，心中湧起一股不可言喻的親切而又驚冷的感覺。

這人才是匈奴國中高手中的高手，只不知是效忠達多還是童千斤的人物？但看鬼青王的灰頭土臉和對方敢找上門來的勇氣，難道他是……

項思龍的心中感覺到一絲莫名其妙的緊張的狂喜，他已隱隱猜出對方的身分了。

見項思龍神情異樣一瞬不瞬的盯著自己，那匈奴將領也不閃避，只是冷冷的道：「你就是我們達多真主指名要叫我韓信來對付的項思龍？」

第九章　風虎雲龍

項思龍聞聽得對面的匈奴將領自報姓名，真是自己心目中預想的韓信，喜悅之情真是難以用言語描述出來。

韓信乃幫助劉邦打得天下的首席皇牌戰將啊！想不到卻在這偏遠的西域邊境遇著了！

歷史上記載韓信在楚漢相爭以前乃是一個落魄的韓國舊貴族，曾寄食在一人家，得過一漂母的同情之食，甚至受過一群市井無賴的胯下之辱。直至秦末農民起義暴發後，才仗劍從軍，參加了項梁的隊伍。可並沒有關於他曾在匈奴國裡做過將軍的記載啊！

眼前的韓信到底是不是歷史上的韓信呢？可據雪君說她軟禁有一個叫相姬的

婦人，歷史上的韓信確實是有這麼一個叫相姬的愛妾啊！不會是巧合吧？喂，無論如何自己也不可放過為邦弟收服這韓信為他所用的機會！

想到這裡，項思龍按捺不住對眼前的韓信產生好感，微微一笑道：「在下正是項思龍，不知韓將軍有何見教？」

韓信似乎也被項思龍的氣質所感染，語氣緩和了些道：「我奉達多真主之命來請項少俠不要與他作無謂的爭鬥了，最好是能與他合作，免得大家都傷了和氣。」

項思龍淡淡的笑道：「若是韓將軍換成是在下，你會不會束手就擒的對達多俯首稱臣呢？更何況我身為漢人，又豈能坐視達多對我中原的江山虎視眈眈？秦朝即便要滅亡，也應是由我漢人自己來統治中原，決不容外族人入侵！」

韓信聽得臉色微紅，似是有些怒羞成怒的狠聲道：「項少俠這麼說，那是不願與我們真主合作了？好，那我們就以武力來決一高下吧！」

項思龍還是不溫不火的道：「與達多的決鬥，自是得以武力來摧毀他的野心，但是據聞韓將軍本為我中原的韓國舊王孫，難道你就甘心為匈奴人賣命？即便你有亡國之恨，也應自己奮發圖強的靠自己的力量去擊毀秦王政，這才方是我漢人的男兒大丈夫！寄居別人籬下，又算得哪門子的英雄？簡直是在叛國！」

聞聽得項思龍這一番正義嚴詞的訓說，韓信的虎軀自控不住的微微震了震，但卻是突地暴喝一聲道：「人各有志，我的事情還不用你來管！項思龍，不要想用什麼花言巧語來挑撥我和達多真主之間的關係了，你這只不過是枉費心機！我是永遠不會背叛真主的！」

項思龍看得出韓信心底深處裡被自己言詞攻擊得動搖了對達多忠心的信心，更是打蛇隨棍上的展開如簧之舌道：「你是韓國的王孫，難道你就不想復國麼？現在秦政飄蕩在風雨搖墜之中，韓王成舉起了恢復韓國的旗幟，你難道就不能去投靠他為你們韓國出一份力麼？還有相姬，我想她也不想看到你成為匈奴人的走狗！」

韓信本是被項思龍說得怕他再說下去了，暗握了腰間佩劍的劍柄，準備隨時向項思龍發動攻擊，但聞得相姬之名時，所有的精神防線都崩潰下來，激動的顫聲道：「相姬？你也認識她？她現在到底在哪兒？」

項思龍見韓信被自己一步一步的引誘進設置的陷阱中，心下暗笑，但嘴上卻是嗤笑一聲道：「你還記得相姬嗎？想當年她與你一起吃盡了多次苦頭，但她甘願承受那些痛苦，還不是為了你能堅強的活下去為你們韓國爭一口氣，去完成復國的大計，可是想不到你……」

項思龍對韓信和相姬的故事全都是在現代裡時，從一些歷史小說中看來的，想不到這刻卻也給派上了用場。

韓信的虎目中閃過一些迷茫之色，似是沉入對往事的回憶中，許久，也輕輕的道：「相姬是否跟項少俠在一起？她現在還好嗎？」

項思龍想起傅雪君對自己說過相姬被她軟禁起來了，點了點頭道：「她現在很好，跟我的朋友生活在一起，不過她終日總是念叨著你，任我們怎樣給她進補，還是容顏憔悴。唉，心病還是需要心藥醫，若我項思龍能夠在達多手下得以不死，異日定會把相姑娘送到韓將軍府中。」

韓信沉默了一陣，有些傷感的道：「是我韓信對不起她！項少俠，相姬是一位好姑娘，在下就拜託你以後好好的照顧她了！唉，我現在還有何面目去見她呢？背叛達多真主我是做不到的，因為達多真主不但救了我的命，還給予了我自己夢寐以求的領兵作戰權。項少俠，你即便不願與達多真主合作，但是我也希望你能與他化干戈為玉帛，誰也不要去干涉誰，井水不犯河水，你領你的屬下去西域剿滅叛徒重建你的地冥鬼府，我們也去做我們自己想做的事。」

韓信說出此番話來，已是對項思龍可以說夠意思的了，可不想項思龍卻毫不領情的冷笑道：「想不到你竟然如此的冥頑不化，真是枉費了相姬姑娘對你的一片執著真情！好，韓信，既然你如此願作達多的忠實走狗，那就放馬過來吧！我們來單挑，免得禍及城民。哼，叫我放過達多，卻是決不可能！」

韓信的目中顯出既痛苦又憤怒的神色，狠狠的盯著項思龍，一字一字的道：「好，我們兩個就來個以武決勝負！你勝了，我韓信將永遠不涉足任何爭權的鬥爭！但是若我勝，你就得依我的話退居西域的地冥鬼府，也永遠不再涉足中原，且還得好好的對待相姬！這個條件你答不答應？」

項思龍知道韓信既然能成為日後劉邦手下的兵馬大元帥，其武功自是有過人的獨到之處，但自己又豈是省油的燈？當下一陣爽然大笑道：「好！就依你的提議！不過，賭約稍有改動，就是若我勝了，韓將軍就必須得答應與在下結拜為異姓兄弟，且我不拘束你是否投入歷史的爭霸中去，只是有一個條件，就是你得脫離達多的匈奴國。當然，若是我敗了，在下就由得韓將軍處置了，不過，但請你能放過我的屬下和我的眾位夫人。」

韓信稍稍一愣，怔然道：「我與項少俠處在敵對的位置上，項少俠卻為何說欲與我結為兄弟呢？這……」

項思龍臉色肅然的截口道：「在下在與相姬姑娘相識的一段時間裡，從她口中得知，韓將軍以前曾是一位胸懷大志能夠忍辱負重的人。聽她說韓將軍為了保持自己的超然身分和等待機遇實施自己的抱負，不惜忍受任何的冷眼和譏諷，甚至他人對人格的污辱。在下聽後就一直對韓將軍心儀非常，意欲結識。當然，只是想不到會是在這等境況下結識罷了。不過這並不影響在下對韓將軍的敬仰，只是對你現今的所作所為感到有些氣憤罷了。」

韓信被項思龍的話勾起無限感觸的輕輕歎了一口氣道：「項少俠的這番話真是令在下感到甚是慚愧。唉，怎奈時事弄人，要不然在下倒真也想與項少俠這等英豪結交。不過，在下的性命乃是達多所救，今日的成就也是拜他所賜，若是背叛他，豈不是陷我於不仁不義不忠之境？」

項思龍正色朗聲道：「可是你背叛國家背叛深愛你的人，你的良心就不會感到不安麼？男子漢大丈夫處事應是以國事為重，又怎能拘泥於感恩這種陷局之中呢？更何況你這幾年也為達多做了夠多的事情，足以抵他的救命之恩了！哼，我看你是在貪圖眼前的名利吧！」

韓信被項思龍說得漲紅了臉道：「這……我不是這種人！只是……叫我背叛達多，我真的是一時難以接受！」

項思龍感慨道：「當你發現達多為人的陰險奸毒，把你也只是當作一粒有利用價值的棋子時，你就不會如此固執了。但是那時卻或許已經晚了，因為達多的性格，他是不會容忍像你這樣一個才能比他強得多的人活在世上的，若是有一日他發覺你對他有了威脅，或覺得你沒有了利用價值時，他就會來對付你了。」

韓信聽得顯是內心凌亂的虛勢道：「這……達多不會如此對我的！再說，他即便要對付我，他也得付出慘重的代價！」

項思龍淡淡的道：「從達多對付我的這次行動來看，你難道還領悟不出達多為了達到目的，是會不惜一切後果的不擇手段嗎？他為了自己的利益，才不會去管他人的死活呢！」

說到這裡，突地想到鬼青王去破壞油庫不成被韓信抓住的事來，臉色大變的道：「糟了！不知達多有沒有火燒校場？」

韓信似被項思龍說動了許多，沉聲道：「控制油庫機關的全是我的人手，沒有我的命令是決沒人敢發動機關的，連達多也不行！更何況達多只是想生擒你們為他所用而並不想殺你們，我看他不會對你的朋友們怎麼樣的。

「再說，你的下屬中高手如雲，達多也不敢輕舉妄動，他對付你們的王牌還是我韓信，沒有了我，他根本奈何不了你們！這不是我誇口，只要我發動全力對付項少俠等，你們能活著離開雲中城的，怕沒有幾個。不過，我既與項少俠約定好了，比武分勝負，我就決不會食言！但願項少俠能贏得過在下！走，我們去校場吧！其他的一切較量就都免了，彼此無牽無掛。」

項思龍聽韓信這語氣，知他已被自己說動，對自己產生出好感來了，聞言心神也是大定，笑道：「有了韓將軍的擔保，我項思龍還有什麼放心不下的呢？好，我們就去校場一決勝負！」說完叫傅雪君和地滅負責叫安排好的兵士們不要輕舉妄動，一切待自己回來後再作安排。

傅雪君和地滅恭聲領命，前者看著項思龍在韓信等一眾匈奴兵將的「押解」下的瀟然之態，秀目中既是擔憂又是興奮。

事情的發展往往就是這麼出人意外。

項思龍本欲與達多大拚一場，想不到此刻卻成了要與韓信大打一場的局面。唉，自己若是敗了，那這一仗可就會成為一場讓自己抱憾終生的比鬥了。歷史還需要自己，無論如何這一仗自己只許勝不許敗，否則……

項思龍邊走著，心中邊是思潮洶湧。

韓信一路也是默然無語，臉色沉沉的，似在尋思些什麼。

終於到了校場。項思龍掃視了全場一眼，上官蓮等尚無恙，心中的擔憂到這刻才是真正的完全放下。解靈和他稷下劍派的一眾屬下正冷冷的望著既是駭然又是進退兩難的魔尊法王，達多則是正在與一臉豬肝之色的童千斤交涉著什麼，已被天絕廢去了武功醒了過來卻是目光呆滯神情木訥。至於其他的匈奴士兵則是大氣也不敢吭。

見得項思龍被韓信等一眾匈奴兵將「押解」著，上官蓮等又驚又駭，但又見項思龍除了只是面色沉重些外，其他均顯得輕鬆安然。皆不知發生了什麼事，也不知如何是好。

正態度傲然的與童千斤說著什麼的達多見得項思龍，則是大為欣喜，只是對他的適意之態感到有些不解，甚是疑惑的緊盯著項思龍片刻，又轉向韓信望去。

項思龍朝達多怪然一笑，又對韓信道：「韓將軍，我可以回我們陣營中去與我的朋友們說幾句話嗎？不用擔心我會溜掉吧？」

韓信哂然道：「這倒不會，頂多是被達多訓斥幾句罷了！不過，項少俠對我韓信如此信任且救了相姬，就是冒再大的風險，這個面子我還是會給你的。」

項思龍愈發感覺到韓信被自己說得對達多的忠心程度動搖了許多，不由心下暗喜，深深的與韓信的目光對視一眼後，才往自己的陣營走去，衝著驚詫莫名的上官蓮等聳肩道：「不要淨瞪著我嘛？像是要把我吃了般似的，弄得我心裡怪怪的。我沒事！你們怎麼樣？」

上官蓮待得項思龍走至自己身前，突地伸手猛拍了他的肩頭一下，鳳目一瞪道：「我們是關心你嘛！小子，你怎麼似是被達多的手下押著回來似的？對了，地滅呢？到底發生什麼事了？」

項思龍心下一熱，卻又是皺眉苦笑道：「姥姥，你一下子問我這麼多問題，叫我是以簡作答呢？還是把詳情一古腦兒的如實說出？」

天絕擔心著地滅，禁不住有點毛燥的道：「少主，你就正經點嘛！你二義父到底怎麼了？」

項思龍心神一斂，想起將跟韓信要作一場不知結果如何的決鬥，當下嚴肅的把自己自聽得地滅呼叫聲趕去援救，一直到怎樣和韓信相遇約賭的事，原原本本的說了一遍後，有些不自然的歎了一口長氣道：「若是我真敗了，那這世界就將永無寧日了，歷史上所有的自然規律都將遭到破壞，所以這一戰對我來說尤其重要，因為我是在為維護歷史的正義而戰！」

天絕聽得地滅有驚無險，大是鬆了口氣，怪目斜視了一眼正低首聽達多訓斥著的韓信，嗤笑道：「天下間我想少主的武功堪稱世第一了，有誰配作你的敵手呢？憑那叫什麼韓信的小子，跟你鬥，簡直是雞蛋石頭碰，跟鋼鐵碰般不自量力！少主，你放一百二十個心吧，這一場決鬥對你來說小兒科了！」

項思龍搖頭道：「俗話說得好，人外有人天外有天，我看這韓信不是個簡單的人物，否則像達多這般心胸狹窄的人不會重用他，並且似乎對他有著幾分忌憚。再有我剛才的以氣馭劍之術想這韓信也在旁窺視過，而他卻還是敢向我約鬥，沒有幾分斤兩，又豈敢拿小命作兒戲呢？」

上宮蓮沉吟道：「思龍分析得很有道理，待會你與那韓信比鬥時可千萬得小心了！」

項思龍雙目精芒亮起的道：「愈強的挑戰才會讓一個人更加堅強起來！近來我悟出了不少新的武功招式，且正在嘗試著如何把北冥神功和道魔神功融合為一股功力，並有了小成，這次與韓信的比試，說不定會讓我有所突破呢！」

曾盈盈和張碧瑩這時上前來一左一右的挽住他的胳膊，前者秀目微紅的柔聲道：「項郎啊，我和瑩妹肚子裡的孩子定都是想有一位永遠都不會氣餒的父親，你可一定得振作打敗韓信。要是你出了什麼事，我可真不知怎麼活下去了。」

後者也是溫情無限的道：「無論項郎出了什麼事情，瑩瑩會永遠追隨你的左右的。」

項思龍心中既是甜蜜又是感動的道：「兩位娘子放心吧，我們未來孩子的父親一定會是一個頂天立地的人。我還沒享受親眼看到我兩位夫人給我生的乖寶寶，又怎捨得出事呢？」

正當項思龍與曾盈和張碧瑩卿卿我我的纏綿時，雙目寒芒爍爍的達多突地衝著他高喊道：「項少俠，既然韓將軍與你約好了決鬥的條件，我也接受，但是我也想修改一下賭約，若是你敗了，你和你地冥鬼府的下屬都得效忠於我。若是你勝了，我就允許韓信脫離我匈奴國，且讓他一輩子都追隨項少俠。你看怎麼樣？」

項思龍想著自己若是敗了，那唯一的結局就可能只有是自殺，更何況對打敗韓信也有著百分之九十的把握。聞得達多此言，淡淡一笑的賣了他這個人情道：「就依真主之言吧！嘿！若是我勝了，今天就有可能是真主的忌日了！」

達多冷冷笑道：「待項少俠打敗了韓將軍再說此大言不慚的話也不遲吧！」

韓信這時也目中精芒灼灼的望著項思龍，語氣變冷的道：「項少俠，我們此戰將關係到雙方的生死存亡，所以待會出手時請不要有任何的保留，並且我建議我們此戰若是有得什麼傷亡，雙方也都得按賭約行事。」

達多陰笑著接口道：「也就是說韓將軍若被項少俠打死了，我也會順從賭約行事，從今以後永不侵擾項少俠和你們地冥鬼府。當然若是你們要找我算帳，那又另當別論，若是項少俠被韓將軍打死了呢，你們地冥鬼府的人也還是得效忠於我而不得反悔。」

項思龍從韓信眼神深層處裡看得出他說出要與自己決一死戰時的沉重，知道這主意定是達多想出來的，不禁對他更增幾許恨意，目中殺機一閃的冷笑道：「就依真主之言吧！對了，此戰我想請解少主和童旗主二人作個見證，不知真主有沒有什麼異議呢？」

達多似對韓信甚是信心滿懷，哈哈笑道：「項少俠的此項提議甚佳，我非常贊成！但不知解少主和童旗主有沒有這個興趣呢？」

解靈還是用他一慣傲慢而又冷漠的語氣道：「我樂意做此見證人！」

童千斤似是本對達多產生怯意，這刻又看到了曙光似的，掩不住欣喜的道：「在下也不會推辭項少俠的信任！」

項思龍提出二人，本是想把達多給孤立起來，免得童千斤受脅於達多的淫威之下，好讓他知道自己雖惱他童千斤，但卻更惱恨達多，在他們二人之中，自己是靠向他童千斤而堅決要與達多作戰到底的，童千斤若是坐上匈奴國真主之位就必須與自己合作，而完全脫離達多。

見童千斤果也理會得自己的意思，項思龍大是放下心來。只要擊敗了韓信，達多就如沒有了利牙的狼再也凶不起來了，再加上有傅雪君那邊的六萬人馬和童千斤暫且與自己的合作以及解靈也欲擒達多去跟秦二世邀功，那自己與達多的一戰就是穩勝無疑了。

那時達多沒有了為他出謀獻策的韓信，且沒有了可靠的心腹為他佈置陰謀詭計，自己也就再也沒有顧忌可以放手去對付他了。

一切命運結局的判決全在與韓信的一戰上。

場中的氣氛突地緊張起來。

項思龍和韓信已站在了校場的中心，面對面的對視著，彼此相距六丈左右。

圍觀場中所有的人，心神都給提高到了喉嚨上，尤其是達多和上官蓮、天絕等人，臉上的神色更是緊張得有點蒼白。

在全場的默注中，項思龍和韓信二人凌厲的眼神緊鎖交擊著。

決戰一觸即發。

這時校場四周山丘上的匈奴兵也都聞風而至，擠得週邊水洩不通，盛況空前。

「鏘」的一聲震人心弦的拔劍之聲驀地響起，項思龍和韓信二人同時劍出，一縷紅色劍光和一束綠色劍光沖天而起，使得已是陰沉下來的天色突地增加了幾許亮色。

項思龍在拔劍的一刻，手中鬼王劍同時借縱躍的身形彈跳半空，口中輕喝一聲「看劍」，劍隨人走，李牧教他的「雲龍八式」中的「旋風式」已是應手而出，朝著韓信的面門電射而出。

這是項思龍第一次貫注道魔神功施展此套劍式，威力果是比以前大增，卻見一道道快若風馳電掣的罡氣紅色劍光自項思龍手中長劍射出，向韓信直擊過去。

韓信卻果也不是省油的燈，身形倏地幻化出十幾道虛身，手中綠光瑩射的怪劍也毫不示弱在轉瞬間發出了攻勢，一招之中竟是十幾式變化，把項思龍的劍招悉數破解。

項思龍心中微微一震，想不到韓信的發劍竟然如此之迅猛，竟能用每一劍破去自己攻出的十六道劍氣，此等快劍倒是自己自來到這古代以來從所未見，看來韓信確是不簡單。

項思龍正暗自分析著韓信的劍招時，韓信在破解項思龍「旋風式」的攻擊後，卻是又快捷無比的綠劍餘勢從左上角向項思龍斜劈過來。

項思龍正差點被弄得了個手忙腳亂，忙施展開了「分身掠影」的輕功身法，同時施展開以快制勝的「鬼王千絕斬」，並且鬼王劍劍身中貫注以十層功力的道魔神功。

「噹」的一聲劍磕之聲響徹空間。

圍觀眾人皆都聞聲心神為之一顫，舉目望去，卻見空中二人長劍相擊之處突地紅芒綠芒大作，猶若美麗的雨後彩虹發生了大爆炸般，空間十幾立方米全都異彩閃爍，且各種彩光相碰在一起，發出「啪啪」的炸裂之聲，而項思龍和韓信都是一臉沉凝之色，臉色亦略顯有些蒼白。二人功力竟是旗鼓相當不下伯仲。

達多在聞得劍擊之聲心神微微一震之後，見得項思龍的神色，心神大定，嘴角微微露出一絲舒心的笑意，似是已認為韓信此戰必勝。

曾盈、張碧瑩、玉貞諸女卻是都不由自主的輕輕驚叫出聲，可見她們對項思龍的關切程度。

天絕和上官蓮等深悉項思龍底細的人，雖也暗驚韓信確是有得驕傲的本事，但若是想憑目前所露出的兩手打敗項思龍卻是永不可能，因為他們皆都看出項思龍還沒有顯露出一半的真功夫來，不過韓信若是也有留手，那這一戰可真是會讓項思龍有些棘手。

正當眾人都懷著不同心態的暗暗評價項思龍和韓信兩個招式的比鬥時，項思龍和韓信黏住的長劍在二人突地又是同時的暴喝聲中突地分開，各自收攝心神，全神貫注的凝視著對手。

項思龍到這一刻已基本上摸清了韓信的功力底細，他的內力純屬至剛至陽的一種，剛才抵禦自己十層功力的道魔神功的一劍似乎也沒有盡全力，並且他的劍招似乎也有所保留。

看來韓信的功力比起天絕、地滅二人合起來的功力也略之高些，自己若是不借用鬼王劍劍柄龍頭眼睛上的寶珠來吸納太陽精華，以使自己功力發揮至巔峰是根本敵不過韓信的了，但是現在是烏雲密佈的時候，發揮不出龍珠的威力，這可怎麼辦是好呢？

項思龍正心神忐忑的想著時，韓信卻是暗自心驚不已。對方剛才一劍根本沒出他的全力，而自己已使出了十層以上的「般若無相神功」，反被對方劍氣傳來的內力給震得一陣氣血翻湧，且自己的劍招本可再快些，但對方強大的氣勢竟是讓自己顯得有些力不從心，難道自己真的會敗給項思龍？可他是道魔尊者的後繼者，是自己師父無相上人遺詔上務必殺盡的道魔尊者的繼承人，自己又怎可違背師命呢？

若是沒有師父無相上人的五百年功力的轉嫁，自己決沒有今天的成就，說不一定早就因心灰意冷而自殺了。不行，自己絕不可以心軟，一定得盡全力與項思龍一拚，若是敗了，那是天意，師父無相上人的在天之靈也怪不得自己。

二人對對方各懷猜忌，頓時皆都再次暗提功力，使整個心神融進入天和地似為一體的境界中，排除了一切的雜念，也頓把勝敗生死給拋諸在了腦後，心中一片澄明，對對方的動靜全無半點遺漏的把握在自己將要發出的劍招中。

勁氣瀰漫空中，二人身形雖是未動，但強大的氣勢卻是震懾著在場每一個人的心弦，只覺兩人均是威風凜凜，狀若天神，大感緊張刺激。

項思龍感到對方的氣勢和信心都在不斷地增長，嘴角邊竟出人意料的逸出一絲怪怪的笑意，冷喝一聲，攻出似慢實快似拙實巧的一劍。

韓信正全神戒備，可是項思龍這一劍卻仍使他泛起無從招架的感覺。

這一劍說快不快，說慢不慢，速度完全控制在項思龍手裡，但這一劍實則是配合了項思龍身形的步法，並且融合了物理學中的以靜制動，靜中求動的原理，使得項思龍這一劍有若天然渾成，達到了天地人劍合一的至高劍術境界。

眼看著項思龍這一劍就快刺中韓信胸前的膻中大穴時，上官蓮和天絕等禁不住哄然喝采，而達多卻是臉色突地變白。

韓信正暗呼「我命休矣」時，項思龍手中的長劍卻是倏地一慢，空出一個破綻來，心中頓然狂喜，忙收拾心情恢復冷靜，臉容有若不波古井，手中碧心劍已是快捷無倫的斜架住了項思龍劍鋒的三寸許處，同時大喝一聲，身形倏地騰空而起，快捷地向後退出，再在空中平衡住身體，突地如旋風般的連帶著碧心劍在空中一陣旋轉，只見一團綠光如脫弦之箭般的向項思龍成無數幻影圍圈狀向項思龍射擊過去。

以身影旋卷加快身速幻化成虛影，而身速又可帶快劍速，韓信這招可也說是其勢之威絕不下於項思龍方才那一劍。

項思龍本是因不想傷韓信，方才那一劍故意露出破綻，不想韓信卻趁他鬆懈之際突發此奇劍招，讓得項思龍一陣心寒，心知要糟時，劍風勁嘯之聲已是從四面八方倏然響起，帶著一陣奪人心魄之勢。森森劍芒，使項思龍如陷身在驚濤駭浪裡的感覺。

值此生死關頭，項思龍對韓信劍招的攻勢，心念電閃的想到了破解之法，那就是以最快的速度，選最短的路線，迫對方不得不硬架一劍，否則就來個兩敗俱傷甚或死亡。

想到這裡。項思龍快速的把劍勢發回在自己四周二尺的範圍之內，同時身形成螺旋狀的疾轉起來，目光一瞬不瞬的算計著韓信可能出劍的角度，用意念去感受他有可能出劍的方向。

如此硬碰硬的打法，看得上官蓮和天絕等全都臉色大變，曾盈和張碧瑩諸女更是若沒有天絕阻住，就欲奔進戰場去為項思龍阻隔韓信這致命一劍。

連一向冷如冰的解靈臉上的肌肉也不禁微微顫動起來，不知是驚駭韓信的絕世劍法，還是擔心項思龍的危險之境。

達多則是臉上的笑意更濃了。

就在這人人都在為項思龍擔心或幸災樂禍時，突地一陣不絕於耳的劍擊之聲傳出。

韓信的必殺之招竟被項思龍險險化解，但他還是低估了韓信，左胸肋處一陣鑽心劇痛，韓信的長劍已是刺中了項思龍，劍鋒刺進足有二寸如許，鮮血亦是隨著韓信的拔劍泉湧而出。不過韓信的衣衫也被項思龍劃破了十多處，其中有五六處也隱隱早冒出血跡來，若不是項思龍始終狠不下心來痛下狠手，此刻倒地的就應是韓信了。

項思龍在心下氣惱之下，卻又對韓信暗暗驚服。方才一劍他已融合了「雲龍八式」、「鬼王劍法」、「鬼王千絕斬」和「天魔劍法」中的精華，並且劍身貫注了十二層的道魔神功，想不到還是無法盡數破去韓信的雷霆一劍，在最後的關頭被韓信壓下劍勢，且刺中了自己一劍。

韓信望著項思龍左胸冒出的血跡，神色怔了怔。因為他知道方才自己那劍雖是威猛絕倫，但項思龍的劍招不但似是包含了天下劍道中的至理，且他劍身中的強猛罡氣迫得自己的長劍根本施展不開來，自己那招劍法被項思龍悉數破解。

自己之所以能傷著他，不但是因項思龍心存仁念不想傷害自己，而且是因自己突地心生妒念之下，在項思龍認為已化去自己劍招的心神，向項思龍發動突襲的，而自己本著兩敗俱傷的思想，可不想項思龍卻沒有趁自己那刻空門大開之機，向自己發動致命的劍勢餘招。

全場在倏地一片靜然片刻後，頓時又是驚呼四起。

項思龍運功封住傷口的流血，深吸了一口氣，冷冷道：「韓將軍劍法果然高超，讓在下再見識幾招如此絕妙的劍招吧！」

說著大喝一聲，鬼王劍嗡嗡作響的劍芒大盛，奇突變化，若長江大河般往韓信攻去。

韓信心中雖是存有愧疚，但見項思龍再次攻來的一劍之中，含蘊著無窮變化，不敢怠慢，長嘯一聲碧心劍也應聲而出，全力還擊。

項思龍決心措敗一下韓信的銳氣，當下也毫不手軟，把新近領悟得的以氣馭劍的心法凝集於意念之中，化成以意馭劍之術。

一時間項思龍所悉知或有影響或新創出的劍招如山洪奔發，毫無章法可言的向韓信攻去，更無一招不是詭異變幻莫測之極。

第十章　宿願得償

項思龍只覺在這一刻裡，自己的劍法發揮到了自己來到這古代習了神奇莫測的古武功後以來的最高境界，每一招每一式都有若天馬行空般，使自己的意神氣均與鬼王劍融成了一體。

韓信大感駭然，只覺無論自己如何進攻，對方的長劍都總是如鬼魅般可穿透自己劍勢的破綻，給自己一種寒意透心的感覺，但對方的長劍卻總是在就快刺中自己時，有意無意的偏開寸許，只是劃破自己的衣服而不傷自己。

韓信知道這是項思龍在容讓自己，心下雖存感激，卻也升起一股被玩弄的恥辱感，驀地大喝一聲，手中的碧玉劍和身形突地猶如帶著劍芒的滾動刺蝟般的向項思龍衝去，身形所在之處還有一片綠瑩的劍芒閃爍空間，竟完全是一派亡命的以硬碰硬的打法。

項思龍本是欲挫敗一下韓信的傲態，不想韓信突發此等險招，驚駭得忙收斂了凌厲的劍招，頓時無論氣勢和劍招威力都被韓信給壓了下去，反使自己陷入劣勢。

圍觀者正被項思龍的神妙劍法吸引得如醉如癡，連對項思龍心存芥蒂的梁坤和童千斤也不禁為之哄然叫好，更不用說天絕等人了。

這刻突地見著項思龍被韓信給迫得手忙腳亂，又給陷入險境，不少人心中暗罵韓信「卑鄙」，就是解靈也不禁左手暗握住了劍柄。

只有達多一人，本對韓信被項思龍打得毫無還手之力而又驚又氣又惱，這時突見韓信扳回劣態就是反敗為勝，興奮得高呼道：「韓將軍，不要手軟，殺了他！」

項思龍此際乃生死勝敗的時刻，哪敢怠慢，立即排除萬念，凝神守志，無論壓緩下來的劍招和心靈都倏地進入人劍合一的置生死於度外的境界，使得自己的防守不露出絲毫破綻空隙。

韓信也知道這是唯一挽回頹局的機會。最理想的當然是能漂漂亮亮的敗敵於劍下，否則也要讓得對方進退失據，再否則讓項思龍脫困出來，他就只有棄劍認輸的份兒了。

看過項思龍以氣馭劍殺退圍攻他的武士後，項思龍就被韓信列入了自己對手的強敵之列，但還是有著滿懷的信心以為自己可絕對勝過項思龍。

但經過這一番交手，韓信雖至今還未曾真敗，卻是連番受挫，且意識到項思龍的武功實在是比他要高強許多，要不是項思龍有意相讓，他也知道自己就算不死在項思龍劍下，也是早就敗倒在項思龍的劍下了。

韓信只覺自己一向認為能無敵於天下的信心，已是全面崩潰了，僅憑心中的一股失望的嫉妒之火，發洩著最後的一點力量，但已不能發揮出自己的全部實力，更何況在他心底的深處裡也有一股對項思龍一見如故的親切感覺。

圍觀者絕大多數的人都在為項思龍擔心著，場中的氣氛一時顯出罕有的靜寂，給人一種緊張而又刺激的感覺。

項思龍對韓信一讓再讓，可想不到對方竟是毫不領情，反恩將仇報的欲置自己於死地，不禁對韓信生出幾許氣惱來。

手中鬼王劍在勁氣的凝聚之下微微顫動，發出陣陣龍吟，當自感氣勢已蓄至了巔峰時，劍眉一揚，劍隨手動，揮出一道道圓形劍圈，且越揮越快，劍圈中罡氣的中心點也愈來愈小。

「噹噹噹噹」劍擊之聲響個不絕。

韓信的強猛攻勢再度被項思龍破解，幻化成虛影的身形也頓刻顯現了出來。

韓信的劍招一破，項思龍旋即把劍勢一轉，劍圈中心點的罡氣突地炸裂開來，使劍圈凝成的劍芒倏地分射成千萬把光劍似的向韓信擊去，韓信的衣衫頓然被光劍劃破成條條絲絲的，露出的肌肉也被光劍劃出淺淺傷口來。

這一局勢的變化，讓得所有的圍觀者都大感詫異，但卻有百分之九十的人都為項思龍的脫險，且近乎神乎其技的劍法大是放下心來和驚異萬分，一片響徹校場上空的歡呼，在韓信臉色蒼白的怔望著項思龍中叫喊了起來。

韓信目中的精芒代而換之的是呆滯無光，握劍的手腕處亦流出血來，全身衣服盡裂，髮也散披著，情形狼狽至極點。

項思龍則是鬼王劍已是歸鞘，正用一種似是冷淡而又洋溢著熱情的目光望著韓信。達多此時卻是面無人色，呆呆的說不出一句話來。因為韓信敗了！這也意味著他所有的幻想所有的希望都已成空，更有著死亡的威脅。

童千斤則是眼中的笑意都給連成了一條線。項思龍打敗韓信這一著，受益最大的自是要數他了。只要達多沒了韓信這名虎將的幫助，而項思龍又除去了達多，那匈奴國的真主之位自是非他童千斤莫屬。

圍觀的匈奴兵自是知道達多沒了韓信，就是大勢盡去，對他忠心的心意都給動搖起來。更何況韓信在匈奴兵的權威本就比達多要多得多，韓信這一敗，依賭約就得歸順項思龍，眾匈奴又目睹過項思龍的神勇，不自覺的心都靠近了項思龍這邊。

達多已是到了窮途末路之境了。

解靈這刻冷漠的臉上也露出了一抹淡淡的笑意，有些欣賞的望了項思龍幾眼後，目光瞟過如鬥敗了的公雞般垂頭喪氣的韓信，最後定落在達多臉上，帶著幾份嘲笑意味的冷冷道：「我和童旗主都是見證了，這一場比鬥大家有目共睹，是項少俠勝了，真主還有什麼話可說？」

童千斤也幸災樂禍的掩不住心中的喜悅，接口道：「不錯，這一場比鬥是項少俠勝了，真主就得依賭約規定行事，不可反悔啊！」

二人這一唱一和的譏諷，讓得達多本是蒼白的臉色更是紅一陣白一陣的，語音有些顫抖的道：「韓將軍起先一劍刺著了項思龍，那時他就已經算是勝了，這……現刻這怎麼能算敗？」

解靈目中寒芒一閃，冷笑道：「真主若是想要賴也不用如此說來啊！我和童旗主可是見證人，是你也同意由我們二人來評判勝負的，可算得是不給我們面子，沒把我們放在眼裡呢！」

童千斤現時完全去了對達多的畏懼，也不冷不熱的道：「是啊！韓將軍，你自己說說此戰你是勝了，還是敗了呢？」

韓信還一直沉浸在被項思龍擊敗的低落情緒中，聞得童千斤這話，默一咬牙道：「在下武功難望項少俠其背，這一戰是我敗了！」

解靈目中對韓信生出些許敬服道：「好！大丈夫本應是敢於面對現實！達多真主，你現在還有什麼話可說的呢？」

達多狠瞪了韓信一眼，知道自己大勢已去，索性豁出去了的突地一陣哈哈大笑道：「韓信，虧我對你的一番悉心栽培，想不到到頭來還是背叛了我！好，項思龍，算你狠！今天若是天要亡我達多，我自是也逃避不了這個災難。不過，你可得想清楚了，我爹是秦朝當朝中掌管實權的重量級人物，我出了什麼事，我想你義弟劉邦首當其衝將要遭到我爹的報復！」

項思龍見達多死到臨頭還敢說出如此強狠的話來，心下雖是氣惱之極，但卻也還是禁不住微微一震。

達多這威脅的話倒確實不可不防，趙高若是知道達多是被自己所殺，自是會對自己惱恨之極；即使不能刺殺自己，但卻也真說不一定會把仇恨發洩到對劉邦的攻擊之中。現在劉邦還沒有完全扎實根基，趙高若弄權，使章邯大軍去攻打劉邦，劉邦的義軍還根本不堪一擊，那歷史就將完全被改寫了。

這……怎麼辦呢？放過達多，那等若是放虎歸山，自己心中的一口怨氣也咽不下。

管他那麼多呢，殺了你達多，老子就派地冥鬼府所有的人馬都去保護劉邦，再趕去大漠發動北冥宮的勢力去助劉邦，有這兩股江湖中的強大勢力，章邯也不足為懼！

想到這裡，項思龍冷笑一聲道：「你還是為求自保，花點心思吧！今天若不殺了你，我項思龍的名字就倒過來寫！」

韓信這時雙目中盡是複雜難明的神色，突地「咚」的一聲向項思龍跪下道：「項少俠，真主始終對我有救命之恩，對在下恩重如山，在下要以自身性命換取真主的性命。只要項少俠放過真主一馬，我韓信今生願為項少俠效犬馬之勞！」

說完又是「咚咚咚」的衝著項思龍連叩幾個響頭，邊道：「我韓信一生未求過任何人，但這次卻求項少俠放過真主，求項少俠高抬貴手！」

項思龍手足無措的上前去想扶起韓信，但韓信卻運功使自己的身體屹立不動，害得項思龍進退兩難的喏喏道：「韓將軍行此大禮，教在下怎麼受當得起呢？還是請站起來說話吧！」

達多似是又看到了什麼希望，語音溫和的對韓信道：「韓將軍對我如此大仁大義，讓我實在是感動非常。韓將軍不必對項思龍那小子如此懼怕的，只要我們同心協力，哼，他項思龍又有何足懼哉？」

不想韓信非但對達多的話絲毫不睬，仍只是跪在項思龍面前道：「若是項少俠不答應在下的請求，在下就一輩子不起來！」

項思龍心下其實又是驚喜，又感為難。

驚喜的是若是賣了韓信這個人情，韓信投靠了自己，那就是為劉邦找得了個盡心盡力的虎將，為難的是達多這傢伙實在該殺，自己若放過達多，可真是不甘心，更何況自己方才說過「今天若不殺達多自己的名字就得倒過來寫」呢？

項思龍心下矛盾之極，深望了韓信一眼，權衡輕重之下，猛一咬牙，點頭道：「好，今天我就放過達多，但日後再叫我遇上，那就是他的死期到了！再有，解少主……」

項思龍的話還沒說完，韓信就已截口道：「在下求少俠放過達多，就是請少俠務必保全達多的性命，不讓他受到任何傷害，直到他回到趙高身邊為止。自此之後，達多的生死就跟在下全無關係；那時就是少俠命令在下去殺達多，在下也不會有得絲毫的遲疑。」

項思龍微一皺眉，但想到自己已經答應了韓信放過達多，那就不如索性好人做到底，使得韓信對自己今後死心踏地的盡忠，當下微一沉吟，沉聲道：「好！我就答應韓兄！請快起來吧，不然可就要折煞在下了！」

韓信聞言臉上愁雲盡去的大喜，恭聲道：「屬下韓信，謹遵少主令諭。」

達多這刻卻並不感到高興，臉色如豬肝般的，冷笑道：「韓信，你欲背叛我，也不用假心假意的為我求什麼情！我自有保命之法，他項思龍還奈何不了我一根毫毛！」

韓信已站起了身，走到達多身前，躬身行了一禮道：「真主，在下承蒙你救我性命，此恩此德自是不能言謝，但我也曾為真主盡心盡力做過不少事。這次在下敗給項少俠，賭約是經你修改同意的，自是得依其行事。不管你是否責怨我，罵我背信棄義，從今以後我們的關係也就一刀兩斷，甚至可能會成為敵人。至於現刻你想對我主人行什麼陰謀詭計，我都決不會讓你得逞的。當然，我也已作為保證，主人決不會對你怎樣。」

達多冷哼一聲道：「剛剛背叛我，就如此的對你新主人忠心耿耿了，嘿，項思龍，如此一個沒有原則的下屬，你可得小心他也有可能會背叛你的啊！韓信現在投靠了你，我安排來對付你的辦法也就不靈了。在這雲中郡城中，我所依賴的也本是韓信的兵力，現刻也全都沒有了，我自是再也沒有資格與你鬥了。這次可全仗你高抬責手了！我達多會記住你對我的『恩情』的，日後到得中原來可得小心著點。」

解靈這時卻突地冷冷的發言道：「項少俠，『護送』這狂妄的傢伙去咸陽城的任務就交給在下吧！我定會完整無缺的把他帶到趙高面前的。」

項思龍淡淡的笑道：「如此就麻煩解少主了！送達多到了咸陽城以後，順便代我問候一下趙高，同時也代我轉告他叫他好好的教導一下兒子。」

解靈失笑道：「如此舉手之勞的事，在下自當不負所托。對了，我來雲中郡的任務現下也就了結了，不若我們就此別過吧！」

說著朝項思龍拱了拱手，又道：「項少俠，此次來雲中城能得以結識你真的是我的榮幸，他日有緣希望我們再能相見，那時可得向項少俠討教幾招。」

項思龍本覺得解靈冷漠傲慢，沉默少言而不可親近，這刻卻突地發覺自己對解靈的這種性格生出幾許欣賞之意來，也語氣熱情的道：「彼此彼此！他日相見，定得坐下來與解兄一醉方休。好了，解兄有事在身，在下也不便挽留，願解兄歸程一路順風！」

二人再次客套一番，辭過解靈等人後，項思龍大是鬆了一口氣，精神舒暢的道：「韓兄今後就不可主人屬下的稱呼了，我不是跟你說過，我若勝了，咱們二人就結拜為異性兄弟的嗎？」

韓信搖頭恭身道：「屬下方才也說過，只要主人放過達多，我就會誓死對你效忠一輩子，又怎可以出爾反爾呢？」

項思龍隨和的一笑道：「你既然說會服從我的命令，那我現在第一件命令你的事就是依我之言，咱們二人結為兄弟。我對你可是一見如故，咱們二人似乎前世就是兄弟似的。」

韓信卻是突地面上一紅道：「可是屬下先前那般的對待主人，且累得你受傷，自感慚愧得很，又怎配……屬下確是難以從命！」

項思龍不悅的加重語氣道：「方才我們還未曾化敵為友，你那般的對我也是出乎自然之舉，又有什麼過錯呢？其實韓兄一言九鼎，這等人物，才是真英雄呢，在下若是錯過了，可真是會遺憾終生的。好了，韓兄就不必推辭了，想來你比我虛長幾歲，那就是我大哥了。」

說完單膝跪地向韓信行禮道：「大哥在上，請受小弟一拜！」

韓信見狀，頓即手足無措的道：「這個……這個……主人，屬下怎麼承受得起呢？」

說完邊欲向項思龍下拜時，不想項思龍用內力托住了他的身形，硬是沒讓他拜下。

項思龍在韓信的相攙之下，站起了身子，笑道：「大哥受了小弟之禮，咱們二人日後就是禍福與共的兄弟了。至於一切結拜的其他禮儀，咱們也就將就著免去了吧。不過，今晚的一頓兄弟聯歡的酒卻是少不了的！」

韓信本也不是那等固執之人，聞言拘束放鬆的道：「那大哥就高攀了！」頓了頓，又道：「二弟準備怎麼處理雲中城的後事呢？還有四萬多的人馬效忠於我，二弟準備怎麼處置他們？」

項思龍看出韓信已是成竹在胸，只是在徵詢自己的意見，伸手緊握過韓信的雙手道：「大哥對這匈奴國的內務事情比較熟悉，這一切事情就交給你來處理吧！」

韓信略一遲疑，沉吟道：「這……那大哥就說說我的意見以供你參考吧！現在達多已去，匈奴國的軍民就已群龍無首，而童千斤本乃是匈奴國王室之後，那就不若推舉他作為匈奴國的新任真主，我想只要二弟一句話，匈奴國的各旗主決不會有異議，再說童千斤本在匈奴國中已有了勢力根據，所以讓他作匈奴國真主最是適當不過。

「當然，二弟可向童千斤提出些你的要求，比如不可干涉咱們地冥鬼府的發展，亦或不可進犯中原等。

「至於我統領的四萬多名匈奴武士呢，除了奉我之命行事外，他人皆難以讓他們服從，所以我想就把他們整編為地冥鬼府的教徒，這日後也可為三弟劉邦增加一股兵力。

「再有傅姑娘現在所領的六萬匈奴兵，我們可收編下效忠傅姑娘的二萬多人馬，其他的交還給童千斤接管，雲中郡呢，就交由我們地冥鬼府，作為我們向中原發展的第一個基地。」

項思龍聽得韓信說得頭頭是道，顯然不愧為有大將之才的頭腦，微笑著點頭道：「大哥的這些安排小弟都覺大有同感，那就全交由你去處理吧！對了，童旗主，我大哥的話你可有得什麼異議沒有？你是不是還想對我不客氣啊？

「噢，天煞神功太過於陰毒，練得不好就會走火入魔，我看童旗主就不要練這種功夫了吧！你練的是鬼王神功，純屬陰寒之路，而天煞神功屬至剛的內功，二者水火不相容，童旗主練這功夫是不是常常會感到內息不紊氣血翻湧的感覺啊？若是如此，這一陰一陽的兩種內功已是沖亂了你的運氣經略，你最好是放棄修練天煞神功，否則……當然，天煞神功的秘本我還是會叫雪君還給你的。」

童行斤欲練成絕世神功的目的，本就是為了能夠打敗達多，奪回真主之位，這刻這個心願已是如願以償，哪還會想得什麼要回天煞神功秘本？更何況聽項思龍把自己內息的情況說得如此準確，知他所言非虛，當下索性做了個推水人情的道：「嘿，這個……項少俠幫了在下如此一個大忙，我道謝還來不及呢，哪還記得什麼天煞神功？若是對項少俠有用，就權當是在下送給項少俠的禮物吧！至於項少俠的勸告，在下自當銘記在心。先前有什麼得罪和言語過激之處，還望項少俠不要見怪。」說完，朝項思龍深深行了一禮。

項思龍見與童千斤也是冰釋前嫌，想起他們父子倆讓傅雪君恨之入骨，不禁又是大感頭痛的皺了皺眉，卻沒有說什麼。

童千斤顯是個很善於察顏觀色的人，見得項思龍之態，竟是明白了他心中所想，乾笑道：「在下曾作過對不起雪……傅姑娘之事，但望項少俠能為我在她面前多多美言幾句，並且給個機會讓在下向傅姑娘賠理道歉吧！」

項思龍想到童千斤如此敏感乖巧，稍稍怔了怔，淡淡一笑道：「童旗主既已改過自新，我想雪君也可原諒你的吧！我會勸她的！」

天絕這時走上前來，滿含敵意的望了韓信兩眼，似是在怪恨他在與項思龍比鬥時三番兩次的欲取項思龍的性命，嗡聲嗡氣的道：「少主，你何時變得對敵人也如此寬容了？可得小心著防人之心不可無啊！」

項思龍瞪了天絕一眼道：「義父，韓兄已與我結拜為了兄弟，也可以說是你的義子了，你可不能只偏愛我而冷落韓大哥啊！」

韓信本被天絕的話說得老臉微紅，聞得項思龍這麼說，忙上前朝天絕下拜，尷尬道：「孩兒韓信見過義父！」

天絕被得項思龍的話給訓得再也不敢為難韓信了，其實他也對韓信的英武之態欣賞得很，見狀聞言，頓時豁達的一陣哈哈大笑道：「又多了個義子！好，起來吧！今後可得對少主恭敬點，不可再像剛才比鬥那般的……」

天絕的話還未說完，項思龍就已截口打斷他的話道：「好了，義父，你不要再說了嘛！韓大哥已經道了歉了，你再說下去，會讓他心裡不好受的。再說我二人結拜為兄弟，本就已經冰釋前嫌，溝通好了嘛！」

天絕怪眼一翻道：「我知道了！小子，你二義父和你想勾引來作老婆的雪君姑娘呢？還不去告訴他們這邊的情況，讓他們二人也高興一下嘛！太陽出來了呢！已是夕陽快西下的黃昏時分了，回府去著人準備晚餐吧！今晚可得好好的慶祝一下，來到這雲中郡城幾天裡所受的鳥氣，到這刻才徹底發洩出來，心下好不暢快，是需要用酒來放鬆一下了。」

童千斤接口道：「慶宴的事就包在在下身上好了，今晚到郡府，大家就來個不醉不歸！」

天絕對童千斤可是有點感冒，聞言冷笑道：「是不是好讓你有機會下毒害我們啊？」

童千斤乾笑的喏喏道：「這個……怎麼會呢？就是給個天膽給我，我也不敢害諸位啊！更何況我童千斤能奪回真主之位，還全仗諸位所賜呢！」

項思龍調和道：「在下不想勞駕童旗……不，現在應該是童真主了，再說你今晚也有著許多的事情忙著去辦呢，又怎麼好意思麻煩你呢！我們自回童府去慶祝吧！噢，對了，回到西域後，在下想請童真主不要插手管鬼靈王之事。」

童千斤忙應道：「這個自是，回西域後，我第一件事就是去宣佈廢除鬼靈王的國師之位。再有就是項少俠若是有得著需要用到在下的話，在下定當鼎力相助項少俠。」

天絕嗤笑道：「他媽的，你不要拍馬屁了好不好？老子看著你心頭就有氣，你還是給我快點滾蛋吧，免得我氣不過之下就要揍你了！」

項思龍對童千斤也沒有絲毫好感，漫不經意的道：「不敢有勞童真主大駕！

你還有著許多的要事要辦，咱們就此別過吧！」

童千斤還想再說些什麼，但見著天絕的凶態，硬給壓住了話意，怏怏的領了眾匈奴國旗主和士兵辭過項思龍，打道回郡府去了。

天絕指著童千斤遠去的背影，憤罵道：「他奶奶個熊，真是便宜了這小子了！」

項思龍也有些不舒服的道：「不過，這小子總比達多好一些，手段沒有達多陰毒，野心也比達多小得多，能力卻是不比達多差，讓他治理匈奴國，應該可使匈奴國民日子好過些罷！」

韓信點頭道：「真是，所有的私人恩怨比起民眾的疾苦來應該給先放在一邊不談。二弟能有如此的遠見，他日確是人中之龍。秦王朝現今動搖不定，二弟若是能為民請命，舉兵反秦，憑你的才智武功，天下還不是你的囊中之物！」

項思龍聽得出韓信語氣中對秦王朝的痛恨和抱負的遠大，當下笑著道：「三弟劉邦已是反秦義軍的一支主力了，大哥他日若是遇上三弟，不若就到他軍中去幫他吧！」

韓信沉吟道：「我也據探子在中原得來的消息聽說過劉邦此人，原來他卻是……是我們三弟啊！據我從得來的消息中分析，陳勝吳廣已是敗了，目前最有發展潛力的是三弟和項梁這兩路義軍，但項梁義軍的發展迅速且也算得上是訓練有素，而三弟義軍……我看最有可能最終以得勝利的是項梁義軍了。二弟為何不親自去三弟陣中掛帥呢？我想有了你，三弟的義軍等若是壯大了倍數有餘，完全有能力與項梁大軍一決雌雄了！」

項思龍想起自己和父親項少龍的恩恩怨怨，苦笑道：「我在江湖中還有點要事要做，根本就無法分身。唉，大哥若是能代我去助三弟，我也就會大是放心了！對了，你認為怎樣才可以使得三弟的兵力可以攻下咸陽呢？」

韓信深思了一番後道：「二弟的意思是叫我代你去助三弟嗎？」

項思龍點了點頭道：「但不知大哥願意否？」

韓信劍眉一揚道：「二弟叫我做什麼，我都會赴湯蹈火在所不辭！更何況跟著三弟有機會去打秦兵呢？不過，我卻有個想法，不知二弟認為怎麼樣？」

項思龍微笑著掩飾住心中的大喜道：「什麼想法說來聽聽！」

韓信神秘一笑道：「就是深入敵地去刺探情況。當然，三弟最危險的敵人不是秦軍，而是項梁大軍，所以我想要混入項梁軍中去取得他的信任。若是能得以有參與他們軍中高等軍事分析的機會，就可作為三弟的內應。兵法有云：知己知彼，方能百戰百勝，要是洞悉了項梁軍中的軍情，告知三弟，三弟定可立於不敗之地。」

項思龍聽得韓信的這番話，訝異得目光怔怔的看著他，因為韓信這話正砌合了真正的歷史背景。

在歷史上，韓信在投靠劉邦之前是先去投靠項梁的，後因得不到重用，而轉投了劉邦，只是想不到在真正的歷史中，其中原來卻大有內幕。

韓信投靠項梁原來是一個陰謀，是自己為劉邦安插到項梁軍中的一個臥底。心念電轉，項思龍很快就斂神過來，假作訝異的道：「韓大哥此計真是妙絕之極！像你這等人才去投靠項梁，定可得到他的重用，而你去投靠項梁在這天下亂局中，卻又不會讓人生疑，此計真是太好了！」

韓信謙虛的道：「目前還只能是一個想法，會不會有成效卻還是個未知數呢！」

項思龍雖知悉歷史中韓信終究沒有得到項羽的重用，但也知韓信在從軍項羽的那段時間裡所獲得的好處，為他日後打敗項羽起了很大的作用。

只是想得韓信未被項羽重用，很有可能是因為父親項少龍的關係吧！當然，真正的境況如何卻又是自己不能測知的了。

邊想著時，項思龍邊哈哈笑道：「大哥不會是個如此沒有信心的人吧？還未出戰就已怯戰？」

韓信被項思龍激將得豪氣頓生的道：「只要我韓信想做到的事，我想除了二弟你之外，普天之下就再也沒有人會讓我怯戰的了！」

項思龍伸手搭住韓信的雙肩，沉聲道：「我相信大哥的能力！今晚我們來暢飲個痛快吧？」

天絕嘿然道：「小子，可不要忘了還有義父我呢！喝酒的好差事最要關顧我，這也就是你們對我最大的孝順了吧！」

上官蓮早就走到了眾人身側，聞言卻突地皺眉道：「我們大家都中了五倍子的毒蠱呢！若是一年之內還想不出破解之法，那……」

說到這裡目光遠望到腹部隆起的曾盈、張碧瑩二女身上幽幽的道：「我可是想看到我曾孫子曾孫女娶媳婦或出嫁呢！」

項思龍想起這事也是一臉苦惱之色，若是再讓金蛇線鑽入二女體內去為她們驅除毒蠱，二女的身體肯定承受不了。

但若是在短期內不能解去二女身上的蠱毒，說不定就會對將要出生的孩子造成影響，這倒確實是件棘手的問題。

都是達多那小子！還有那個西門空宇！

現在叫西門空宇去研製解藥，這老傢伙被廢去了武功，對自己等定是恨之入骨，絕不會聽話去配研解藥，說不定反會搞什麼鬼。

到底怎麼是好呢？這是件極需解決的問題，項思龍頭大如斗的想著。

天絕怪目一陣滴滴滴的轉著，突地愁顏稍展道：「少主，你何不用移魂傳意的迷魂大法來迷惑住西門空宇的心神，叫他聽話的製解藥呢？」

項思龍搖頭道：「可是這移魂傳意大法只能傳注我的意念，受法者自己的意念都會被攝忘去，而我又不懂蠱毒這一類玩意兒，這法子根本就行不通嘛！」

韓信突地道：「據聞苗疆有一蠱毒使用堪稱當世第一的苗疆三娘的女兒，為了尋找一種叫作七步毒蠍的罕見毒蠱母本，來到了西域，若是能找著她，說不定大家體內的蠱毒都可解了。」

項思龍似是看到了希望般的精神大振道：「你這消息可當真？那苗疆三娘的女兒長得什麼樣子？到西域後可得想方設法找到她！」

天絕聽了獰笑道：「你小子聽見姑娘家就色心大動了？嘿，這是個全身是毒的辣妹子，弄得個不好就搞得一命嗚呼了！」

項思龍搖頭苦笑道：「我已經有了這麼多妻妾，甚感沒有精力應付得了，哪還再有什麼獵色的心情呢？就是義父那話，一個渾身是毒的女人，我一想著就倒胃口，更不用說去泡了！」

上官蓮卻也打趣項思龍道：「可說不定要請動那姑娘為大家解毒，項思龍你必須得犧牲男色呢！」

項思龍面上一紅，不置可否的道：「為了救我的兒子女兒，那我也就只好勉為其難了！」

眾人正在心情放鬆下來的隨意談笑著時，校場四周圍突地大火熊熊燒起，把眾人給圍到了中心，且火勢正漸漸向眾人逼近。

韓信見了臉色大變的道：「糟了，有人啟動了油庫的機關！」

第十一章　蠱毒公主

項思龍見得校場周圍的火勢越來越大，且火勢向眾人包圍的圈子越來越小，氣恨急怒得咬牙切齒的道：「若是被我知道是誰啟動油庫機關，我定要把他大卸十八塊才洩氣！」

韓信看著火勢的快速蔓延，望向項思龍沉靜又顯心急的道：「二弟，怎麼辦？火勢逼近過來了！那油庫有十多噸油脂，且全都是安排在這校場準備來對付二弟你們的。若是教人把油庫機關全部掌握發動開來，那將會給我們造成毀滅性的打擊，因為這校場四周埋有百多個油桶，發動機關讓它們爆炸威力足有像二弟這等高手十多個功力合起來的震懾力。」

項思龍在恨怒中平靜下情緒道：「絕不能讓對方啟動油桶爆炸的機關！大

哥，義父，你們二人率領四大護法和四大執法去破壞油庫所有的機關，必要時可以大開殺戒！」

天絕怪目凶光連閃，但望向曾盈諸女時，卻是皺眉道：「那你呢？少主，眾夫人可是……你一個人照顧得來嗎？」

項思龍搖了搖頭，沉聲道：「聽由天命吧！總之不能讓大家全都死在這火場裡，人員傷亡愈少愈好，現在關鍵的任務是破壞油庫的機關，截斷油源，讓火勢減弱下來！」

說到這裡，衝著還未付諸行動的韓信和天絕嚴肅的命令道：「還不快去執行任務！想讓大家都死在這裡啊！」

韓信和天絕目中皆都閃過複雜難明的神色，朝項思龍和上官蓮躬身行了一禮後，領了四護法和四執法，運功展開絕頂輕功身法，排成一個圓形陣式，向大火深處奔去。

項思龍看著韓信、天絕等人沒入大火中的身影片刻，又轉過頭來望向上官蓮道：「姥姥，你去組織眾人，叫他們不必恐慌。我在那邊的亭去掘一個大坑來供大家藏身，那裡有一個水池，再加上我用北冥神功和鬼冥神功的寒冰之氣護住眾人，應該是沒有什麼危險的。義父和大哥他們只要破壞了油庫機關，截斷了油源供應，再聯合雪君和鬼青王他們來救火，大家就可以脫困了。」

說完，也不待上官蓮答話，「鏘」的一聲拔出鬼王劍，身形幾個起落，已是到了一供操練兵馬的軍官休息的涼亭十來米的地方，驀地大喝一聲，手中鬼王劍應聲而出，一道一道的圓球狀劍氣向身前的地面上擊去。

「轟轟轟」一連聲巨大爆炸的響聲震天而起，在項思龍強猛劍氣的炸擊之下，地面不多時就已顯出一個足有三四十平方見狀的大坑來。

項思龍緩緩的舒了一口氣，看向正在自己這邊走過來的上官蓮等沉聲道：「姥姥，你領了大家藏身到這地坑中去吧！希望此著大家能逃過一劫！否則……唉……」

上官蓮等這時已走到了地坑近前，眾人的目光都無限情深的望向項思龍。曾盈、張碧瑩等諸女已是秀目紅腫起來，淚水汪汪，曾範和張方等則是因感自己幫不上忙而一臉的脹紅之色，其他地冥鬼府的眾武士全都是一臉的正氣凜然之色而又難掩心中的悲傷。

上官蓮臉上似是沒有了表情的顫聲道：「龍兒，你……我陪你一起在地面上抗火吧！」

上官蓮的這話頓然引起全體地冥鬼府武士的情緒，全都向項思龍跪地，齊聲道：「屬下等為少主萬死不辭，請少主允許我們與你一起抗火！」

曾盈、張碧瑩、舒蘭英、朱玲玲、玉貞幾女也是泣聲道：「思龍，我們也要陪你一起！」

項思龍看著眼前眾人對自己的忠心或深愛，心頭湧起無限的激動，強壓下欲奪眶而出的淚意，臉色一沉的厲聲道：「你們還當我是你們的少主嗎？那就聽我的命令，全都下坑去！」

項思龍這一發威，雖是震懾住了眾地冥鬼府的武士，可讓得諸女卻全都放聲大哭起來，使得項思龍手足無措的忙對她們一陣好哄，點了她們的昏穴，才使她們得以安靜下來。

項思龍待眾人都擠蹲在地坑下之後，發出真氣籠罩住眾人頭頂，同時運功將炸飛的鬆土吸斂回來，蓋鋪在真氣網之上，並且開通出十多個通氣氣孔，再引以旁邊的池水作以稀釋空氣中濃重的煙火嗆人味。

做好這一切後，項思龍舉目向四周的火勢望去，卻見火圈向自己置身的位置越圍越小，已經只相距二十幾米的距離了，且火勢最旺之處火焰竟是衝起足有四五丈之高。

項思龍虎目中射出沉著的冷靜之色，絲毫不為眼前的險境迫近而現出心浮氣燥。

席地而坐，把北冥神功和鬼冥神功都提高至了最高的境界，再催發出體內蘊藏的萬年寒冰床的陰寒之氣，雙掌緩緩揮動，成圓弧狀把真氣揮出，空氣中頓然形成了一個瑩光閃閃的真氣冰球，籠罩住了身邊周圍幾十平方米的空中。

「嗤嗤嗤」！烈火與真氣冰球終於相遇，發出相互抗觸的聲音。

項思龍的額上已隱隱顯出汗球來，但他臉上的神色卻還是平靜異常，只是膚色卻突地通透晶瑩得發出白玉般的光芒。

原來項思龍看過天絕送給舒蘭英，而舒蘭英轉交給他保管的「天魔神功」密笈和傅雪君交給他的冰魄夫人遺下的「冰魄神功」，以及她從童千斤那裡偷來的魯妙子的「天煞神功」密笈。

現在這接近死亡的邊緣，心神頓然到了至靜至空之境，而這些密笈的內功心法卻不知不覺的閃掠過他的心頭！使他一下子全然領悟過這些神功的內在聯繫來，而創出了一道他自己也不知該命名為什麼的內功心法來，不過這種內勁卻是以陰寒為主，使得他的內力提高至了他自己暫時也無法估計的境界。

項思龍身上的晶瑩膚色愈來愈通透，那晶瑩的白光在火光的映照下顯得格外的光彩奪目；並且這白光形成了一道旋轉狀的勁氣在項思龍的四身周圍環繞著，並且愈轉愈快的向四周緩緩擴散開去，形成一道瑩光四射的氣牆。

空氣愈來愈是灼熱，熊熊大火燒得地上的沙石都「啪啪」作響，項思龍的四身周圍的空氣都給蒙上一層濃濃的水蒸汽。

半個多時辰過去了，天色已是沉沉暗了下來，沖天的火光與項思龍所發的真氣冰球，以及他身上的瑩光，在這夜色中顯得瑰麗壯觀異常。

項思龍只覺灼熱的空氣不但沒有讓他感覺絲毫的難受，反而那層層熱浪不斷地被他給吸納入了體內，與萬年寒冰就蘊藏在體內的寒冰真氣給融合在了一起，形成了另一種奇異的內力。

熱浪不但沒有成為他的負累，反而成了他增長內力的最好外援。

火熱雖然越來越猛，但一點也不影響項思龍，在他四身周圍的寒冰真氣不但沒有減弱反而範圍給擴大了十多平方。

這或許就叫作因禍得福吧！

放火想燒死項思龍的人，卻萬萬也想不到項思龍會因這場大火而練成了另外一種神功。

項思龍頭頂上也徐徐冒發縷縷白氣，顯示他的內力修為又大大提升了一個境界，身旁整池水都不知什麼時候已被項思龍的內力吸乾而化成了一層冰塊漫布空間。

火勢雖是猛烈，卻根本突破不了項思龍寒氣內勁的防守，不過又一種麻煩又出現了。

空氣中的氧氣因大火的燃燒而越來越是稀薄，而大火燃燒中釋放的二氧化碳的份量在空氣中所占的比例愈來愈大，使得項思龍的呼吸顯得困難吃力起來。

項思龍發覺這個情況後，心下暗暗吃了一驚，因為照此情形發展下去，自己和土坑中的人都會因缺氧而給悶死。

這……現在該怎麼辦呢？自已在地面上亦感呼吸困難，土坑中有一百多人，他們的氣悶感更是可想而知。火勢雖是沒有蔓延過來，但時間一長，自己等沒有被燒死，卻也給悶死了。

韓信和天絕等去掏毀油庫機關都有一個多時辰了，怎麼還沒有什麼消息？莫非是遇上什麼陷阱了？但是憑他們幾人的身手，當今天下間沒有什麼地方去不得的，又有誰能算計得了他們嗎？

放火的人肯定不是解靈他們就是童千斤這傢伙，不過，後者的可能性要大一些。然憑童千斤的那點能耐，怎麼擋得住韓信、天絕、四執法和四執法此等高手聯合的力量呢？

難道是解靈和童千斤聯手來對付他們？若果真如此，解靈手上押解的達多深悉這雲中城中的機關，韓信等要對付起來真是險境重重。

即使韓信也知道這些機關的要害，但由於解靈和童千斤等率先掌握了機關，要破解開來也是相當困難，更何況達多這隻老奸巨猾的狐狸說不定還有不少機關沒讓韓信知道呢？

想到這裡，項思龍心神突地一緊。

若真如自己所推測的這般，那不但韓信等將遇上危險，鬼青王和傅雪君等更是處境不妙了。

不行，不能再坐以待救了，必須得實行自救！自己的功力像是增進了前所未有的充沛至境，不知配合以鬼王劍的威力，是否能開劈出一條通道來讓眾人脫離火海的困擾？

若是此法行得通，待眾人脫得險境後，哼……倒是要讓那放火的和與自己作對的人嘗嘗自己新練成的神功的厲害！

項思龍心念一動，把新在機緣巧合下練成的神功提升至極至，渾身肌膚頓即瑩光灼灼。

大喝一聲中，鬼王劍已是應聲而出，項思龍把新練成的神功內力貫注劍身，鬼王劍頓即紅光中又是瑩光閃閃，劍身所發出的寒氣身前近二三米的空氣都給凝成了冰結。

「嗖」的一聲劍氣破空的長嘯響徹空中，鬼王劍中蘊藏的內功真氣隨著項思龍意念的轉動而直向身周左側的大火處射去，熊熊燃燒的大火頓即被射出的劍氣劈開一條足有一平方見丈的通道來，烈火被項思龍所發的劍氣給阻向了兩側。項思龍見了心下大喜，同時亦也暗暗驚駭，想不到這新練成的內功威力竟是如此之大，比道魔神功的威力還要高上四五層。

看來可以劈開一條通道來讓眾人脫離這火海了！但是還有一個問題，自己劍氣強大威力完全是攻擊式的，上官蓮等人根本無力抵抗，如何才能解決這個問題呢？

項思龍在神思間，內力頓然鬆馳下來，火勢頓然逼近了十多米，灼熱的氣浪如脫韁之馬般洶湧的向項思龍迎面撲來。

項思龍雖是對熱氣不感懼怕，但想到地坑中的諸女和眾武士，心神倏地一斂，同時因為劍氣劈開的通道，使得火外和火內的空氣發生對流，再也不感氣悶，精神為之一振。

地面上不能通行，是不是可以在地底劈開一條通道來呢？憑自己現在的功力，不出半個時辰應該可能完成開掘通道的任務。

這樣一來，不但解決了內處通氣的難題，同時即使一時不能脫困，亦也可躲藏在地道中避過地面的大火，待自己去察看一下外面的情況，再來緩救眾人。不過對於地道外端的通氣口可得選好，否則被敵方發現，朝地道內灌以毒氣或其他害人的物質，那可就又麻煩了。

項思龍思索了一下自己先前察視的校場週邊的地形，最後選下就把地道口開在圍困自己和地滅的火洞中。

辨定了方位後，項思龍便運功揮手開掘地道來。先用劍氣炸出一個有三米來深五六方見丈的大坑後，再跳入坑內，在距地面一米多厚處，鬼王劍的劍氣直射向坑內左面的截面，右手則用內力把土石給吸出。

如此大耗內力的運作了半個來時辰，地道開掘了約有二百多米長，不過其寬敞度卻只能容一個人彎腰行進。

項思龍預算著差不多已到了那火洞的距離，再入前開掘了二十幾米後，把射出的劍氣至地道盡頭時讓它猛地集中起來向地面擊去。

對面微弱的光亮落入項思龍的眼內，同時一陣清新的涼爽空氣撲面而來。

項思龍歡呼一聲，縱身躍出土坑，舉目一看，心神卻又是猛地一震。

失。

大火已是燒至了眾人藏身的地面，鬆散的沙石熱氣騰騰，水份正在大量的散

項思龍看得心如焚燒，驀地悲叫一聲，顧不得已是快要虛脫的身體，手中鬼王劍幻化出千百道真氣光環往那熊熊大火擊去。

「呼！呼！呼！」火勢在項思龍真氣的攻阻之下，頓然又被劈出一個百多平方的範圍來。

項思龍邊揮運長劍阻住大火的逼近，邊運掌吸開蓋在坑下眾人頭頂的沙土。

「啊」的一聲，張碧瑩的嬌喝聲傳入項思龍的耳內，項思龍聽得又驚又喜，忙大聲喊道：「姥姥，碧瑩，你們可都沒事吧？」

上官蓮的聲音喘著道：「我……我們沒事！只是剛才太過氣悶和灼熱了！龍兒，方才到底怎麼回事？我感覺頭頂似是有火在燒般！」

項思龍舒了口氣，苦笑道：「剛才確是大火燒至你們頭上來了呢！幸好你們沒事，否則我真是只有自殺才能抵自己的過失了。」

頓了頓又道：「噢，姥姥，我已經掘好了一條通往校場以外的通道了，你叫大家都避入地道中吧！」

上官蓮驚喜的道：「這麼快就掘好一條地道？是不是韓信和天絕他們挖掘進

來的？」

項思龍搖頭笑道：「是我一個人方才掘好的，要不大火也燒不到你們頭上來了。」

上官蓮失聲道：「什麼？你一個人在這麼短的時間內就開掘好了一條能通往校場火勢力週邊的通道？龍兒，你是不是又有什麼奇遇了？」

項思龍不置可否的笑道：「奇遇是沒有，不過在這大火的威逼下倒讓我機緣巧合的又練成了一種內功，這股內勁竟然不懼火熱，且能把大火的熱力吸納為己用，但又能與我體內本身的寒陰之氣融為一體，互不干擾。嘿，我也不知道怎麼會出現這種狀況，然這般新的內力似乎比道魔神功還厲害得多呢！使得我的內勁突地巨增，我現在一劍就能把火海劈出一個開口來。」

上官蓮嘖嘖稱奇的道：「龍兒，你這可是因禍得福了呢！比道魔神功還要厲害得多的內力！這簡直是不可思議的境界嘛！」

項思龍見眾人都只顧聽自己說這奇緣，卻忘了上得地面來，轉過話題道：「姥姥，義父和韓大哥他們到現在還沒回來，不知是否出了什麼問題？你領著大夥先避入地道中吧！待我先出去看看情況，再來通知你們出地道。」

上官蓮等這時已紛紛躍至地面，看著四周的沖天烈火，曾盈臉色發白的顫聲道：「思龍，這麼大的火，你……你可得小心著點啊！」

項思龍微笑著點了點頭，走到曾盈面前，伸手擦了擦她臉上的淚漬，又輕輕的拍了拍她隆起的腹部道：「我還要親眼看著我們的小寶寶出世呢！我不是跟你說過，我要你為我生十個兒子十個公主嗎？沒有了我，你怎麼生孩子？」

曾盈俏臉一紅，無限幽怨的嬌嗔道：「這話可是你說的，你可一定得讓我為你生二十個小寶寶！」

項思龍失笑道：「只要我的乖乖好盈兒不怕痛苦勞累，就是要生一百個為夫也樂意效勞！」

張碧瑩接口道：「你有那麼大的本事嗎？我也要與盈姐姐生一樣多寶兒呢！」

舒蘭英也不甘示弱的道：「還有我和玲玲姐，我們也不會放過你的！」

項思龍頭大如斗的怪叫道：「哇！這麼多母老虎，為夫可吃不消！就是一晚恩寵一個老婆，我現在已是有十五個夫人了，要是每個都纏著要與我玩生孩子的遊戲，那我豈不是要被你們給榨乾？哇卡，看來我只有去當和尚了！」

舒蘭英抿嘴淺笑道：「就是你去當了和尚，我和眾位姐姐也會陰魂不散的纏著你！對了，我們可以去做尼姑，不就又可以與和尚長相廝守了嗎？」

項思龍哭笑不得的道：「做尼姑可是要剃光頭的，舒施主可捨得你那一頭美麗的頭髮嗎？」

舒蘭英愣了一下，翹嘴道：「你去當和尚，不也是要剃光頭嗎？光頭對光頭，也沒什麼大不了的！」

項思龍正還待與舒蘭英調笑，上官蓮插口過來正色道：「好了龍兒，待過得眼前的危機了，你再盡情的與你的幾位夫人恩愛吧！我們現在下地道去了，你一個人諸事得小心著點！」

項思龍臉色沉重的點了點頭，拍了拍舒蘭英的肩頭道：「英兒，幫我照顧你盈姐和碧瑩姐！不要哭喪著臉了，要不就不漂亮了。笑一笑，過不了多會我們就可再見面親熱了嘛！」

舒蘭英嘴角動了動，似想說什麼，卻又沒有說出來，猛地一頭撲入項思龍懷中，顧不得害羞的與他來了個長長的熱吻後，才一步三回頭的隨眾人下了土坑進入了地道內。

待得所有人都進入地道後，項思龍才有些失魂落魄的回過神來，心中的一塊石頭終於落地了！現在可以放心的大開殺戒了！

項思龍仰天一聲長嘯，聲音所發出的聲波，震得映紅天空的火光都給震顫閃爍不定起來。

運功把坑旁的土石填住了土坑以後，項思龍再次清嘯一聲，身形如脫弦之箭般直向烈火衝去，劍氣所過之處火勢頓被引向兩側，絲毫沒有影響項思龍的身速，更不用說燒傷他了。

不消片刻，項思龍已飛身至了校場外的一個山頭上，看著場中那熊熊的烈火，項思龍長長的舒了一口氣，自言自語道：「想燒死老子，門都沒有！待會被我查出是誰搗的鬼，不殺光那幫兔崽子也難以洩得心頭之恨！」

項思龍的話音剛落，忽聞聽得一個少女的聲音「咯咯」笑道：「也不怕大風閃了舌頭！殺光那幫兔崽子！即便你心下這麼想，可手上卻也做不出如此殘忍的事來。更何況你的朋友們已全都落在了放火想燒死你們的人手上呢！」

項思龍聞得此話，心中一驚，脫口道：「我的朋友們難道落在姑娘手上了？」

一個渾身素白，眼睛大大，櫻桃小口，皮膚雪白，頭髮烏黑發亮的十八九歲左右的美麗少女在項思龍邊發問邊環目四顧時，已落入了項思龍眼中，卻見她微微翹起的嘴角露出一絲愛捉弄人的笑意，在項思龍顯得兇神惡煞的目光逼視下，卻還是一副漫不經心的頑皮姿態。

白衣少女杏眉一揚道：「我聽我舅舅說，有個叫作項思龍的傢伙特別厲害，並且總是跟他作對，是不是就是你啊？原以為是個什麼三頭六臂的人呢？原來卻也只不過兩隻眼睛一個鼻子的傢伙而已！不過看你剛才從火中飛出的輕功身法，倒也算是配得過我七絕仙子出手來教訓你。嘿，我真怕得你被大火給燒死了呢！那樣啊，可真是讓我失望了！」

項思龍強壓住心頭的怒火，但還是顯得焦燥的道：「我的朋友們到底怎麼樣了？姑娘是誰？你舅舅又是誰？」

白衣少女見得項思龍又是凶狠又是焦急的樣子，似是非常開心的「撲哧」笑道：「你的朋友們沒事，只是被本姑娘石青青的舅舅童千斤給關押起來了。為了讓他們安靜些，本姑娘不得不對他們動了些手腳，讓他們嘗嘗七絕冰蠶的毒蠱味道，死不了的！」

項思龍聽了失聲道：「什麼？你就是當世第一用蠱高手苗疆三娘的女兒？」

白衣少女石青青嗤笑道：「想不到看你呆頭呆腦的，竟也知道本姑娘的來歷？怎麼？是不是怕了？只要你向本姑娘跪地磕三十個響頭，我就放了你，否則就讓你嘗嘗本姑娘的七絕冰蠶蠱毒，讓你求生不得求死不能的痛苦死去！」

項思龍想不到這模樣兒長得俊俏的少女，說起殺人來竟是眉頭也不皺一下，似是這世上所有人的性命都沒放在心上似的，放蠱毒殺人只不過是在玩一場遊戲罷了，不禁心下有些氣惱，但自己這邊不少人的性命都掌握在她手上，還是只得很不情願的低聲下氣道：「只要姑娘放過在下的朋友，別說是向姑娘叩三十個響頭，就是姑娘想要在下的命，在下也不會皺一下眉頭！」

說到這裡，朝石青青深深拂了一禮又道：「還請姑娘高抬貴手，放過在下的朋友！」

石青青秀目一揚道：「想不到你身為堂堂的一介男兒七尺之軀，卻是如此的沒骨氣！你難道就不會用你的機智和武力去救回你的朋友們嗎？向一個姑娘家跪地求情，你不覺得羞恥啊！更何況我也信不過你，若我放了你的朋友們後，你又來個出爾反爾，那我豈不是要倒楣了？有本事我們來作個賭，只要你贏了，你就……我暫時還沒想好條件，反正就是你要答應我一件事情吧！就是我叫你去死你也不得反悔！」

項思龍被石青青這一番話，說得臉色紅一陣青一陣的，咬牙點頭道：「好吧，我依你賭約就是！若是我項思龍輸了，我就答應姑娘任何一件事情，哪怕是叫我去死我也決不反悔！若是有違此言，就教我受盡人間酷刑而死！」

石青青卻是突地搖頭道：「不行！最後一句須改動一下。嗯，就改成『若是有違此言，就教項思龍一輩子都娶不到老婆』吧！」

項思龍眉頭一皺道：「就依姑娘之言吧！到底賭什麼樣的賭，姑娘請說來聽聽。」

石青青淡然自若道：「賭局由我來定，就賭你能不能破解我的七絕冰蠶蠱吧！若是你在一個時辰之內不能逼出一隻活生生的七絕冰蠶來呢，就算你輸了。若是你做到了呢，那就是算你贏了。

「不過，我把話可說在前頭，這七絕冰蠶乃是天下最毒的蠱毒之一，並且牠不畏任何內力的攻擊，就是尋常寶劍也難傷得牠分毫，不畏灼熱不畏陰寒，連你那兩隻寶貝金線奪命蛇也奈何牠不得。

「然而一旦冰蠶蠱在你體內發作起來，除非你能在一個時辰之時把牠逼出體外，否則你的五臟六腑就會被冰蠶鑽得百孔千瘡。」

頓了頓又道：「我把這些情況都先告訴了你，參不參與賭局就由你來定奪了，免得你說不公平。當然，你贏了也大可放心，我一定會依約放人的，因為只要你破了我的七絕冰蠶蠱，我也就再也奈何不了你了，至於我舅舅他還不敢違抗我的話，因為他也中了此蠱毒，那時我死了，我身上驅除冰蠶蠱毒的銅笛也就歸你所有了，憑你高深的內力，要驅出冰蠶將是件很輕而易舉的事，我舅舅也得求你幫忙，他又怎敢不放人呢？好了，我的話都說完了，這場賭局不是你死就是我亡，我也沒占你便宜吧！」

項思龍目中精芒一閃，深吸了一口氣道：「姑娘何必要用如此大的代價跟在下作賭呢？我看只要姑娘放過在下的朋友，我就……」

項思龍的話還沒說完，石青青就已叱聲截口道：「不要討價還價的了，你到底賭不賭？」

項思龍靜默了片刻道：「我想問姑娘一個問題，想請姑娘解答一下！」

石青青顯得大是好奇的道：「在這刻你還有心情來問問題？好吧，你快問，看我能不能回答你！」

項思龍淡然道：「我這刻總在想，姑娘到底是在幫你舅舅童千斤，還是在作弄在下？」

石青青一愕道：「你幹嘛問這麼個怪問題呢？不過叫我說實話，卻真是不知怎麼回答呢！想來是幫我舅舅的成份多些吧，也有些是氣恨……」

說到這裡突地俏臉一紅道：「這話題似乎與我們目前要談的事情沒有什麼關係呢！」

項思龍卻是突地微微一笑道：「好了，在下接受賭約，請姑娘給在下服下七絕冰蠶蠱吧！」

石青青出奇的臉上現出深沉的憂鬱，忍不住問道：「你為了救你的朋友，真的連死都不怕？」

項思龍勉強送出了一個淒美的笑容，其中又含有一種悲壯堅決的神色。

石青青連看了他幾眼，低聲道：「你在想什麼？」

項思龍平靜的道：「沒什麼，在下只是在收拾心情而已。不過，姑娘若是……唉，不說了！」

石青青似是明白項思龍在想些什麼，垂下嬌首，淡淡道：「若是你死了，我會放過你的朋友們的，只不過真如此的話，就讓我太失望了。」

項思龍聞言心下大喜，卻是不解石青青後半截話中的意思，淡然一笑道：「姑娘若真如此做來，在下定當永世銘記姑娘恩賜！」

石青青倏地語氣變冷道：「還沒有比試，就已抱著悲觀心理，沒有一點骨頭！看來天下的男人都一樣，全是膽小鬼、賤骨頭！」

項思龍真弄不明白這七絕仙子為何時陰時晴的喜怒難測，苦笑道：「在下只是作好充分的心理準備而已，卻倒並不是膽小沒骨氣！」

石青青這次沒有當即答話，只是從腰間革囊裡掏出了一個白色瓷瓶，神色凝重的望了項思龍一眼，又掏出一個綠色瓷瓶，倒出一粒紅色的藥丸遞給項思龍，沒好氣的道：「這是五倍子菌蠱的解藥！我不願占了便宜，待你解去了體內五倍子的菌蠱後，再給你服下這七絕冰蠶蠱之王，那你是生是死，就聽由天命了。」

項思龍接過藥，正遲疑著沒有吞服下去時，石青青卻以為項思龍不信任她，氣得從綠色瓷瓶裡又倒出兩粒紅色藥丸，自己事先服下後冷笑道：「本姑娘不會用毒藥害你的，你不要用小人之心去度君子之腹了！有七絕冰蠶蠱，我自信就足以讓你這臭男人死翹翹了！」

項思龍哭笑不得的喏喏道：「我……我並沒有懷疑姑娘的好意，只是突地想起在下的朋友也都中了五倍子菌蠱，所以……」

石青青破涕為笑的截口道：「好了，不用解釋了。再過得半盞茶的時間，你體內的五倍子菌蠱就可解去了，那時，你就要服下我這隻七絕冰蠶蠱中的王中之王，我稱牠為『大將軍』，能否勝得了我，就要看你的造化了。」

項思龍長笑道：「能得姑娘如此看重我項思龍，竟然出動冰蠶蠱中的王牌『大將軍』來對付我，倒也是我項思龍之福呢！」

石青青詭秘的一笑道：「待會你被『大將軍』折磨得死去活來時，就不會如此輕鬆的談笑風生了，而只會詛咒我的惡毒。」

項思龍也不知怎的竟對這石青青生出幾許莫名其妙的好感來，坦然哂道：「俗話說得好『牡丹花下死，做鬼也風流』，能死在像石姑娘這等美麗的姑娘手下，在下卻也並不感到遺憾呢！」

石青青嫵媚中透出幾許羞意，低聲道：「這話可是真心的？你真覺得我長得美麗嗎？」

項思龍看得微微一怔，感到這七絕仙子似乎對自己有著幾份情意，心中突地有一種怪怪的感覺。

難不成義父天絕和姥姥上官蓮打趣自己的話，真要成為現實不成？

正當自己也覺好笑的想著時，石青青突地發聲道：「你體內五倍子的菌蟲差不多已解去了。這隻就是『大將軍』，乃是其他七絕冰蠶蟲的母體，你若是能吞服後，安然無恙的使牠退出你的體內，就算是我輸了。」

說著，已是從白瓷瓶裡倒出了一隻足有大拇指般大，通體晶瑩發亮的冰蠶，那冰蠶一雙眼睛紅光閃閃，在這夜色下伴和著牠身體的瑩光，顯得格外的奪目引人，只是那「咕咕」的尖叫聲卻是讓人毛髮驚立。

項思龍知道這隻冰蠶將決定自己的生與死了，沉沉的舒了一口氣道：「請石姑娘把這冰蠶驅入我的體內吧！」

說完張開嘴來，不多時一陣冰涼的感覺自喉嚨直透心腹，還沒弄清是怎麼回事，石青青手中的冰蠶已是竄入項思龍體內。

石青青這時從革囊中掏出一支紅色的古銅笛來，臉色無限幽怨的道：「你可得運功先準備好了，待我一吹這銅笛，冰蠶在你體內就會活動起來，那時你就……」

石青青的話還未說完，突地一個陰惻惻的聲音傳來道：「無論他項思龍武功怎樣高絕，這次他是死定了！青兒這一著可真是做得妙極，任他項思龍怎樣聰明絕頂，卻還是中了我們設計的圈套。」

第十二章　豈是無情

項思龍聽得這話，臉色大變的望向石青青道：「你……好陰毒！想不到竟利用我對你的信任，與你舅舅童千斤合謀來陷害我！」

不想石青青也是俏臉煞白，顯得甚是惶恐的道：「不……我沒有與我舅舅合謀！我也想不到他怎麼會找到這裡的！」

童千斤這時現身躍至了石青青身側，臉上掛著一絲陰笑道：「青兒，想不到你也神機妙算，先用七絕冰蠶蠱毒控制住解靈等人，有了達多這個大有用處的人，知道了校場油庫的機關，放火燒死項思龍等人，這天下也就少了一個勁敵。不想雖是分散了項思龍的勢力，對他們進行了各個突破，用冰蠶蠱控制了韓信和天絕等人，再放火燒他個全軍覆沒，項思龍這小子還是給脫逃出來。然任他怎樣神通廣大，卻還是被青兒你施計讓他中了七絕冰蠶蠱，項思龍這下還是死定了！哈哈，想不到我還會有青兒這一著暗棋吧！」

說到這裡頓了頓，又衝石青青柔聲道：「青兒，把你手中的七絕驅蠱笛給我吧！你的功力或許還不夠催動項思龍體內的冰蠶蠱呢！若是你出了什麼差錯，我可是怎麼向你娘交代呢？」

石青青嬌軀向後不自禁地退了一步，連連搖頭道：「不！這是我和項思龍之間的事，不用你來插手！你……你不要再逼近過來了，要知道你體內可也中了七絕冰蠶蠱，如惹怒了我，我就催發你體內的蠱毒了！」

童千斤冷哼一聲道：「青兒，你是不是喜歡上這項思龍了？他可是不知有多少個夫人了，不會真心喜歡上你的！難道你要步入你娘的後塵？好了青兒，把銅笛交給我，只要殺了他，那地冥鬼府就全是我們的了。你娘不是要地冥鬼府的鬼冥神功秘本嗎？那時就可任由她去地冥鬼府總壇搜尋了！」

石青青再次退了一步，臉色淒然的道：「不！我和項思龍之間是有了賭約的，我不能失信於他！」

童千斤目中冷光一閃，沉聲道：「青兒，你不要執迷不悟了好不好！你是不可能與項思龍在一起的，因為只要讓你娘知道了你喜歡上項思龍，你也知道你娘將會對項思龍所使的手段。你可是要考慮清楚了！」

石青青聽得這話，秀目中閃過恐懼之色，咬了咬下唇顫聲道：「我……我……就依舅舅之言吧！不過你卻要答應我不殺項思龍，我自有辦法讓你完全控制住他，讓他為你所用。」

童千斤冷笑道：「想不到你這小妮子竟是對項思龍用情如此之深！嘿，你可也應知道，『大將軍』已被項思龍吞入肚內，沒有了蠱毒母體，你種在我體內的七絕冰蠶蠱根本對我沒得辦法。你可不要逼我對你動武，即便你娘知道了，我想她不會責怪我的吧！」

說完，竟是身形一動，躍縱到了石青青身前二尺來遠處，正準備出手去搶奪她手上的銅笛時，項思龍卻是突地冷冷的發聲道：「童千斤原來卻是個以大壓小的小人，我以前可真是看錯你了。但現刻有我在旁，豈容你如此為所欲為！」

說著「鏘」的一聲拔出鬼王劍，又道：「你若再威逼石姑娘，在下手中的長劍可也要對你不客氣了。」

童千斤聞得項思龍發話拔劍，身形不自禁的停了下來，且飄退離石青青二四米遠處，目中顯得駭異的神色顫聲道：「你不是服吞了七絕冰蠶蠱毒的『大將軍』麼？為何武功還在呢？七絕冰蠶蠱其實最為厲害處，並不是水火不浸，而是中了此蠱毒的人內功就會被封閉。但你……中了此蠱毒還不到半個時辰，為何卻還會有能力動武呢？竟有這麼濃重的殺機！」

項思龍其實在「大將軍」竄入體內以後，冰蠶似乎放射出一種軟麻性的毒素，使得他渾身乏力，提不起絲毫的功力來，所以當童千斤現身後，他一直沒有吭聲，而是集中意志把新練成的內力，將存放於四肢百骸中的主要經絡穴道中的殘餘內力一點一點的彙集起來，想藉此股內勁逼出體內的七絕冰蠶來，不想童千斤突地想對石青青動武，想奪她手中對自已有控制容懾力的銅笛，所以強行將殘餘內力化成氣勢，希望能瞞得過童千斤，讓他認為自己內力尚存，而不敢輕舉妄動甚或逃走。

童千斤見項思龍總是沉默不語，鬼王劍雖是提在手中，但卻是一點劍芒也沒有，不由大起疑心，一雙狡詐的眼睛滴溜溜的轉了幾圈後道：「七絕冰蠶蠱毒堪稱當世奇毒之最，項少俠竟能在短許時間內就把它破解了，確是算得上宇內第一人。好，現在就讓在下試試，看項少俠的內力恢復了幾層？」

說完，雙掌一錯，兩股強勁猛烈無比的罡氣向項思龍擊去。

石青青本也對項思龍中了冰蠶蠱毒竟然絲毫無恙感到又驚又喜，但過得片刻卻又似乎感覺有點不對勁，見得童千斤發掌攻向項思龍，嬌呼一聲，竟是來不及運功防身的撲向項思龍。

項思龍和童千斤見狀同時心下大震，前者暴喝一聲，鬼王劍貫注了體內殘餘的最後一點真力閃電般的應手而出，後者則「啊」時驚叫一聲，頓即慌忙撤退轉移功力。

「嗤嗤」幾聲衣撕之聲響起，童千斤被項思龍驟然擊出的長劍迫得在慌亂之餘又是心神大駭，失手之後，全身衣衫被項思龍長劍劃破了十多處，且有兩處皮肉因功力不足被劍氣劃傷。

童千斤看著身上破裂的衣衫，破口處均是身體致命死穴，如此精妙確到的劍法真是世上罕有，若對方不是手下留情，自己現在可能已經沒命了！看來項思龍功力並沒有失去，只是在運功控制七絕冰蠶時沒有閒暇來理會自己罷了。

再有可能是看在青兒對他關護非常而自己是青兒舅舅的情份上所以……自己還是三十六計走為上策為好，否則項思龍找自己算放火燒他的賬來，自己不被他大卸八塊才怪！

童千斤心下如此想來，頓即趁項思龍運功化解自己擊向石青青的掌力時，身形急劇往後退，幾個起落已是沒入了蒼茫的夜色中。

項思龍眼看著自己恨之入骨的童千斤從眼前逸走，而自己卻又力不從心的不能去追截他，並且自己因硬接了童千斤的一記掌力，給震傷了內臟，童千斤在時自是不敢吐出胸中的淤血，待到童千斤離去了，氣恨之下再加上內傷確實嚴重，終於忍不住「嘩」的噴出一口鮮血，濺得亦也被童千斤掌中餘力所輕傷，而幸得自己抗過才未跌倒的石青青素白的衣裙上全是血來。

石青青在項思龍的懷中，只覺一種從未有過的感覺襲上心頭，全身酥綿綿的，這刻突地見得項思龍吐得血來，且臉色蒼白得駭人，虎軀搖搖欲倒，心神大震的正過身來，伸手挽住思龍的胳膊，惶急的道：「項少俠，你……你沒事吧？可不要嚇我啊！」

項思龍強抑住胸中的氣血翻湧，但因身體殘餘的功力，在攻擊童千斤和抵禦童千斤險擊中石青青的掌勁時而消耗殆盡，渾身還是顯得一點力氣也沒有，並且一種冰涼的感覺在內臟中漫浸著，知道冰蠶的蠱毒已在體內擴散，當下慘然苦笑道：「沒事！我現下還死不了！對了姑娘，請你吹奏銅笛來覆行我們的賭約吧！若是我不幸死了，還望姑娘放過我的朋友們！」

石青青卻是突地秀目落下淚來，低聲道：「項少俠，我們不要賭了吧！你現在為救我而受了內傷，這份恩情，小女子會永遠記得。至於你的朋友我不會為難他們的。舅舅那般的對我，讓我已經傷透了心，我打算返回苗疆去，想我娘也不會太過責怪我沒有為她取去鬼冥神功秘笈吧！他日項少俠若有暇，倒不妨去苗疆看看，那裡有一個女孩已把你當作是朋友了！」

項思龍聽得心神一震，但在些許的喜悅中摻雜更多失落和憂傷，長長的歎了一口氣道：「石姑娘是不是懼怕你娘來對付我呢？」

石青青俏臉倏地一紅，望了項思龍一眼，又垂下頭去道：「這個……我娘不許我和已有了妻妾的任何男人交往，她說這些男人都靠不住。」

說到這裡忽又幽怨的歎了口氣道：「說起我娘的這種怪異心理，其實卻也有一段傷心往事。」

原來苗疆三娘本是成烈王的一個妾室所生的女兒，與童千斤是同父異母的姐弟，十四歲那年成烈王為了對付達多的父親，苗疆的「絕毒淫魔」石江水來到西域的匈奴國一眼看中了她。

成烈王藉機投其所好，把苗疆三娘送給了「絕毒淫魔」作妾，想收絡他為其所用。苗疆三娘本是匈奴國王室中的一朵豔花，八歲時就已懂琴棋書畫和歌詞詩賦，再加上她能體恤父王的苦衷，所以嫁給「絕毒淫魔」後，就儘量滿足他的要求，甚至投其所好以在他眾多妻妾中獲得恩寵。

不想在與「絕毒淫魔」幾年的交往後，發覺他原來也是個多才多藝的人，不但才智武功超群出眾，一身使毒功夫更是天下一絕，不知不覺竟是深愛上了「絕毒淫魔」。

再加上她因年紀較小就出嫁了，且背負著沉重的心理壓力，而與她相處的卻又是一個惡名遠昭的淫魔和眾多與自己一起爭風吃醋的蕩女，所以在這後天環境的影響下心性大是改變。

為了除去與自己爭石江水的對手，無所不用其極。同時在得石江水恩寵的同時，向他撒嬌中得了不少的武功和用毒之術以及知曉了石江水練功的密室。

剛開始十多年，石江水確是疼愛苗疆三娘之極，但後來漸漸發覺她懷有極大的私欲和野心，所以毅然決定遠離苗疆，不再見苗疆三娘，因為苗疆三娘此時武功不但與他相差無幾，施毒之能更是比他略高一籌，更何況苗疆三娘在他恩寵她的期間，已是暗暗施毒控制了「絕毒淫魔」創造的「五毒門」中絕大多數高手和門徒呢！

絕毒淫魔一走，苗疆三娘怪異的性格中就覺得是絕毒淫魔拋棄了她，以至脾性更加怪異殘暴，對門人肆意殺戮如玩遊戲一般，認識她或聽過她凶殘的人，沒有一個不懼怕她的。

同時因愛成恨的派人四處去查尋「絕毒淫魔」的下落，終於在一個百靈峰上找到了他，起先還苦口婆心的勸「絕毒淫魔」回到她身邊，然「絕毒淫魔」實在是對苗疆三娘又懼又怕，再也提不起半分愛意，並且通過在百靈峰上幾年的清修，對自己前半生的所作所為大感罪孽深重，便斷然拒絕了苗疆三娘的歸勸。

苗疆三娘在氣恨愛怨之下交織成怒，於是跟「絕毒淫魔」在百靈峰決鬥了一天一夜，最後苗疆三娘終於敗陣下來，不想「絕毒淫魔」終因緬懷昔日情緣，不忍殺苗疆三娘。

而苗疆三娘卻抓住「絕毒淫魔」在她敗陣這一刻的鬆懈，突地向「絕毒淫魔」進行偷襲，用劍刺瞎了「絕毒淫魔」的雙目，進而廢了他的一身武功，把他帶回苗疆的「五毒門」軟禁了起來，對「絕毒淫魔」進行百般的凌罵毒打，迫他交出武功毒經！

「絕毒淫魔」經不住折磨，又不願說出控制蠱毒的「絕陰神功」，在地牢中淒慘而亡。

苗疆三娘對「絕毒淫魔」確存極深感情，「絕毒淫魔」死後精神終日變得渾渾噩噩的，終日醉心於研製蠱毒之中，終於讓她在使蠱毒的成就上大有突破，成為威震一方的女魔頭。

因她使蠱無色無味無影無跡，舉手投足之間就可教人連他自己都不知道是怎麼中了她施放的蠱毒的，所以江湖中人，只要聽得苗疆三娘之名，皆都聞風喪膽。

而苗疆三娘也就在這種瘋瘋顛顛凶殘暴怒的日子中使得心性大變，痛恨起世上所有的男人來，終日縱情聲色，玩弄男人於股掌之上，同時痛恨自己的女兒石青青來，從她小時候就教她恨男人，千萬不可信任男人。

怎奈石青青因繼承了「絕毒淫魔」的多情個性，表面上雖是被苗疆三娘訓練得服服貼貼，但在石青青心底深處卻還是埋藏著一顆感情的種子，尤其是隨著身心的發育成長，異性對她的吸引力更是愈來愈大。

這次，石青青能得以來西域，是因童千斤對苗疆三娘的邀請，並且以地冥鬼府的至高武學典籍「地冥寶典」以作交換條件。苗疆三娘早就對地冥鬼府的「鬼冥神功」垂涎三尺，因她雖是施放蠱毒的功夫天下無敵，但是內力卻是不行，以致對她想稱霸武林的雄心壯志大有阻礙，如可得天下間罕有匹敵的「鬼冥神功」，那天下江湖武林就可唯她苗疆三娘獨尊了。

鑒於她自己正在閉關修練「絕陰神功」，所以就派了女兒石青青，領著「羅剎雙豔」來到西域相助童千斤。

說到這裡，石青青無限哀怨的瞟了項思龍一眼，幽幽道：「項少俠，我知道你是個心地善良的好人，為了救你的朋友，你不惜拿自己的性命作賭注，像你這樣為了朋友不惜兩肋插刀的人，現今這世上已是幾乎沒有了，我……我很是欣賞你的這種性格！

「其實，我剛才給你服的紅色藥丸，不但能解五倍子菌蠱之毒，且對冰蠶蠱毒也有克制作用。

「冰蠶現在釋放的毒素，只是暫時封住你的內力，但牠並不會在你體內竄動。只要你內力足夠高深，能化去冰蠶的寒氣，你不但不會受到冰蠶的危害，反是冰蠶會被你徹底征服下來，成為你體內抗抵外侵毒素的抗毒本體，那樣你就可萬毒難侵。

「若是你無法化去冰蠶的寒氣，只要你能承受住暫刻的痛苦，待我用『歸元清風笛』吹奏『蠱毒乘風曲』，冰蠶就會從你體內出來，那麼你只需待你體內的冰蠶麻醉散毒消散去，你的功力就可恢復了。

「至於你的那幾位中了冰蠶毒蠱的朋友，我想他們現在趁蠱毒母體進入你體內，子體已再也無法施威的機會，已經運內勁把體內的冰蠶子體毒蠱逼出體外了。所以項少俠再也不需為他們擔心。」

說到這裡，長長的舒緩了一口氣，接著又道：「童千斤方才被你體內蘊藏的殘餘內勁給震懾，我想他現在只有逃命的機會了，因為你的手下只要沒有了毒蠱的控制，他們就會去找童千斤算帳的。憑他們幾人的武功，我想就是『羅刹雙豔』二護法和童千斤聯手，也是不堪一擊的。

「再說童千斤體內也中了冰蠶蠱毒，普天下除了我和我娘之外，無第三人解得此毒，他如果還想保住性命的話，唯一的一條路，就是躲到苗疆求我娘相助於他了。

「無論我娘怎樣冷血，童千斤是她的同父異母的兄弟，為了姐弟之情，為了雄霸天下的野心，我娘定是會出關，領了門人進伐西域的。

「要是項少俠和我娘打了起來，不管是誰勝誰敗，我……我都不知怎麼辦是好了……你們會鬥得兩敗俱傷的！」

說完秀目中的淚珠兒已是滾滾流下，一副甚是楚楚憐人的模樣，看得項思龍禁不住一陣神傷魂斷。

二人你望著我，我望著你的互相靜默著，正當項思龍咽了口吐沫準備說話時，童千斤嘿嘿冷笑的聲音突地傳來道：「項思龍，原來你已只不過是強弩之末了！嘿，想叫我童千斤這麼輕易就被你騙個正著？你也不去打聽打聽我童千斤的綽號叫作什麼？九尾狐！世上最是狡詐的動物！其實，從見著你時，我就知道了你的實力底細，所以假裝著絲毫沒有反抗力量任你耍弄，目的還不是一來為了證實你的實力，二來利用你去對付達多？我的計畫一步步的得到實現，你不但幫我除去了諸葛長風，還幫我除去了達多。唯一讓我失算的是，我還是低估了你的實力，想不到你武功高絕至如此驚人的境地，且下屬也是一個個功高絕世，使得我差點在你面前栽了個大跟斗。不過，現在境況又不同了，只要擒住了你，你所有的屬下都會乖乖的聽命於我。」

說到這裡，頓了頓又道：「你現在武功全失，我只要廢了你的肩胛琵琶骨，你就再也威風不起來了。哈哈，老天還是幫我童千斤，等了三十多年，臥薪嚐膽，今天終於熬出頭了。有了你這地冥鬼府的少主，北冥宮的少宮主，還有義軍劉邦的拜把兄弟在我手上，天下還不是我囊中之物？」

說著時，童千斤已是臉上掛著一抹淡淡的陰笑，大搖大擺的走到項思龍和石青青面前，看著梨花帶雨、玉容失色的石青青冷哼了一聲，又轉望向對他怒目而視的項思龍，怪笑道：「笑聲屬於最後的勝利者，項思龍，你敗了，這一輩子你已註定了要做我的奴隸，我的傀儡。我不會殺你，但是我要叫你活著痛苦的去體味什麼叫作生不如死！還有，你挑動了我姐姐苗疆三娘的女兒石青青的春情，她也決不會放過你的！懲治人的手段她比我內行得多，到時我把你送給她做個順水人情，一來借你籠絡她，二來也省得我終日為你提心吊膽。」

項思龍此時功力耗盡，已是再無反擊之力，但表面上還是強作鎮定的冷冷道：「哼！我武功全失？你試試看不就可以知道了？幹嘛還站著不動手呢？」

說著，強忍住體內冰蠶寒毒帶來的劇痛，伸手輕按住了腰間鬼王劍的劍柄。

童千斤不由自主的退後了一步，但很快又鎮定下來，一雙眼睛上下不停的轉動，突地冷笑著道：「不要強作掙扎了！你現在已沒有還手之力，還發什麼威風？好，我現在向青青出手，看你救不救她，她就可知道你功力恢復沒有？」

話音剛落，身形突地一動，雙掌成勾爪狀向石青青攻去，身法和攻勢渾然成為一體，可見出童千斤手底下可確也有幾分真功夫。

石青青這次卻倒也沒有驚惶失措，嬌軀在童千斤攻勢逼近之際疾然而退，腰間佩劍也已是在退身之際「鏘」的一聲脫鞘而出，一道優美的七彩弧線在空中，隨著劍出之聲緊接從石青青手中劃出，迫得童千斤的攻勢略略一滯。

項思龍本是在童千斤向石青青攻擊之際，心中焦急得都快冒出火來，怎奈全身提不起一絲一毫的勁力，舉步正欲向童千斤阻去，突見石青青卻也如此輕而易舉的化解了童千斤的攻勢，緊張的心情稍稍放鬆下來，一面閉目凝神集運功力，一面側耳細聽打鬥情況。

童千斤見一擊不成，心下也大是驚服石青青身手的靈活劍法的快捷，但見項思龍沒有出手相救石青青，哈哈大笑的邊向石青青進擊邊道：「項思龍，你的底已經被我給揭出來了吧！你就認命吧！」

說著時掌下功力增了兩層，頓時漫天都是童千斤的身形爪影，石青青劍法身法雖是輕靈，但在這一刻強猛的勁氣壓迫得她再也無法淋漓盡致的施展出自己所長來，一時間被童千斤迫得手忙腳亂，嬌吟喘喘。

項思龍知道石青青再也支撐不住幾個照面了，而自己的功力卻還是如不波古井般沒有絲毫恢復的跡象，焦急如焚之下，腰間革囊的兩隻金線蛇似感應到了項思龍將要遇到危險似的，突地「嗚嗚」的叫了起來，且在革囊中焦燥不按的亂動著，似要竄出來幫項思龍退敵似的。

項思龍心念一動，忙用「移魂傳意大法」把自己心中的意念傳送給兩隻金線蛇，同時打開革囊，低喝道：「大飛，二飛，去咬死童千斤那可惡的壞傢伙！」

話音甫落，「颼颼」兩聲破空之聲頓即響起，兩道金光從項思龍腰間革囊沖天飛出，在空中一陣盤旋，突地滯住，再如離弦之箭般的向童千斤疾射過去。

童千斤正意氣風發的欲先擒住石青青，再來對付項思龍，這時突見兩道金光向自己射來，自是項思龍收服的兩隻毒中之毒的金線蛇，不由嚇得魂飛魄散，危急之中，把全身功力提高至了極限之境，左掌劈空發出幾道掌勁向自己射來的兩隻金線蛇擊去，右掌則施展開從達多那裡偷學來的魯妙子的「百禽擒拿手」，千百道掌影向石青青鋪天蓋地的籠罩過去。

「呼」的一聲，緊接著就是石青青「啊」的淒叫出聲。石青青的嬌軀被童千斤一掌擊個正著，如脫了線的風箏般凌空暴飛而去。

同時「嘩」的一聲噴出一口鮮血，身形所劃出的弧線亦也有一道血光隨之劃出，最後跌落至距離童千斤十多米遠處。面色蒼白如紙，口角血跡斑斑。

項思龍聽得石青青的慘叫聲，心下「咯噔」一聲突地一震，知道出事了，忙睜開雙眼。

卻見童千斤用掌勁逼迫兩隻金線蛇不能近身之餘，正掠展身形向已被他擊成重傷的石青青縱去，手中已是多了一把色彩紛異的長劍。

項思龍見狀大驚，知道童千斤歹毒，竟欲殺死石青青，忙暴喝一聲道：「住手！」

童千斤用從石青青那裡奪來的「彩靈劍」指住石青青的心窩，陰冷道：「你若想保得她性命，就先把兩隻見鬼的金線蛇招喚回去，同時自封住自己氣海、命門等幾大穴道！」

項思龍的真氣其實剛剛集凝了少許，只要再待得一個來時辰，就可完全化解冰蠶侵攻自己體內的寒毒而把牠駕馭住，這刻被迫得前功盡棄，所以得對童千斤怒目而瞪道：「好，就依你之言！但若是石姑娘有得什麼差錯，我項思龍定會教你嘗盡天下酷刑而死！」

童千斤聞得項思龍此言，機靈靈的不自禁打了個寒顫，但項思龍收回兩條金線蛇讓他鬆緩了一口氣，平靜情緒後冷冷道：「這丫頭不是泥做的，我那一掌不至於要了她的命，再說，有你這個高手為她護駕，她又怎會死得呢？更何況她是我的外甥女，我如殺死了她，她娘又怎會放得過我呢？不過，你把我逼急了，我卻還是得為了性命而不擇手段的！」

項思龍運集所積攢的一點功力施展「移穴挽位大法」，再依童千斤之言點了他所指同的幾處穴道後，裝作有氣無力的道：「現在你可放開石姑娘了吧？」

頓了頓又道：「我想給她服些藥丸，否則她傷勢加重，要是出了什麼問題……」

童千斤親眼見項思龍運指點了提氣發功的幾處要穴，頓然放下心來，彩靈劍緩緩離開了石青青的心窩，深吸一口氣道：「你可不要給我耍什麼花樣，這丫頭已經中了我的獨門點穴手法，普天下之間除了我能解開之外，其他的人若胡亂給她解穴的話，她就會全身經脈錯亂而亡，就是大羅金仙也救她不了。」

項思龍「舉步艱難」的走到石青青身邊，伸手先把了一下她的脈膊，發覺她的內傷極重，不過尚好沒有性命之憂。從革囊裡掏出「天山雪蓮瓊漿液」餵她服下後，又暗暗渡了股真氣到她體內，直至石青青的呼吸調勻後，才站了起來，目中精芒暴長的瞪著童千斤，冷冷道：「想不到你狠毒至連自己的外甥女都想殺！其實石姑娘跟我並沒有什麼關係，你不怕用她來威脅我沒有什麼用嗎？對了，你把韓信他們怎麼樣了？」

童千斤似想不到項思龍「點封」了氣海、命門等要穴後還有如此強大的氣勢，吃了一驚的失口道：「你難道沒有點自己的穴道？」

項思龍因在校場大火中領悟了一種新的神功，使得不但功力大增，且讓他有了一種奇異的功能，在愈是危險的情況下，愈能激發出生命的潛能，使自己的能力得以盡情發揮。

這刻在童千斤的威逼之下，項思龍求生的本能突地增強，體內的真氣運轉越轉越快。

在為石青青療傷的片刻間，功力竟是不覺已恢復了六七成，體內的冰蠶卻是在體內與自己真氣作殊死拚鬥，使得項思龍的額上都隱隱現出汗珠來。

童千斤見了還以為項思龍剛才所顯露出的氣勢只不過是曇花一現，其實已是蠱毒發作，根本沒有能力抵抗自己。

要不，以項思龍的心性，如功力恢復了的話，決不會使出金線蛇來對付自己。不過，由此卻也可以看出項思龍對自己的極度仇恨，甚想殺死自己。

俗話說得好：先下手為強，後下手遭殃。看來自己不能再猶疑了！不能被自己利用的強大敵手就不如索性毀去，免得成為自己的心腹大患！

請續看《尋龍記》第二輯卷一　尋龍

無極作品集

尋龍記 卷六 蠱毒 第一輯(終)

作者：無極
發行人：陳曉林
出版所：風雲時代出版股份有限公司
地址：10576台北市民生東路五段178號7樓之3
電話：(02) 2756-0949
傳真：(02) 2765-3799
執行主編：劉宇青
美術設計：許惠芳
業務總監：張瑋鳳
出版日期：2024年11月
版權授權：蔡雷平
ISBN：978-626-7464-68-7
風雲書網：http://www.eastbooks.com.tw
官方部落格：http://eastbooks.pixnet.net/blog
Facebook：http://www.facebook.com/h7560949
E-mail：h7560949@ms15.hinet.net
劃撥帳號：12043291
戶名：風雲時代出版股份有限公司

風雲發行所：33373桃園市龜山區公西村2鄰復興街304巷96號
電話：(03) 318-1378　　傳真：(03) 318-1378
法律顧問：永然法律事務所 李永然律師
　　　　　北辰著作權事務所 蕭雄淋律師

行政院新聞局局版台業字第3595號 營利事業統一編號22759935

定價：340元

國家圖書館出版品預行編目資料

尋龍記／無極 著. -- 臺北市：風雲時代出版股份有限公司，2024.11 -- 冊；公分
ISBN：978-626-7464-68-7（第6冊：平裝）

857.7　　113007119